Maurice Joncas

Mers intimes

(Grains de sagesse d'un vieil homme)

Ce livre a été publié aux Éditions de l'Anse,
226, boulevard Gaspé,
Gaspé, Québec G4X 1B1
ISBN : 978-2-9817800-0-3

Maurice Joncas

Mers intimes

(Grains de sagesse d'un vieil homme)

Illustration de la couverture :
Augustin Rodin – LE PENSEUR
Image libre de droits - Pixabay - Greenhyd
Arrière-plan de mer -Henryk Niestroj - Pixabay
http://www.mjoncas.com

Présentation

"Le soleil parlait si clairement ce matin que,

si j'avais pu prendre en note ce qu'il disait,

j'aurais écrit le plus beau livre qui soit..."

Christian BOBIN

*

Ides de juillet 2018...

Le ciel chatoie l'horizon fuyant, tellement diaphane dans la lumière du jour...

Mes cahiers d'écriture m'attendent, prêts à accueillir mes rêves, mes mots et leurs musiques vermeilles.

"La vie, ça ressemble à un magnifique pays chargé d'histoire. À l'aube de mes quatre-vingt-trois ans, c'est toujours un phénomène nouveau, chaque fois que j'entends l'offrande des mots s'ouvrir à mon cœur de poète. Sa voix s'habille d'un reflet gracieux, suave, comme si mon paysage de vie se remplissait d'été et voulait se raconter de nouveau, à tout prix."

Durant toutes ces années consacrées à chanter les beautés de notre pays gaspésien par la magie de la puissance des mots, par les arts visuels, j'ai humblement laissé monter un hymne de louange. Aujourd'hui, beaucoup de gens viennent le partager et le savourer avec nous. Nous sommes tous issus d'un même cœur et d'un même courage, celui de la fierté, de l'authenticité de nos racines et de nos appartenances à une histoire qui ne veut pas mourir et qui continue de se bâtir de belle façon. La littérature, le cinéma, ou toutes les autres formes d'expression, ne donnent qu'à ceux et celles qui donnent et leur récompense est grande quand on sait la servir, avec humilité et courage.

À l'instar de la musique, avec des mots savoureux, des parlures du terroir gaspésien ressuscités et que nous avons tendance à oublier, j'ai tenté de mettre mon âme en harmonie avec tout ce qui existe. Ce faisant, je suis resté fidèle à moi-même, comme si c'était là ma vraie raison d'être, aussi pure qu'un vol d'oiseau libre, à la recherche d'une floraison d'étoiles, d'un jaillissement de lumière, au matin d'un beau jour.

Je sais... Vous allez peut-être me dire que je poétise tout. Mais la poésie, vous le savez bien, c'est cette musique que tout être humain porte en soi. Car, aussi longtemps que sur la terre il restera quelqu'un pour nous aider à chanter, il nous sera permis d'espérer.

Avec mon caractère fonceur, mon tempérament de bourlingueur, du fond des terres de Gaspésie, en passant par la vieille Europe, durant toute ma vie, j'ai tenté de représenter ma terre natale avec honneur, sincérité et probité.

J'ai été le chantre d'une contrée inscrite à tout jamais dans les livres d'Histoire, battue par les vents de la mer et qui nous a façonné le cœur et l'âme. Les chants littéraires que j'ai proposés dans mon œuvre sont tous imprégnés des vibrations de la terre où ils ont été créés. Et ces chants entendus, tout jeune, sur les grèves de Pointe-Jaune, j'ai appris à les écouter aussi dans le frémissement du vent soufflant entre la Matapédia, les grèves de Gaspé, les falaises de la haute Gaspésie et les dunes insulaires. Toujours, ils avaient parfum des lacs paisibles, des rivières tumultueuses, du jargon gaspésien, des montagnes bleutées, de mers houleuses, enfin de tout ce qui nous a fait comme peuple. Leurs harmonies, je les ai toujours perçues au contact des rudes gens de mon pays.

*

C'est ici, en terre de Gaspésie, que l'être humain, s'il sait encore se recueillir, pourra sans doute découvrir sa propre dimension divine, un peu comme tous ces êtres épris d'infini qui, un jour, sont passés dans ma vie, pour mieux y revenir ensuite, en empruntant mots, images et verbes, en une magnifique floraison d'étoiles.

*

Si je vous écris cela d'un seul trait, en page frontispice de ce recueil intitulé : MERS INTIMES, c'est, qu'en même temps, ma vie s'illumine d'un large sourire et cette fantaisie n'a d'égal que le bonheur de vivre, cette quête interminable de l'être en recherche de soi et des autres.

J'ai écrit de nombreux bouquins, au cours de ma carrière littéraire. Une vingtaine de livres, qui touchent tous les genres, de la poésie, en passant par l'essai, le roman et le récit. Et, tout au long de l'écriture de ces pages, j'ai voulu transmettre, avec sagesse, mais aussi avec beaucoup d'humilité, les mouvements intérieurs de mon âme qui s'agitaient par vagues successives, en de nombreux roulements infatigables. Ce qu'il en reste, aujourd'hui, après tant d'années de plaisir et de bonheur liées à l'écriture, ce sont des grains de sagesse qui parsèment toutes ces pages et que je voudrais partager avec vous tous, qui avez été si fidèles à me suivre dans mes pérégrinations littéraires, au cours de toutes ces années inscrites à jamais dans le grand livre du TEMPS.

Mais, je vous entends me dire :

"Pourquoi accorder tant d'importance à cet acte littéraire qui a occupé une grande partie de votre vie ?"

À ce titre, je ne pourrais que vous répondre :

11

"Je n'écris pas pour le simple fait d'écrire. Ce serait là un acte banal beaucoup trop facile, quoiqu'encore, faudrait-il en avoir le courage et les habiletés. Parce que les mots, eux, quand ils viennent frapper à la porte de notre cœur, ils nous interpellent tout doucement, en nous suppliant de ne pas nous replier sur nous-mêmes..."

*

Au milieu de ma colline gaspésienne, juillet 2018 parfume l'air de ses fragrances enivrantes. Le temps est venu à moi, avec son poème de vie, qui ne connaît point de césure, du moins pas encore.

Je sens que ma plume devient fébrile et me demande de retrouver mes mots les plus sublimes, pour arriver jusqu'à vous.

Alors, j'écris,
En commettant un acte d'amour enrobé de tendresse.

Mon cœur se recueille,
Habité par ses prières,
Celles qui nous comblent l'âme,
En nous tenant par la main.
Et puis,
Quand arrive la paix du crépuscule,
Chargée d'hymnes de gloire,
Quand l'aurore vient remplacer la nuit,

Mon voyage intérieur commence son périple,
En retrouvant ses amitiés,
Débarrassées de leurs vaines habitudes…

*

Écrire,
En un long geste,

Écrire,
Pour laisser une empreinte
Ou un souvenir ancré dans ma mémoire,
Avec des mots vibrants, éternels et frissonnants,
Écrire le temps,
Aller de l'avant, avant que de se taire…

Écrire,
En un long geste,
En un regard implorant,
Comme un message à incruster
Ou une relique à vénérer…

Alors,
Nos regards se rattrapent,
Nos confidences nous échappent,
Nos chagrins se dévoilent…

Il fait toujours un temps de nuit,
Avant de connaitre la lumière des jours,
Où les matins éclairent,
Quand l'aube frisonne encore,
En émergeant de ses voiles diaphanes…

J'écris, oui,
Je souffle sur les mots
Pour qu'ils s'enflamment,
En leur dictant qu'ils doivent chanter,
Sans plus attendre,
Sans peur,
Sans regards en arrière,
Sans regrets aucun,
Même quand le monde se griffe

Et que la violence enrobe tout
De ses sombres voiles…

Oui, j'écris,
J'essaie de chanter juste,
En harmonie et en peuples retrouvés.
J'accueille la Paix,
Pour que ses étendards flottent librement
Dans les regards des êtres humains
Qui pleurent,
Qui rient
Et qui aiment.

Enfin, j'écris encore,
Je chante haut et fort
Que les mots ont besoin d'être écoutés,
D'être lus,
D'être conservés,
Pour continuer à livrer leurs messages
Dans la piété du souvenir,
À cause de nous,
Les gens du pays à faire…

En fin de compte,
J'écris, encore et encore,
Pour rejoindre vos âmes,
En les appelant avec des airs de chansons
À couleur d'automne,
Enrobées de musique et de vie…

*

Depuis l'année 1991, vous m'avez lu avec recueillement. Vous avez pieusement recueilli mes silences et mes vertiges absolus. Vous avez admiré l'incandescence de mes mers intimes, qui ne demandaient qu'un souffle de vous pour s'enflammer de nouveau.

*

Ami lecteur,
Amie lectrice,
En conclusion de cette présentation,
Je vous confie ceci :

"Écrire, c'est mettre du levain dans la pâte humaine, pour y opérer une puissante poussée de vie, qui passe à travers l'être et l'aide à se tenir debout dans la lumière.

C'est un bien bel espoir en demain que cet acte créateur, inscrit aux tréfonds intimes de nous. Car, écrire, au fond, c'est si simple. Ce n'est pas autre chose que de vouloir être heureux et semer la Vie en d'autres lieux, en d'autres moments, en d'autres personnes. C'est aussi prendre conscience de la présence de l'autre, qui vit à côté de nous. C'est pour lui que les mots arrivent, par bonheur, à communiquer leurs frissons. Que voilà donc un bel idéal à atteindre..."

En vous offrant ces grains de sagesse, cueillis au fil des pages de tous ces bouquins écrits avec tant d'amour et de passion, c'est mon cœur et mon âme que je vous laisse en héritage. Quant à vous, mes amis les mots, qui fourmillez constamment dans ma tête, je vous dis tout simplement MERCI de m'avoir permis de partager tant de belles heures en votre compagnie.

*

Avant-propos bibliographique

D'or...De sang...De Bronze - 1991

Je me souviens, avec une acuité particulière, de cet automne 1991, au moment précis, où le courage bien en selle, je commençais à faire mes premiers pas dans cette aventure littéraire, dont j'étais loin de mesurer la portée et l'influence qu'elle aurait sur ma vie.

Le paysage gaspésien avait revêtu ses couleurs à n'en plus finir. Tout était doré, vermillon, comme le sang d'un peuple en liesse, dont les faits et gestes coulaient lentement dans le bronze de l'histoire, comme une suite poétique, où l'airain des jours occupait toute la place.

Alors, la poésie s'est invitée chez moi. Elle y a laissé son empreinte dans mes écrits de jeunesse, en inscrivant ses envolées lyriques comme une méditation intérieure profonde en mon âge mûr et mon début de cinquantaine. Avec finesse, je dirais même parfois pleine de candeur, la matière poétique que je lui offrais portait déjà en elle la fascination des marées et des vents qui ont tant marqué l'histoire gaspésienne.

*

Images et mirages – 1993

Oui, en effet, ce furent de bien belles images que celles de ce pays à se faire l'œil, comme si ses mirages devenaient réels dans l'âme de ses habitants, un pays forgé de rêves maritimes, de mers sans relâche, de brises du large, comme un souffle de vie, en attentes de rêves et d'aventures.

1993, une année d'écriture parfumée d'effluves salines, de parlures de chez nous et d'entraide à n'en plus finir pour arriver à survivre, à travers de si merveilleuses images et transparents mirages…

*

Chroniques d'enfance – 1996

Depuis longtemps mes yeux enfantins s'étaient largement ouverts à la magie qui émanait de cette première étape de ma vie, à Pointe-Jaune, en terre gaspésienne, entre mer et montagne.

En 1996, mes mots n'en pouvaient plus d'attendre. Alors, porté par mes souvenirs, je commençai, avec infiniment de tendresse et d'amour, ce voyage au royaume tant aimé de mon enfance, avec ses miracles de terre et de mer, les vastes échos de la deuxième grande guerre, au milieu des gestes quotidiens de ma collectivité villageoise.

Pour ainsi dire, ce fut une entrée en communion avec la nature intime et confidentielle qui m'entourait. Alors, en une magnifique gerbe de chroniques toutes simples, j'ai pris grand plaisir à chanter mon beau souvenir surgi, là, soudain et imprévisible. Avec ses paysages fascinants, ses pionniers à l'œil sage, aux mains habiles, aux ambitions fantasques.

J'ai chanté la mer parcourue, la mer gracieuse, la mer terrible, la mer attirante et charmeuse. J'ai fionné ses complaintes, j'ai lyré ses mélopées sur les ailes du temps. Sans rechigner, sans cesse j'ai chanté ses pionniers hardis, car ils avaient pris terre, pour bâtir maison et pays...

*

Eaux-delà - 1997

À l'orée de mon enfance, alors que le crépuscule commençait à déployer ses voiles mordorés de rouge, en inondant le littoral, je me préparais à accompagner mon père vers la montée qui menait à notre demeure. Tout respirait le calme, la beauté, comme au cœur d'une ardente prière.

Je ne pouvais détacher mon regard de la ligne d'horizon, où le soleil fatigué avait d'ores et déjà amorcé sa descente, dans une orgie de lumière flamboyante.

En levant les yeux, vers mon père, à brûle pourpoint, je lui demandai :

- *Qu'est-ce qu'il y a, papa, derrière la ligne qui sépare le ciel et la mer ?*

- *Ça, mon garçon, ce sont sûrement les vieux pays qui se trouvent là. C'est bien loin et, malheureusement, c'est là qu'il y a la guerre. Moi, je suis trop vieux pour espérer voir cela un jour. Mais, toi, quand la paix sera revenue sur la terre, tu pourras dépasser cette ligne et voyager dans l'Histoire.*

En route vers la maison, je me pris à penser qu'il devait se passer bien des choses dans ces vieux pays. Pas seulement les laideurs de la guerre.

En 1997, quand arriva le moment d'étaler ma prose poétique sur mes pages lignées, je me souvins de cette conversation intime avec mon père. Alors, spontanément, sans plus attendre, j'écrivis, en lettres majuscules : EAUX-DELÀ.

*

L'espérance retrouvée - 1999

Mon travail d'enseignant m'a offert ce grand privilège de côtoyer quotidiennement les enfants et de leur donner, à pleine mesure, tous les outils dont ils auraient besoin pour évoluer dans leurs sphères de vie respectives.

Un jour, cependant, avec stupeur et tristesse, en entrant à l'école, j'appris le Grand Départ de l'un de nos jeunes, survenu durant la nuit, sans avertissement préalable, une envolée sans retour *"de sui"*, en apportant avec lui son mystère.

Je me rappelle que le chœur paroissial avait chanté, au tout début de la cérémonie, à sa mémoire : *"Pour l'espérance retrouvée..."*

-Est-ce possible, tout cela, m'étais-je dit intérieurement ? *Cet enfant n'avait que quinze ans. Qu'avons-nous fait pour en arriver là ?*

De retour à la maison, sans plus attendre, j'écrivis, L'ESPÉRANCE RETROUVÉE, en page frontispice de ce nouvel essai, écrit sur un coup d'âme, comme une passionnante confession, même si l'espérance demeure toujours un thème difficile, quand tant de souffrances et d'injustices menacent ses raisons d'exister. Et pourtant, elle est là, discrète. Elle révèle ses secrets, elle est tenace au cœur de l'être et dans un monde qui semble avoir perdu à jamais le sens de la vraie vie.

*

Hyperborée – 2000

L'entrée dans le troisième millénaire demeurera un événement qi meubla nos mémoires, comme un pas important à franchir, une foulée de plus dans ce temps largué à nos vies, comme une page nouvelle à écrire.

C'est au cours d'une lecture d'un numéro spécial de la revue FORCES, éditée par la société québécoise Hydro-Québec que j'ai eu le grand plaisir de connaître ce magnifique poème de Paul-Marie Lapointe, prix David 1971, intitulé : ARBRES, un hymne grandiose en hommage à la forêt québécoise.

Par la suite, je devais me servir de ce merveilleux texte poétique comme un instrument pédagogique pour mon cours de poésie. Vous comprendrez que la tentation était grande de plonger dans ce réservoir de mots à la gloire de nos grands arbres, pour en écrire une suite de poèmes, sous forme de variations.

Je suis alors entré en communications avec monsieur Lapointe, pour obtenir son autorisation, afin de pouvoir adapter son œuvre à mon projet littéraire. Avec une gentillesse courtoise, il acquiesça à ma demande.

C'est ainsi que naquit, sous ma plume, cette suite de poème, sous forme de variations, intitulée : Hyperborée, une figure de déesse légendaire inventée, protectrice de nos forêts et gardienne attitrée de nos grands arbres.

*

L'oiseau couché sur son aile – 2001

À Gaspé, plus précisément au beau milieu de sa majestueuse baie, s'avance une pointe de sable qui, durant la deuxième grande guerre mondiale, devint un point de défense stratégique contre les sous-marins allemands qui sillonnaient le Golfe St-Laurent.

Cette pointe sablonneuse s'avance jusqu'aux trois-quarts des eaux et porte fièrement depuis ce temps le patronyme anglais de *"Boom Defense."*

C'est un endroit de prédilection, pour les marcheurs de grève, à la recherche d'espace et d'air pur, tout en demeurant un sanctuaire privilégié pour une grande variété d'oiseaux.

Ce jour-là, muni de mon sac à dos, de mon bâton de pèlerin en quête de silence, je commençai mon périple sur cette magnifique barre de sable, avec la mer et les oiseaux pour seuls compagnons.

Çà et là, de gros troncs d'arbres, usés par le vent et de sel, gisaient à marée haute et offraient une halte de repos aux marcheurs fatigués. Je ne fus pas long à accepter une telle invitation. Les pieds bien au chaud, je commençais à me détendre, avant de pousser mon périple un peu plus loin. Mon regard fut soudainement attiré par un grand oiseau blanc, qui gisait au bout du tronc d'arbre, la tête bien enfouie sous son aile, Sans plus attendre, je m'approchai lentement et, en tendant l'oreille, j'entendis une faible voix murmurer ceci :

"Je suis lassé des vols à n'en plus finir et découragé des vents contraires. Maintenant, je suis couché sur le sable, immobile en mes méditations intenses et j'ai si froid à ma vie..."

*

De retour à la maison, le soir venu, comme d'habitude, quand les mots se pressaient dans ma tête, j'écrivis simplement, en tête de page : *L'oiseau couché sur son aile.*

L'été 2001 battait son plein et le ciel était gris…

*

La chevauchée des pèlerins – 2002-2003-2004

*

Le cortège des vacances estivales 2002 s'en venait à grands pas. Point de voyage cédulé pour cette belle saison, mais des projets imprécis encore, en grande quantité.

"Il me faudrait bien trouver un sujet d'écriture pour cette belle saison estivale qui s'annonce, " me dis-je, en terminant la lecture de l'un des derniers bouquins d'Yves Navarre.

"Pourquoi pas un roman, un vrai de vrai, avec des racines gaspésiennes, Ce genre littéraire, tu te dois de l'attaquer de

plein front, le dompter, l'adopter à ton style d'écriture. Tu verras bien le résultat par la suite."

Je sentais ma plume fébrile, face à ce nouveau défi. Un coup de téléphone à mon ami éditeur devait suffire. Et voilà ! Le projet pouvait débuter. Mais, j'étais loin de me douter, à ce moment précis que cette *Chevauchée des Pèlerins* s'échelonnerait durant trois années : Trois tomes, trois personnages en quête de vie, avec leurs joies, leurs peines, leurs ambitions et leurs défaites.

Les vacances estivales venaient de commencer et, après un léger repos littéraire, je me remis résolument à ma tâche d'écriture romanesque de cette trilogie, dont le premier tome portait le titre : *Entre la mer et l'exil* et racontait le parcours assez particulier de Pierre Quesnel, en quête de son idéal. Tel que je l'avais prévu, l'intrigue prenait racine en Gaspésie, pour se transporter rapidement à Montréal, au début du siècle dernier

Dans ce premier tome je me rendis compte assez vite que cette époque ne serait pas tendre : pauvreté, chômage, omniprésence de la religion, etc.

Dans un tel contexte, comment arriver à pouvoir se parler d'amour, sans se sentir coupable. Une chevauchée à la recherche du temps à parcourir, pour une quête authentique de bonheur, voilà le défi que se devaient de relever et de vivre Pierre, Bernard et Estienne Quesnel.

*

Ainsi, durant les deux étés suivants, je devais procéder à l'écriture du deuxième tome intitulé : *La route des rêves* et, en 2004, du dernier volet de la trilogie, portant le titre : *Échec et mat.* En somme, *La Chevauchée des Pèlerins,* c'était une grande saga, une enjambée dans la petite histoire du Québec, celle des gens bien ordinaires, victimes de leur propre destin, qu'ils auraient sans doute préféré bien différent, à l'image d'un grand bonheur simple à bâtir et à vivre.

*

Cantilènes et chants de mer – 2005

*

En 2005, *Cantilènes et chants de mer* vint me replonger dans le monde symbolique de la poésie, comme une *"soudaine risée de vent sur une mer étale..."*

Une poésie des jours, aux parfums de sel, de Gaspésie et de brises du large vint habiter mes pensées estivales, tout en glissant ses mots magiques au fil de ma plume, afin de pouvoir encore mieux pénétrer vos âmes.

*

Le vieil homme de la colline – 2006

*

L'écriture des Cantilènes m'avait fait grand bien. Ce rendez-vous littéraire avec les mouvements intimes de la mer avaient fait revivre en moi de bien doux souvenirs. Toute en feignant de les ignorer, je savais pertinemment qu'ils attendaient sagement que je les retrouve.

À l'été 2006, lorsque les premières chaleurs firent leur apparition, je me remis, derechef, à l'écriture.

Vous savez, dans toute vie, il y a de ces rencontres humaines qui nous bouleversent, nous forgent, à tel point que leurs empreintes demeurent indélébiles, tellement elles nous marquent par leur influence ou, tout simplement, par leur sagesse.

Souvent aussi, comme des bois flottés et ballottés par la mer, nos vies voguent comme des épaves sur des mers houleuses. Et puis, un jour, lassées de peines et de deuils, elles crient au secours. Alors, quelqu'un se présente à la ligne des âges. D'un simple coup d'âme, il se rend compte de la beauté de l'être en détresse, qui ne demande qu'à se dévoiler, pour réapprendre à se tenir debout.

*

Le petit garçon qui cherchait son âme – 2007

*

C'était en 1977, la veille de Noël. Je me souviens, parce qu'elle fut bien particulière, cette nuit magique. Une fête inoubliable, comme tous les Noëls : de la lumière, de la féerie et le grand silence blanc de la nuit, une fête qui impressionne, qui allège le fardeau de la logique quotidienne et le poids de nos certitudes. En somme, une fête qui réinstalle la poésie, celle qui brille constamment dans l'univers enchanté de tous les enfants que nous sommes ou que nous avons été, quelque part en nous, un jour...

Oui, je me souviens. Madeleine, une petite fille de sept ans m'avait offert en cadeau une petite boîte noire, contenant plusieurs mini historiettes qu'elle avait écrites et illustrées. Comme ils étaient beaux à voir et à lire, ces petits romans aux titres magiques ! Dix-sept en tout, qui respiraient la poésie naïve d'une petite fille de sept ans.

*

Bien sûr, les années ont passé depuis cette nuit de Noël féerique. Mais les petits romans de Madeleine me parlaient encore, au moment où, l'été 2007 venu, je me suis remis à l'écriture. Mon tour était venu de laisser mon imaginaire "respirer" l'être humain, dans tout ce qu'il possède de plus exaltant : sa part de rêve.

L'un des titres des petits romans de Madeleine de 1977 : *Le petit garçon qui ne savait pas quoi faire de ses mains* est devenu : *Le petit garçon qui cherchait son âme.*

En ce sens, je peux affirmer qu'il n'y a que le temps qui a fui. Rien n'a changé. Les enfants rêvent encore. Et ce sont les grandes personnes qui écrivent les histoires.

*

Le dernier repas – 2008

Quand j'ai commencé à écrire ce roman, je me suis vite rendu compte que cela constituerait une épreuve de force.

C'est au cours d'un repas à quatre convives, en ma demeure de l'Anse-aux-Cousins, que le devais apprendre la teneur de la maladie grave qui affectait l'un de mes plus grands amis et collaborateur et qui allait éventuellement l'emporter.

Ce repas, je devrais plutôt écrire, cette célébration intime donna lieu à bien des réflexions intenses sur la fragilité de la vie humaine et de ses conséquences.

Lorsque vint le moment de partir, en lui donnant une accolade, je me rappelle lui avoir chuchoté :

"Nous venons de vivre notre dernière cène, je crois bien, mon ami ! "

Bien sûr, l'écriture de ce roman n'a aucun rapport avec notre rencontre. C'est une fiction pure, qui raconte une profonde histoire d'amitié, d'amour et de pardon et qui met en scène quatre personnages à la recherche de leur propre mystère. Rolande, André, Alain et Jacques, quatre vies parcourues sur deux continents, quatre vies à comprendre, quatre pas à franchir, dans la complexité de la géométrie des heures.

Nous étions quatre amis, chez moi, pour ce dernier repas. En acceptant d'en écrire la préface, mon ami malade m'a offert une grande part de lui-même, avant de m'envoyer un dernier grand salut de la main sans se retourner...

*

Comme une aube offerte aux étoiles – 2016

*

En 2009, la maison d'édition Humanitas cessa ses activités d'affaires. Depuis 1991, nous avions collaboré étroitement pour la publication, la promotion et la vente de mes œuvres.

À partir de ce moment, je ne pensai pas me remettre à la recherche d'un nouvel éditeur et recommencer ce processus depuis le début. De plus l'offre du livre numérique prenait de plus en plus d'ampleur et m'effrayait quelque peu.

*

Ce n'est qu'en 2016 que je me remis à l'écriture, en compilant des poèmes que j'avais, entretemps griffonnés çà et là, sur des napperons de restaurant et des feuilles volantes. Je les regroupai sous le titre : *Comme une aube offerte aux étoiles* et, sans trop d'attentes, j'expédiai mon manuscrit à la maison d'édition alternative Édilivre, à Paris, en me disant : *"Pourquoi pas ?"* À ma grande surprise, le manuscrit fut accepté.

*

Les Variations poétiques que je vous présente dans ce recueil constituent une belle histoire d'amour portée par la musique des mots, en puissance et en harmonie et dans le silence des heures. Et quand le cœur se recueille ainsi, l'aube se lève et s'offre en présent aux étoiles, comme on prend le temps d'aimer, dans la quiétude de l'aurore ou des fins de nuits, des voyages et des amitiés retrouvées. Car la poésie, elle se dit tendrement, par goût, par habitude sereine, avec des mots et des couleurs toujours fidèles, sans regards en arrière, sans regret aucun. Comme une aube offerte aux étoiles, ma poésie, je la chante pour tous, encore et encore, à brûle pourpoint, jusqu'à votre âme, pour mieux vous rejoindre et continuer ainsi à célébrer, en douceur et clarté, la magnificence de la vie.

*

Que sont mes amis devenus – 2016

*

À quelques mois d'intervalle, toujours en 2016, je devais récidiver avec un recueil de correspondances et d'hommages, que je coiffai du titre : *Que sont mes amis devenus,* histoire de faire un clin d'œil respectueux à ce grand poète que fut Rutebeuf.

En écrivant ce recueil, je me suis fait discret et fidèle pour tous ces amis, en allés ou œuvrant vers d'autres espérances. Que sont mes amis devenus ? Alors, le temps s'est arrêté, le temps qui jongle, se balade, nous engloutit, prend ses distances, et nourrit nos actions, pleinement et sans mesure. Bref, il s'est installé, au passé, au présent, au futur. Puis, chargé de fantaisies et de mots, libre, imaginaire et sensible, il s'est dit et s'est raconté. À travers les fragiles pages de lettres reçues, envoyées, d'hommages rendus ou donnés, le temps est devenu un instant inoffensif, enrobé de sagesse, un frémissement de plus, un chant dans le murmure du vent, un chagrin qui passe et ne demande qu'à laisser sa lumière jaillir en pleine vie.

*

Chemins de mémoire – 2017

*

L'été 2017 demeurera une date bien spéciale, puisqu'enfin, je me suis décidé à publier mon récit autobiographique sous la forme d'un long poème, qui m'était tatoué sur le cœur depuis toujours.

Publié par la maison d'édition Dédicaces de Montréal, ce qui devait faciliter l'acquisition aux lecteurs et lectrices éventuels du Québec, *Chemins de mémoire* constitue, en fait une longue confidence sur ma vie et mon cheminement, parfois houleux, mais, souvent, empreint d'une certaine forme de sagesse.

Durant mon enfance, nous avons souvent emprunté des *"chemins de traverse"*, au cours de nos gambades quotidiennes. Ces raccourcis, plus courts que ceux où nous cheminions officiellement, en compagnie de nos compagnons plus âgés, nous facilitaient les choses, au plus beau de nos jeux, de nos randonnées en nature, à la recherche de petits fruits et de la lumière. Aujourd'hui, je dois avouer que cette définition toute simple a changé quelque peu. Ils sont devenus des *"Chemins de mémoire"*. Ils sont remplis de couleurs, de mots, de poésie, de rêves ou de chagrins. En écrivant ce long poème, j'ai fait souvent appel à ma petite étoile, pour qu'elle me guide sur mes chemins de mémoire et dans les dédales profonds de mon cœur, tatoué de bien belle manière. Ce long poème, c'est un legs unique, pour vous, unique à ce que je suis, à ce qui m'est propre et à ce que j'ai réalisé avec amour et travail, durant toute ma vie. *"Chemins de traverse ou chemins de mémoire",* peu importe. C'est la vie qui s'est chargée de sculpter ma volonté et mon désir de vivre. Je vous les offre, en toute quiétude.

*

LIVRE PREMIER

D'OR…DE SANG…DE BRONZE
(Poèmes)

*

"...Dans un certain sens, nous continuons à voyager et à voyager comme si le but du voyage nous était inconnu..."

Thomas Merton
La nuit privée d'étoiles,
Seuil, Paris, 1951

*

Je suis un homme intégré et marginal, depuis des millénaires... Mais, en mes silences intérieurs, en mes voyages fantastiques, en mes cavalcades au pays de moi, je vis mon aventure. Au pays de moi, voyez-vous, bat un cœur de poète, déchiré peut-être, mais si grand, si grand !

*

Aujourd'hui, c'est jour de retrouvailles. Et j'ai le goût de m'arrêter un peu, pour te parler de moi. Je suis encore si essoufflé que j'en ai misère à reprendre le dessus. Au hasard de ma route, encore longue à vivre, l'air et l'oxygène se raréfient. Au creux de mon âme, j'aspire tant aux sources d'eaux vives !

*

Sans se lasser, la mer scintille la lumière, aux heures infinies du matin. Invitante, les bras ouverts, elle accueille les prières diffuses de l'aube...

*

Ils sont si mouvants, nos souvenirs ! Comme le sable des dunes, où, ensemble, nous avions écrit nos noms...Le lendemain, tout était redevenu lisse, comme si nos déboires communs avaient été revus et corrigés par la mer. Vois-tu, son mouvement perpétuel, c'est un peu notre image de recherche intérieure, notre soif d'Infini et d'Absolu...

*

Le jour où j'aimerai, à l'aube où tout sera plaisir, lorsque j'aimerai, te dis-je, tout sera si beau que la vie parlera d'amour et voudra que l'Infini soit ma chanson...

*

Pour atteindre ta pensée, j'ai éteint la veilleuse, j'ai regardé ma vie et largué les amarres... Que l'aurore tarde à poindre et que tes horizons sont donc lointains ! Regarde-moi, pour que je ménage mes espoirs et que j'arrête de me gaspiller le cœur...

*

Perdu et retrouvé au fond du souvenir de nos rêves en allés, je demanderai secrètement aux feuilles d'automne de m'envoler avec elles, dans un souffle libérateur...

Alors, au détour des joies nouvelles, je te reconnaîtrai, au milieu des blanches couleurs de l'aurore naissante...

*

C'est ainsi que se crée l'amitié aux lumières magnifiques ! Ainsi se nouent les liens indéfectibles du temps, lorsque nous parvenons à partager le bonheur de vivre, en l'enrichissant de paix profonde...

*

Car je suis né au printemps, dans un moment d'euphorie, en plaisir d'être et d'aimer.

*

Un enfant ouvre son regard vers la vie...C'est l'heure où se rapprochent les âmes...C'est l'heure où l'on retrouve, au fond de ses prunelles fragiles, un faisceau de bonheur, une bribe d'amour échappée du cœur, à l'instant unique de l'extase et de la conception...

*

Lorsque j'étais enfant, j'ai connu la tendresse fragile comme aurore. J'ai aimé d'un soupir une fleur éphémère...Et maintenant, que voulez-vous! Je suis une grande personne...

*

L'immensité de la mer scintille au soleil brûlant...Je lance une pierre dans l'eau limpide... Elle est si transparente! Et les ronds dans l'eau s'en vont vers l'infini... Que de chemins absolus ont été foulés depuis. Un certain jour d'été, j'ai rencontré de nouveau mon enfance. Et, brusquement, j'ai reçu un grand coup au creux de la vie !

*

Moi, je te le dis, c'est à l'heure du soleil que le bonheur t'envahira...Pour cette nouvelle naissance, j'allumerai ton aurore, au contrepoint du jour...

*

J'ai le cœur comme un cristal fragile. J'y suspends ma vie, de crainte qu'il ne se brise! Mais je sais qu'un jour, le vent soufflera sur mes indécences englouties, sur mes passages secrets, sur les matins qui pleurent. La lumière reviendra faire éclater mes yeux...Et d''un cristal fragile, j'aurai fait un cœur nouveau...

*

Je ne suis pas habitué à vivre mon espoir en lettres fugitives, au fronton de ma vie à habiter... Je ne suis pas habitué à crier ma solitude au vent qui souffle en tourbillon, en éparpillant les données de mon cœur en une équation seule…

*

Me retrouver perdu, au fond de la mémoire, regarder la mélancolie des rêves tièdes, voir s'allumer l'iris des étoiles langoureuses, m'enivrer d'espoir aux fontaines du temps retrouvé, oui, des fois, cela m'arrive...

*

Elles sont magiques les clartés, où se joue l'éphémère splendeur d'énigmatiques lumières...

*

...car c'est en me rapprochant de toi que j'ai appris le sens de mot tendresse...

*

Aux arcs-en-ciel, je promettrai de me souvenir encore des moments lourds de promesses, où le temps n'existait pas, où tu souriais toujours sans compter les heures...

*

Tu ne m'as pas ouvert ta porte, tu ne m'as pas livré la profondeur de tes soleils... Je n'ai pu m'inspirer du haut de tes souvenirs, et je ne connais pas encore la tendresse de tes nuits, où les rêves se transforment en frissons d'éternité...

*

Oui, je t'aime... C'est un aveu qui crépite, c'est un sentiment qui s'emballe au souffle de ton nom, c'est un espoir qui éclate !

Oui, je t'aime, sur un accord d'harmonie éternelle, comme autant de délices enfiévrés de deux êtres qui se passionnent et se communiquent leurs frissons!...

*

...Serait-ce au cœur de nos tristesses que se trouve la joie ?

*

Je ne sais plus rire, je ne sais plus quoi dire à la vie. J'ai froid au cœur, j'ai terni mes transparences avec tous ces bleus qui s'agrippent à mon âme. Me faudra-t-il réapprendre à vivre ?

*

Moi, la tendresse, j'ai permis à l'homme de vivre son rêve en plénitude et de s'installer chez moi. Mais, je l'ai prié de faire vite, car la noirceur brunit déjà la cime des arbres... Et là, l'homme, lui, avec son cortège de silences et de marées, s'est amené, sans tambour ni trompette.

*

Je voudrais reprendre mon souffle comme un vent d'automne, aux rêves de vie, où le temps renferme de si doux et délicieux souvenirs.

*

Ô heures attendries, ô amours du passé, Reviendrez-vous, un jour, remplir mes rêves de calmes embrasés?...

*

À quoi bon les souvenirs, puisque le temps finit toujours par nous faire croire que tout existe, Et, puis, un jour, sans raison, s'en va mourir dans les suaires de l'oubli...

*

J'attends cet amour qui ne meurt pas, fiable et souriant, comme nos rêves ou nos espoirs de vie... Demain…

*

Je vous verrais alors, rire et rire sans fin, Au souvenir des heures exquises, où tout n'était que verdeur et chatoiement! Et vous me diriez que vous êtes heureuse, sans détour, sans heurts, sans malice, comme un bouton de rose qui s'ouvre à la lumière, en étalant sa robe pourpre...

*

Seule ma pensée est près de toi et s'y fige en accords éternels…

*

C'est ainsi que j'aurai pour vivre mon temps à retenir, comme une fin d'amour, une fin d'espoir, une fin de vie, sur la route de l'Infini...

*

Mais, le temps efface si bien les souvenirs ! Je t'en prie, entoure-moi d'azur et de silence…

*

Mon frère, tes yeux ont des perles d'océans perdus, où brille l'or de courants séculaires... Mon frère du vingtième siècle, comment se fait-il que tu sois encore debout ?

*

Dans le serein du matin, mon cœur bat au pas de course... J'en suis fier, parce qu'il bat pour toi.

*

Viens frapper au battant de ma porte. Tant d'espérances veulent entrer que, vois-tu, je ne ferme plus à clé au bonheur qui passera, peut-être. Il y a si longtemps que j'attends !

*

Dis-moi, solitaire pèlerin de la Vie, dans tes longues chevauchées à la recherche de l'Infini, as-tu rencontré, parfois, des malheurs aussi grands qui ne puissent être consolés ?

*

Alors, l'Amour, cette alchimie d'affection et de liens qui se créent ferait éclater sa luminosité, et, symbole de paix retrouvée, ne pourrait plus jamais redevenir tristesse...

*

Bientôt, la nuit deviendra lumière. Hors des tempêtes, je te guiderai, un sextant au cœur... Accoudés au bastingage des rêves, nous voguerons vers des eaux limpides...

*

J'ai l'âme striée d'incrustations salines où coule le sang de rêves maritimes, anxieux de départs nouveaux, pierre durcie au feu des mouvances, aux ailes de goéland grisées de vent contrit...

*

Ton souvenir éclate, dans ma tête, comme une musique vermeille, un matin d'aurore calme. Et mes bras se tendent vers toi, en une immense étreinte...

*

Je vais vers toi en signe d'automne, sans frisson de brise. Oui, je vais vers toi, vaincu, instruit, fragile et pourtant relevé, ignorant, déterminé et confiant...

*

Je t'aimerai intensément, autant que les moments clairs m'auront appris la nuance des mots nés dans le cœur et exhalés sur les ailes du vent.

*

À douleur et sourire j'ai dit larmes et bonheur. Et, de frontières profondes, ma joie a surgi, telle une étoile iridescente...

*

Pour avoir voulu vivre dans le rire des fleurs, j'aurai vu, en privilège, des roses se voiler de noir à la brunante des songes...

*

Un jour, peut-être, sans souffrance ni chagrin, je retrouverai mes aurores et ma douceur de vivre. Et je vous habiterai sans flétrissure.

*

...Et si la transparence de la lumière ouvrait tout grand son portail à nos cœurs transis et anxieux de nouveaux départs?

*

Et aux cimes éternelles, blanches, pures et altières, je cueillerai du silence pour en nourrir secrètement les fibres qui me tissent.

*

Comme musique, l'amour m'anime, au jour où mes pas s'orientent vers le soleil.

*

Vivre, comme une prière ultime, laisser la tendresse déborder de notre vie et nous chanter l'amour, au plein creux du cœur, comme une flûte grisée de musique, un soir de printemps doux.

*

J'inventerai des écrins aux bruns sombres de l'automne, pour y cacher nos secrets, couleur de moissons passées.

*

Que c'est calme un arbre qui prie, seul, pauvre et revêtu de la bure sombre des brunantes matinales !

*

Et tombent les feuilles d'un automne trop court, en manège fou d'étoiles, comme des jours las de languir et d'attendre, au détour des routes solitaires.

*

...car, voyez-vous, mes frères, quand vous êtes recueillis, les bras tendus vers le ciel, j'ai un peu moins froid au cœur !

*

Neiges, larmes de diamant, cristaux de dentelle fine, Quittez le ciel gris et lourd et venez nous rejoindre! Les arbres vous tendent les bras, fébriles depuis l'automne.

*

...Et dans nos rêves de silence retrouvé, j'emmurerai paroles de lumière...

*

La Vie... Telle une voile apparaissant au large, je t'y mène allègrement. Nous y arriverons, tous pleins de sourires fébriles. J'aime tant les grands départs !

*

Pour t'aimer, j'ai transformé le temps en source profonde où cascade l'eau vive. Dans le fracas de sa course, elle m'a crié ton nom !

*

Se connaître, c'est simple, c'est vouloir être heureux...

*

Ouvrir son cœur... Se laisser pénétrer par la lumière... Croire en l'infini... Quel défi !

*

Être tout simplement, vibrer en musique exaltées, où de lumineuses incandescences réchauffent les cœurs transis, en retour de voyage ou de vie.

*

C'est BON, l'amitié. Ce n'est pas autre chose que de rejoindre l'autre, où tout se recoupe depuis le début des temps...

*

Il en aura fallu des mains qui implorent, des mains qui pleurent, des mains qui prient, des mains qui chantent, pour que je te raconte, ma si douce tendresse...

*

Boire à la vie le nectar des plaisirs, revoir l'amitié comme un effluve d'automne, offrir aux matins de lumière le premier rayon d'un soleil d'espoir, telle est ma prière, Regarde, elle monte vers toi !

*

Tel un cheval perdu dans les landes de la lumière, j'entre dans ta vie... Et c'est le rêve qui m'accompagne dans mes irruptions soudaines à travers toi...

*

Au creux de ton souvenir, je dessinerai le soir, pour rire...

*

Te regarder être, joindre nos parlures et nos voix et nous dire l'amour comme un secret personnel, serait-ce cela, vouloir vivre ?

*

Car, au-delà de la création, moi, je te dis que je t'aime... Et par amitié, par tendresse, j'admire ton regard sur nous... J'aime tant l'été !

*

Quand le jour renaîtra, mon éclatante prière pénétrera le silence diffus du matin. Alors, de temples incertains et étranges, s'élèvera mon souvenir!... Il vous ressemble, ma mie, car il a couleur de tendresse.

*

Aimer la tendresse éclose en nos cœurs, croire encore que tout est possible, serait-ce le sens à donner au mot aimer ?

*

Au vent qui souffle en brise d'azur, je redirai ton rire sonore comme il est beau ! Et puis, aux fleurs quotidiennes, j'inventerai une histoire pour qu'elles puissent se souvenir de toi. Alors, tu pourras venir y joindre ta vie. Et moi, je te dirai que je t'aime !

*

Bien plus tard, peut-être, je trouverai refuge au sommet de mon âge vieilli. Je croirai fermement en toi. Alors, s'installera désormais la paix, prélude à l'éternité de mon âme !

*

Paix...Mot de silence retrouvé sous des décombres de guerre, heures qui passent, légende oubliée des temps...Paix... Cloche qui tinte et invite à l'amour...

*

Verse-moi le vin pur des tendresses enfouies au plein creux du bonheur...

*

Le temps s'en va... Rapidement, les saisons s'accrochent à des poussières de souvenirs. C'est la nuit qui tombe. Déjà !

*

Si ma vie quotidienne devenait temps retrouvé au cadran éternel ... Alors, je saurais que ma vie peut continuer à saisir les heures qui passent en des retrouvailles inespérées...

*

Une vie... Page tremblante et bien remplie, tendresse neuve en échange d'amour, regards complices et lourds de sagesse, hiver immaculé, en attente de départ... Oui, une vie... Tout simplement...

*

Se pourrait-il qu'à nous deux, nous aurions marché sur des rêves de lune et aurions pris nos pensées pour une vie sans défaites ?

*

À la balance des jours, qui sait si la route sera aussi claire que celle où tu me tenais la main, et où ton regard transcendait le mien... T'en souvient-il ?

*

Quand le vent tombera, quand la voilure prendra à la misaine, nous aurons été, dans un passé antérieur aux étoiles filantes, une vie !

*

LIVRE DEUXIÈME

IMAGES et MIRAGES
Récits

"Je ne suis qu'un bloc de terre plein de racines
Je mêle ma langue aux racines enneigées
Je mêle mon souffle à la chaleur du printemps
Je m'imprègne de chaque odeur
Je plante des mots dans la haute plaine
Tout commence ici au ras de la terre
Ici tout s'improvise à corps perdu. "

Gatien Lapointe
Ode au St-Laurent

*

Le temps est venu pour moi de ramasser mon absence puis de rentrer au pays, au pays qui m'appartient, puisque je n'ai pas renié mes racines...

*

Mon être s'y trouve encore, couché sur le sable gris, à l'ombre des hautes falaises, à l'abri des parois du jour ou dans le silence des pas perdus, entre deux souffles qui me ceignent et me conduisent...

*

"Frappe à ma porte", me dit le pays. *"Ma voix t'appelle."* *Viens chez-moi, entre, il y a un couvert pour toi, tu le sais bien... Fais escale sur la route de ton exil, fixe ta vie dans la clarté de tes appartenances à un pays si vaste...*

*

Écoute les paroles qu'il te dicte ou te raconte, comme autant de méditations et de silences à parfum d'immortalité. Arrête de bouger et de t'agiter, comme si une main invisible agitait tes ficelles...

*

T'as déjà vu un champ de blé fauché, où le vent balaie les brindilles oubliées de la moisson passée ? Comme les épis épars, ta vie serait-elle à la remorque du vent ? Et pourtant, tu devrais être comme le sel de la mer, qui empêche la vie de perdre haleine.

*

La sagesse, tu sais, combat la faiblesse dans le sillage de nos jours éphémères.

*

Aujourd'hui, tu retrouves tes racines et ton pays. Permets à la vie de s'installer en toi.

*

Dans le silence, le calme et la paix intérieure, apprends à faire le vide en toi, car, tu sais, la vie quotidienne nous en donne si peu la chance.

*

Puis, comme l'hirondelle, l'été revenue, bâtis maison, enfants, pays. Tu nous dois bien cela, n'est-ce pas ! Mon pays, il te ressemble et il t'appelle."

*

C'est avec des images de cœur, des images de tendresse et d'amour, que s'écrit l'Histoire, que se forgent les souvenirs, que se raconte le passé.

*

Il est si long, parfois, ce chemin intérieur de l'âme, et si difficile à atteindre !

*

Aujourd'hui, plus que jamais, ma prière se voudrait sereine, comme un chant apaisant qui monte de vêpres d'automne. Car il nous faut mourir pour pouvoir revivre. Il nous faut la tristesse des chants de l'automne pour que viennent les tendres mélodies de printemps doux, remplis à craquer de promesses d'aurores blanches, porteuses d'espérance et de vie à embellir...

*

Ma vie, c'est un perpétuel rêve entrouvert où je puise le ferment qui me permet de vivre et de rejoindre les êtres. Car la vie surgit en moi avec une telle poussée que je n'ai d'autre choix que d'aller de l'avant.

*

"Voilà la raison de notre arrêt chez toi. Nous, les mots, voulons reprendre notre souffle, retrouver nos chansons intactes, notre romantisme aux empreintes de jeunesse.

*

Nous voulons tourner avec toi les pages vertes de l'enfance, les pages bleues à n'en plus finir de la jeunesse, aux heures de gloire et de puissance, les pages grises qui se rappellent et parlent si bien le langage du cœur."

*

L'expérience humaine est si riche, qu'apprendre à en lire la poésie, c'est apprendre à se lire soi-même.

*

Ah, je ne te cacherai pas que je connais des poèmes qui, depuis longtemps, me servent d'abri et me connaissent intimement, qui savent mes années, mes césures et mon destin.

*

Oui, je voudrais tant qu'ils puissent m'écrire, un peu mieux que moi-même, avec des mots qui aiment et qui comprennent ce que je suis intérieurement et profondément.

*

Grâce à la magie révélée par les mots, je me suis senti souvent comme un enfant devant l'immensité de la vie à traverser ou devant l'impondérable légèreté d'un passage ou d'un instant.

*

Tout, aujourd'hui, nous interpelle. Nous passons de la réalité au rêve, avec une image évanescente de ce que nous sommes appelés à être, dans la grande courbe de la vie : l'enfance, l'adolescence, la jeunesse, l'âge adulte et la vieillesse, où les mots ne s'écrivent plus avec des lettres majuscules, mais avec un frémissement de l'âme.

*

La route du bonheur commence toujours par un regard intérieur jeté sur soi et les autres.

*

Car tu sais, dans toute vie, il y a un commencement, un infini à parcourir, une éternité à retrouver.

*

Des mots te font signe de vivre, des mots d'amour, de vie et d'espérance en autrefois retrouvés, au souvenir de rêves oubliés du temps...

*

Des mots fiers d'allure, embryons de lumière, qui s'écrivent en lettres majuscules, des mots porteurs d'espérance et de vie, au hasard des routes claires, que tu parcoures, à fière allure, depuis toujours, toi, mon ami, ma sœur, mon frère à aimer.

*

Tu me demandes candidement ce que c'est qu'aimer, vivre et mourir ? Recueille-toi. C'est mon cœur qui te parle...

*

Aimer, c'est encore pouvoir se fermer les yeux et permettre au rêve de s'installer à demeure...

*

Aimer, c'est écouter son cœur, pulsation inlassable, au fil du temps, le cœur qui fait mal, qui souffre, qui a froid, qui a mal au ventre...

*

Mais c'est aussi le cœur qui aime, qui sait rire encore, qui arbore sa joie, qui sait tout du bonheur, le cœur de chaque être, dur et ferme, bon et touchant, qui peut changer, écouter, se tenir debout, grandir et jaillir, comme une source d'eau pure et cristalline.

*

Aimer, c'est se connaître, avec ses joies et ses déchirures.

*

Mais, c'est aussi vouloir repartir à neuf, échanger un cœur de pierre contre un cœur de chair et habiter un cœur nouveau, au sein de la lumière.

*

Aimer, c'est vivre la transparence de son être et la communiquer aux autres, se laisser envahir par la lumière qui, telle une ondée estivale, pénètre la sensibilité, la perméabilise, la transforme et la rend apte à croire et à espérer.

*

Aimer, c'est d'abord se vaincre, c'est vouloir croire en la vie, croire en la beauté de ce qui nous entoure, croire que tout est possible.

*

Aimer, c'est rendre l'autre heureux, vouloir le conduire sur les routes du bonheur et l'aider à apprivoiser la vie pour qu'il puisse y mordre à pleines dents...

*

Aimer, c'est retrouver un peu plus, chaque jour, le visage de l'autre qui chemine avec nous et prendre conscience qu'il existe...

*

L'amour ne peut souffrir l'égoïsme.

*

L'amour doit arriver à nous faire comprendre que, dans le mystère de vie qu'il recèle il devient une raison de rendre le bonheur accessible à tous les humains de la terre.

*

Car c'est un privilège de pouvoir voyager au pays de l'amour. Cela ressemble beaucoup à un clin d'œil de l'âme à notre cœur.

*

Aimer, c'est croire en l'autre, dans le don qu'il nous fait de lui-même. Aimer, c'est vivre et s'éclater de louange.

*

Il est préférable de vivre avec des certitudes, plutôt que de passer sa vie à trouver des réponses à des questionnements hypothétiques.

*

Il n'y a rien qui arrive ou survient dans la vie d'un individu qui n'a pas sa raison d'être, qui ne nous est pas utile à un détour ou à un carrefour de vie trépignante.

*

Il ne faut surtout pas nous enfermer dans une rigidité étouffante où l'amour et la tendresse n'ont plus le droit d'entrer.

*

Pour être bien avec soi- même, il faut accepter de vouloir aller au bout de sa vie.

*

La finitude humaine possède ceci de particulier. Elle passe par le creuset de nos aliénations pour atteindre la grâce de la sagesse et de l'espérance.

*

La vie, point n'est besoin de le dire, c'est un combat incessant, une lutte où on retrouve de belles périodes lumineuses, des périodes où le feu de l'action nous attire et nous fascine.

*

Car il n'y a pas d'œuvre d'art possible si, au départ, il n'y a pas cette grande passion du cœur qui a nom amour, pour un mieux-être de l'être humain.

*

La vie, en quelque sorte, c'est un magnifique cadeau, un constant retour sur soi-même, en rythme et en musique, une chance de plus qui nous est accordée pour connaître la paix et la sérénité.

*

Il ne faut pas craindre de vieillir. Avancer dans la vie, c'est entrer de plein pied et de plein cœur, avec beaucoup d'affection et d'attachement, au beau milieu de nos rêves, comme des gens qui aiment, parce qu'ils débordent de tendresse et qu'ils possèdent tout dans un simple regard.

*

Quand on commence à se poser des questions et des pourquoi, le doute nous attend. Et le doute, c'est l'âme qui se dégrade.

*

Nous sommes là parce que nous devons d'abord nous réaliser : des êtres humains qui veulent profiter de chaque instant de la vie qui les habite pour pouvoir encore mieux apprivoiser leur mort.

*

La mort, c'est une réalité tellement vivante, c'est un passage de lumière vers une dimension nouvelle, surnaturelle et attirante, dont le mystère nous échappera toujours.

*

La mort n'est pas un terme à la vie, c'est une ouverture sur l'espérance, sur une autre vie extraordinaire dont personne ne connaît le contenu.

*

Dans toute montée de vie, il y a des percées de soleil fulgurantes. C'est là l'héritage important que l'on doit laisser aux autres.

*

Vivre, aimer, mourir, c'est si simple, au fond ! Trois pas, trois étapes, trois montées, trois victoires...

*

Le temps, on y harmonise tous nos matins clairs, au-delà des nuages sombres, au passage d'un simple bonheur quotidien...

*

Il est encore temps de comprendre, de vivre la belle et vibrante amitié des retrouvailles de vie, de pleurer un bon coup les grands départs, puis, la main au cœur, nous retrouver, le soir venu...

*

Lève la main. Prends celle de l'autre à côté de toi et salue bien haut la vie qui t'habite.

*

Qu'en est-il de ce pays étrange que l'on appelle le pays des songes, du difficile amour. Est-ce le pays de la poésie, où se reflète notre vision du monde, notre besoin de croire, en regards intimes, vers les profondeurs de notre âme ?

*

Quelquefois, cela m'arrive de vouloir pénétrer dans l'inconnu, sur la pointe des pieds, tout en douceur... Alors, mon esprit s'élève, transcendant au-delà de l'image réelle, de l'ordre des choses et se retrouve en moi, perdu au fond de la mémoire, dans un dédale multiforme et profond, un pays où le temps n'a plus d'emprise...

*

La poésie est là, cette fantaisie de mots quotidienne, libre comme le vol d'un oiseau, imaginaire et sensible, qui se dit et se raconte, à travers formes retrouvées, comme autant d'inspirations irréelles, puisées à même la vie...

*

La poésie, c'est une compagne inséparable où le rêve et la vie s'entremêlent pour nous indiquer la route de la découverte du sens profond de l'être, en un mélange heureux de féérie et de lumières d'intelligence...

*

La poésie, c'est simple, au fond. C'est l'amplitude de l'être tout entier qui laisse pénétrer en nous l'éclat et la transparence de la lumière. C'est l'être humain dans toute sa beauté et sa profondeur, recueilli, en prière, dans ses merveilleux moments de réflexion, de solitude et de silence...

*

Sur la pointe des pieds, avec grand respect, je commençai alors à voir défiler devant moi une cavalcade étrange, sans arrêt, muette et fière de venir s'enivrer aux intarissables fontaines du temps retrouvé.

*

Ce volumineux bouquin rouge parlait de vie et d'appartenance à un pays beau, un pays grand, le nôtre, serti comme un joyau pur, un pays à servir avec tous les dons reçus, un pays à prendre dans notre cœur, un pays dont les racines sont si riches en humus nourricier, un pays à nous apprendre à respirer de vastes espaces, un pays pour ouvrir nos bras en gestes d'accueil, un pays à histoires belles, remplies de tendresse et d'amour...

*

Tout cela respirait l'air frais et les douces parlures gaspésiennes, si belles à entendre et dont les accents portent en eux le mouvement inlassable de la mer...

*

Quel festin de retrouvailles, ces pages précieuses ! Ces amis aimés, si près de moi, étaient là, peuplant les pages usées par le temps, le labeur, le courage et la force de vivre.

*

La route du bonheur commence toujours par un regard intérieur jeté sur soi et les autres…

*

"Tu vois l'eau de la mer, garçon!... Eh ben!... Allé bleu glacier, bleue à parte de vue, tellement bleue là, qu'à s'agrippe à not' mémoire, toute au long de not' vie... Allé bleue et ben fière de ses rides. Cé une belle eau gaspésienne parc' qu' a porte toutes nos espérances, nos rêves pis nos souffrances aussi."

*

Nous, les enfants, encore sous le charme des histoires de monsieur AMÉDÉE, nous étions tellement contents de ce que nous venions de vivre. Il nous avait *«instruits»* de nouveau. Une partie de la liturgie de notre enfance venait de prendre fin.

*

Monsieur AMÉDÉE nous avait entraînés dans ses confidences secrètes, ses espoirs, ses prières à haute voix, ses histoires palpitantes à vivre, ses peines et ses chagrins à supporter, ses joies à envahir et, surtout, nos jeunes vies à embellir et à rayonner...

*

"Chanter son pays, ses beautés et ses richesses", m'avait dit la Vieille du Cap Gaspé, *"c'est d'abord vouloir rendre hommage à ses origines, à ses racines et, ensuite, raconter avec nostalgie, de belles et tendres histoires d'amour qui sont si jolies et douces à entendre."*

*

"Que de fois je me suis remémorée cet épisode de ma longue vie, les soirs de pleine lune!

Au détour du temps, une trame de vie nombreuse et animée s'est tissée sur ma presqu'île, une vie enchevêtrée de fils de naufrages, de partances et d'arrivées à bon port.

*

Quelquefois, ces histoires à saveur de légende furent fertiles en événements de toutes sortes. Car je suis bien placée pour te dire que dans le cœur de chaque gaspésien, homme ou femme, on retrouve des attaches maritimes et agricoles, des traditions familiales solides qui forment les maillons inséparables d'une grande chaîne. Encore aujourd'hui, les bâtisseurs infatigables de notre beau pays gaspésien, ce coin de terre si pittoresque, nous donnent l'occasion d'en cueillir des fruits regorgeant de souvenirs, où le courage, la force et la ténacité constituent l'héritage à transmettre.

60

*

Ma mémoire en est toute remuée, mon fils, lorsque je laisse filer mes souvenirs en allés déjà dans la nuit des âges... Va maintenant, je te laisse. Tire tes propres conclusions de mes propos. Et conserve ta dignité d'être humain, même si tu rencontres le chagrin ou la douleur sur ta route."

*

Quelle belle occasion rêvée pour me recueillir tout entier, avec amour, pour écouter, dans un climat de piété bucolique, les chuchotements historiques, la légende née et vécue se mélanger aux rêves du beau pays à construire, des amitiés communes à vivre, des pêches fabuleuses et fantastiques à soutirer de l'onde et à raconter, des secrets venus des abysses profondes de la mer, lourds de sens, de vie nombreuse et insoupçonnée à transmettre en héritage...

*

La complainte de Forillon a de la mémoire. Des femmes fantastiques et admirables comme cette grande dame si droite continuent encore à bâtir l'Histoire de Gaspésie, de façon indiscutable. Elle est un hommage posthume à leur vie et pour nous, une incitation fervente à continuer généreusement leur œuvre...

*

On ne déracine pas un vieil arbre du sol de la Gaspésie. Ça ne se fait tout simplement pas. Et si, par hasard, on arrive à l'arracher de ses racines, il finit toujours par mourir. C'est comme un destin inexorable. Elles sont trop profondes, trop enfouies dans ce si beau coin de terre... Le choix de vivre ici, en ce pays si vaste, aux horizons si changeants, c'est, avant toutes choses, une soif intarissable de liberté pure, celle de voir la mer, les immenses espaces, les grands champs ondulés, à perte de vue ou à flanc de montagnes, les sentiers endormis de lumière et de silence, aux couleurs mordorées de l'automne... Ils sont si beaux nos souvenirs, amarrés comme ça, au quai des mouvances... Dans le calme du crépuscule, ils ont mémoire à tous les embruns et les brises du large et à leurs chansons de vagues calmées, de barques aux heures enfuies, qui dorment pour réparer les fatigues fourbues du voyage... Maintenant, ils sont là, après avoir tant navigué pour nous rejoindre et ils nous offrent la lumière qu'ils transportent avec eux...

*

Aux horizons infinis de la mer, à perte de vue ou de mémoire, nos regards sont parfois éloquents. Il suffit de se souvenir pour voir apparaître au loin la majesté somptueuse du roc péninsulaire de GASPÉSIE, en éternel dialogue avec le temps, auréolé des roses et des pourpres du crépuscule. C'est ainsi que s'illumine, retrouvée, l'espérance de la liberté inscrite sur les ailes vagabondes de ses grands goélands, ivres d'espace et d'infini. Regarde, il est là ton pays. Laisse-le vivre et reprendre son souffle.

*

"Pis, quoi cé t' dire du Ruisseau-à-Rebours. Non mé, çé tu assez beau comme nom!... Cré yable, çé aussi beau qu'un poème r' viré à l'envers, coulant dans les méandres de nos rêves, comme un beau poème d'amour Moé, j' te l' dit, il en faut à plein de l'enchantement pis d'la poésie, pour tenter de consoler, une fois pour toutes, les deux amants séparés de l'Anse Pleureuse, dont ont dit qu'y s'ont aimés jusqu'à vouloir s' rejoindre dans la mort... Encore aujourd'hui, y a en masse des bouleaux blancs qui pleurent encore leu tristes amours, les soirs de pleine lune...

*

T'sé, y s'en est passé des événements pis des aventures de toutes sortes à Rivière-au-Renard. A c' qu'on raconte, une révolte s'y est même passée. Y paraît que s' tait pas beau à voir. L' monde pis les boss des compagnies y ont eu ben peur, à c' qu' y paraît. T'sé, les vieux du village pis ceux des alentours, ben y en parlent encore, dans les veillées.

*

Des fois, j'me d' mande si les jeunes d' astheure pensent à ça quand y nous parlent de leu droits d'aujourd'hui. Ben, m'a t' dire, avant eux autres, les gens de c' te coin-là, y l'avaient ben compris.

*

Tsé, malgré tout, on a pas encore réussi à lui corrompre son âme à la Gaspésie. Allé ben nette, pis blanche comme une voile de barge, parc' qu'allé pure pis qu'à s' souvient.

*

"Comment c' que tu t'appelles, toé?" ... Là, j' t'avoue qu'j' ai eu une ben drôle de pensée qui m'a travarsé la tête avant d'y répondre, car j'ai eu l'impression que c'tait moé qu'était l'étranger sus mes terres. J' te dis qu' sus r' venu à la maison ben jonglard. L'progrès, cé t'y aussi nécessaire qu'on l' dit pour nous rendre heureux?..."

*

Monsieur Timothée l'avait au cœur et à l'âme, cette terre bénie. Avec sa verve paysanne, il m'avait transmis son héritage avec une si grande bonté que je ne pus que reconnaître, une fois de plus, la splendeur et la magnificence de l'âme gaspésienne.

*

- Coule et roucoule à travers bois et taillis, en cascades de sons et de trilles fracassantes et briseuses de silence... Chante ton pays, chante les

63

saisons, aux heures froides de l'hiver, aux espérances du printemps en attente, à la nature retrouvée de l'été. Alors, l'automne venu, tu découvriras avec ravissement que ton pays aux horizons si vastes, c'est une féérie, une rhapsodie multicolore aux mille et un sons, un mélange allègre où les ors, les ocres, les carmins, les orangés et les bruns sombres tachètent les irréductibles verts dans la force de leur gamme encore pleine d'espérance.

*

"Viens, mon garçon. Allons nous assire sur l' bord d' la falaise, pis r' garder l'soleil s' coucher sus l'barachois de Carleton. T'sé, quand y fait une pareille tombée d' jour, y faut en profiter pour r' poser nos vieux os... Viens-t-en avec moé. Pis, en fumant ben tranquille, m'a t'raconter une ben belle histoire, celle d'mon boutte d' pays. Y paraît qu' cé ça qu'tu veux savoir. Ben, t'a pas fini d'en apprendre, parc'que des légendes, y en a plein, t'a qu'à ouère. Cé comme si lé événements qu'y y sont arrivés, ben, y s'ouvraient ben large la mémoire pis l'cœur, si on peut dire, à l'échelle d' leu vie d'hommes pis d'femmes, pis des efforts qu'y ont faite pour bâtir la Gaspésie pis ses beaux villages, aussi beaux l'long du littoral qu'lé franges des chapeaux des femmes à l'église, l'dimanche."

*

Les coudes appuyés sur ses genoux, sa pipe d'une main et gesticulant de l'autre, le vieil homme commença pour de bon la relation de ses souvenirs. L'heure était au recueillement. Avec un profond respect, je me mis à l'écouter religieusement pour tenter de comprendre et de capter la flamme qui brillait dans ses yeux profonds, comme une étincelle de fierté et d'appartenance à la Gaspésie.

*

Le soleil commençait à baisser les yeux. Le ciel de Carleton se mordorait lentement des couleurs sacrées du crépuscule, en constant changement. Il reflétait ces splendeurs nacrées à la surface des plans d'eau et des dunes toutes proches.

*

-Tu sé, Newport, ben cé l'village natal de Mary Travers. Ah, madame Bolduc, a l'a ben chanté la Gaspésie, sus tous les continents. Pis a l'a pas eu peur pantoute de dire qu'a l'était ben fière d' ses origines. Pis ça y a pas nui à noire. Au contrair', ça l'a rendue ben populaire... Madame Bolduc, ah, ça été une ben grande Gaspésienne, pis on y doé ben du respect, cé moé qui te l' dit.

*

Monsieur Dick-à-Saumure, tel un héraut, un chantre héroïque d'une épopée fantastique, acheva son chant historique en prononçant ces dernières paroles. Il se leva, grandi et comme auréolé d'une limpide lumière. Son regard balaya l'horizon qui se confondait de plus en plus avec la mer et le ciel, dans un dernier sursaut de lumière crépusculaire. Je lui serrai la main, conscient du privilège qui m'habitait de pouvoir vivre un moment aussi extraordinaire, un moment de piété et de recueillement, à fleur de cœur, à fleur de souvenir et de tendresse.

*

"Moi, mon rôle, c'est de chanter aux quatre vents. Mais toi, au pays de la mer, des rochers à fleur d'eau, des vents du large et des pêcheurs à bout de fatigue d'avoir halé tant de captures, dis-toi que le temps presse, qu'il a longueur de vie et d'aventures. Ouvre de nouveau ce livre de vie. Ton grand et magnifique rêve achève. Un vieil homme extraordinaire y attend ta visite, avec ses rires et sa mémoire. Il a tellement aimé son pays que ses mots sont pleins de fébrilité à l'idée de te rejoindre. Accorde ton âme à la sienne".

*

Monsieur. Moïse me regarda, en silence, puis détourna lentement sa tête pour regarder en direction du large, comme s'il voulait prendre la Vieille-du-Cap-Gaspé, là-bas, à l'entrée du havre, comme témoin muet de ses dires, pour qu'elle les emporte avec elle dans le secret séculaire de ses vieilles pierres.

*

Je suis né de la lumière. Je ne suis de nulle part, de nulle frontière, de nul pays. J'habite un espace fuyant, comme les sables mouvants. Je vais et je viens,   Car je suis un mirage de lumière impalpable,   insaisissable, comme les vents de la mer ou de la plaine...

*

Pourquoi être revenu ici, en terre gaspésienne, puisque tout me semblait si loin, maintenant, mon enfance, mes racines, mes joies si tôt envolées. Je le savais bien, on ne recrée pas le temps quand la page est tournée. On ne peut refaire les souvenirs...

*

Oui, un souvenir aux pas immenses sur la neige éclatante, une entrée sur la scène du temps, un souvenir dont la présence avait été si longtemps souhaitée, attendue, puis oubliée, comme une page qu'on tourne, en y enfermant son cœur pour mieux y étouffer sa souffrance...

*

Les marguerites m'ont toujours fasciné par leur beauté diaphane, par leur symbolisme de soleils aux rayons blancs et purs. Elles ne demandent qu'une chose toute simple, dans la liturgie profonde de leurs racines, dans leur pensée d'aurore.

*

- Moi, j'aurais désiré m'envoler sur les ailes du vent, pour vivre au grand soleil, petit vaisseau cosmique aux pétales purs, perdu aux confins de l'espace et du temps ! J'aurais voulu transporter des rêves et les incruster au fond des cœurs solitaires...

*

-J'aurais aimé vivre comme elles, habillée de rose, vivre intégrée à cette merveille de la nature qui se défend tellement avant d'ouvrir sa splendeur au soleil qui a tant besoin de sa coupe vermeille pour boire sa rosée matinale... Hélas, je suis née vulgaire marguerite.

*

Elle avait voulu être Amour... Et pour bien se laisser pleinement habiter par cette grande passion du cœur, elle avait fait le pari de vivre, malgré les tabous qui pesaient lourd, et se donner à chaque instant, en vagues de souvenirs si tendres qu'ils avaient laissé leur marque d'un gris de brume...

*

Nous avons voulu vivre l'instant unique où le temps recueilli sourit au cœur qui l'implore. Mais, malheureusement, nous avions oublié que dans cette grande liturgie du recommencement, l'amour avait poussé son germe vers le soleil. A ce moment précis, il portait encore fièrement le nom de tendresse...

*

Et plus le temps passe, plus mon désir de vivre et d'être heureuse n'enserre que des ombres.

*

Moi, mon désir est très simple: vivre, aimer et puisqu'il le faut bien, mourir un jour. À chacun nos mirages, n'est-ce pas !

*

LIVRE TROISIÈME

CHRONIQUES D'ENFANCE
(Nouveaux écrits de l'Anse)

"Le maître a dit qu'en ce monde une seule chose ne devrait jamais être oubliée. Si vous deviez oublier tout le reste et vous souvenir seulement de cela, vous n'auriez aucune raison de vous inquiéter. Par contre, si vous vous rappeliez, accomplissiez et réalisiez tout le reste mais perdiez la mémoire de cette chose vous n'auriez, en fait rien accompli du tout..."

Maître soufi RÛMÎ

PROPOS DE TABLE

*

Le quatre-temps, c'était notre plante à nous, accueillante, rieuse et colorée, témoin de nos jeux enfantins, mais avant tout, synonyme de printemps, de renaissance, d'été chaleureux, de vacances enfantines, d'automnes écarlates à parcourir monts et vallées de l'arrière-pays, du deuxième rang au trait carré, en passant par la grande cédrière et les pacages clôturés. Et puis, après le grand sommeil de l'hiver, le repos et la solitude blanche. Quatre périodes, quatre saisons pour habiter nos vies, quatre-temps à répartir et à parcourir, quatre souvenances immortelles, bien lovées dans nos cervelles enfantines.

*

Les paysages de notre enfance ont changé de visage et repris leurs droits ancestraux. Lentement, ils se sont mis au pas et essaimé sur les terres défrichées de jadis, en effaçant les traces des premiers arrivants du village.

*

Il en va ainsi de la vie. Qui d'entre nous, un jour ou l'autre, n'a pas songé un instant à l'immortalité, à un monde sans âge, sans frontières, aux souvenirs vivants dans la mémoire humaine ? Bien sûr, la durée éphémère des jours nous oblige à constater que tout passe, mais force nous est donnée de prendre conscience aussi que chaque être humain, un jour ou l'autre, à quelque part, d'une façon quelconque, survit et se prolonge en quelqu'un ou en quelque chose. C'est tellement rassurant de songer ainsi, même si nous ne comprenons pas toujours pourquoi. Lorsqu'on regarde avec attention le ciel illuminé de pléiades d'étoiles, il est tellement agréable de penser qu'il y en a une qui brille pour nous, qui nous guide constamment, soleil rassurant dans l'infinité du cosmos, aux limites du temps et de l'espace.

*

C'est la renaissance de la vie, c'est le grand mystère des racines où tout se transforme et se déploie vers la lumière particulière du printemps.

*

L'enfance bénie des heures de bonheur coulait dans le temps, sans discours, sans heurts, sans bousculades. C'était l'émerveillement sans fin, croyions-nous alors, de notre famille, où la joie se conjuguait au présent avec la simplicité des moments purs à habiter tout doucement.

*

"Mes enfants, r'gardez comme cé beau d'la terre neuve. Ça sent bon, ça fume pis cé là d'dans qu'on va dormir un bon jour."

*

Mon père, empoignant la miche de pain, y traçait une croix avec la pointe de son couteau. Avec d'infinies précautions, il le découpait et nous en donnait une large part. Plus tard, je compris toute l'ampleur de cette paternelle liturgie commensale, lorsque notre maîtresse d'école nous expliqua en détail chaque partie de la prière du Notre Père, à sa façon.

Je me souviens m'être longuement arrêté pour réfléchir sur le geste respectueux de mon père et sur ce beau passage: "Donne-nous aujourd'hui notre pain quotidien."

*

Avant de sombrer dans l'évanescence des rêves, je pris conscience que l'été, dans la liturgie des heures, ce n'était, après tout, que l'accomplissement des promesses pleines d'espérance du printemps rieur, une durée dans le temps et l'espace. Comme la vie, l'envoûtement estival logeait déjà à bonne enseigne et nous étions aux premières loges du bonheur et de la joie de vivre.

*

Il en est des années comme des événements. La joie y côtoie la peine, les départs et les arrivées tapissent les jours en y ajoutant le bonheur des retrouvailles ou encore l'attente de longues soirées où le temps s'écoule lentement et inexorablement. Des amours naissent et meurent inflexibles, vivantes, enflammées ou moroses, emportant avec elles de longues traînées de vie empressées de remplir la coupe des heures de bonheur ou d'espérance de lendemains meilleurs.

*

"D'main, tu prendras un timbre de rationnement dans l'armoire pis un peu d'argent et tu iras chercher du sucre chez Mme Marie. On va faire des galettes pour Salomon..."

Je la regardai avec un sourire de contentement et je sentis une grande fierté m'envahir. Pas un prévôt de la terre ne saurait qui était Salomon... Plus tard, en me remémorant cette anecdote, je compris à quel point la solidarité, cette vertu obligeante envers les autres, prenait place fermement dans le cœur de ma mère et des habitants du village.

73

*

Face à la grande croix noire de tempérance suspendue au mur, à gauche de la table familiale, nous prenions alors conscience, dans nos jeunes cœurs de l'importance de l'amour les uns envers les autres, sans toutefois pouvoir encore le définir avec justesse.

*

La température se faisait douillette, les glaces dérivaient sur le fleuve, clairsemées et fuyantes, laissant apparaître la couleur bleu froidure des eaux de printemps. Tout respirait la résurrection et la vie.

*

Quoi qu'il en soit, la renaissance de la nature amorçait sa ruée printanière et nous étions prêts à l'accueillir à bras ouverts, à cœurs vaillants, conscients que l'amplitude de notre bonheur quotidien se mesurait directement à la portée de nos gestes et de nos actions.

*

Les salutations d'usage terminées, on grimpa l'escalier. Bien à l'abri dans mes épaisses couvertures, je songeai alors à nos aînés, là-bas, "dans ces coins sans limites" du Nord québécois. Je crois fermement que ce soir-là, en invoquant mon ange gardien, ma prière d'enfant ne fut jamais aussi fervente.

*

La première saison, le premier temps de l'année battait son plein, la fonte des neiges s'accentuait et le bois de chauffage s'entassait en une immense pile, prêt à être scié, fendu et cordé. La main d'œuvre revenait et nous, le temps des sacrifices terminé, nous sentions bien que le soleil finirait par triompher.

*

Il nous arrive quelquefois de revivre, à brûle-pourpoint, une scène d'enfance, de sentir une odeur particulière qui nous ramène en arrière, ou encore, de poser un geste anodin. Parfois, sa portée nous remet en mémoire une donnée importante, dont les répercussions présentes sont encore si essentielles pour nourrir notre appartenance à ce beau pays de Gaspésie. Aujourd'hui, quand il s'agit de transmettre en héritage ces données de vie aux racines lointaines et si riches de souvenirs, beaucoup de gens penseront qu'il s'agit là de folklore, qu'il ne faut plus vivre dans le passé, qu'il nous est nécessaire de foncer et de développer ce territoire si pittoresque et si riche. Bien sûr, ce constat économique est extrêmement important et ce serait jouer à l'autruche que de l'ignorer.

Mais *"le passé est garant de l'avenir"*, a-t-on écrit quelque part. Chaque événement, chaque péripétie, si menue soit-elle, chaque humble geste au quotidien de nos heures de vie, recèle en soi une entité d'espace et de temps, où les souvenirs s'installent et où la mémoire se recueille. Bâtir un pays, c'est d'abord savoir puiser aux sources vives des bâtisseurs, c'est écouter leurs chuchotements et murmures se répercuter en écho aux quatre coins de l'horizon de ce pays à découvrir et à construire. Folklore, tout ça ?... Non, je dirais plutôt prière et mémorial à parfum de louange.

*

Ah, ce lac, comme il fut merveilleux ! Témoin de nos jeunes heures, aux quatre coins de l'année, il se faisait le complice de nos baignades d'été, ainsi que de nos escapades automnales sur les tapis de feuilles mortes, de même que de nos interminables glissades sur sa surface glacée. Que de truites vermeilles sont venues mordre aux appétissantes amorces de nos lignes rigides, à travers les trous percés à la hache dans la glace aux couleurs limpides... La forêt dénudée de ses feuilles, les arbres suppliants venaient alors faire miroiter leur prière et leur attente de silence blanc en se prolongeant abondamment sur cette immense surface glacée du lac à monsieur Jos, comme les villageois se plaisaient à l'affubler.

*

"R'garde, mon garçon, comme cé beau la nature. Pis, à matin, l'soleil est pas ménageux. Les montagnes sont comme roses, là, mé tu vas voir, dans une couple d'heures, y vont paraître comme bleues pis grises, quand l'soleil y va baisser l'blagne , parc'qu'y va s'cacher derrière les nuées. Tu vas voir, t'a l'heure..."

Ce que mon père ignorait à ce moment précis de notre randonnée forestière, c'est qu'il déversait à plein cœur et à plein esprit les images poétiques qui, à tour de rôle, venaient s'inscrire profondément dans mon imaginaire d'enfant et que je retrouverais, intactes et pures, au bout de mon pinceau ou de ma plume, au cours de mes incursions adultes au pays des symboles et de la poésie des jours, à parfum d'appartenance à un si beau et vaste pays.

*

C'est ainsi que s'écoulaient les heures, remplis de cette impondérable légèreté du temps qui passe.

*

Moi, je ne pouvais pas oublier ce que Monsieur Amédée nous avait déjà disserté à sa façon, au sujet de l'eau de mer. En levant la tête, son regard se dirigea vers le vaste horizon qui se déployait devant lui. La pipe à la main, comme s'il avait voulu la prendre à témoin de ses dires et de ses parlures, il nous avait appris que l'eau de la mer s'agrippait à notre mémoire, à cause de sa couleur bleue glacier à perte de vue, qu'elle était très fière de ses vagues et de ses rides, aux jours de grand vent, comme aux jours calmes en huile. Elle devait être fatiguée, selon lui, de toujours porter de nombreux bateaux et des tas de barges et de flats cherchant les voyages, l'aventure ou la morue.

Avec des élans poétiques, il nous parlait aussi de ses houles blancs, quasiment bleus, puis qu'il ne fallait pas nous surprendre de voir le "frette" l'engourdir au point de voir les mouques se serrer les unes contre les autres pour se réchauffer, à l'approche de l'hiver.

"L'eau d'la mer, hé ben, allé bleue comme la robe d'la sainte Vierge, allé claire comm' d'la vitre. Cé ben simple, à la vouère, comm'ça, on dirait qu'cé transparent comme la résurrection du Bon Dieu."

*

Aujourd'hui, en effectuant un retour en arrière, ces effluves de vie surgissent en trombe de ma mémoire. Déligner du bardeau de cèdre ne constituait pas en soi une tâche si importante, après tout. Mais, à la trame de nos vies, ce moment intense et réjouissant venait graver en nous une étape importante de notre évolution. Notre environnement printanier nous donnait l'occasion de réagir profondément aux personnes de notre entourage et de notre famille. Que d'interrogations précises sur notre existence, sur nos choix à faire, sur nos valeurs à vivre et à analyser germaient déjà dans nos cœurs !

*

Dans ma tête d'enfant, choyé par tant de vie à habiter, le délignage du bardeau, c'était beaucoup plus qu'une simple et anonyme anecdote folklorique. Il constituait un événement saisonnier important à plus d'un point de vue, puisqu'il nous permettait de connaître davantage la vie et le courage des nôtres, les habitants et les habitantes de notre humble village, de partager leurs espoirs, leurs joies, leurs peines et leurs épreuves.

*

J'ai toujours été fasciné par cette propension formelle qui habite les enfants à vouloir imiter les gestes quotidiens de leurs parents. C'est ainsi que nos bonheurs suaves et purs, soudés à notre enfance et à nos souvenirs, sont remplis de ces données initiatiques si importantes où découverte et plaisir deviennent co-générateurs de confiance, de contentement et de satisfaction, dans le déroulement harmonique de nos loisirs enfantins. Dans notre simple et harmonieuse traversée de l'enfance, à Pointe-Jaune, les efforts, le travail, la peine et l'amour des chansons de gestes posés par nos pères et mères revêtaient, dans toute leur amplitude, la beauté et la confiance dont nous avions besoin pour nous réchauffer le cœur et l'âme, au moment où, dans la grande chaîne de la vie, nous entreprenions notre voyage intense, marqués au front du signe de l'amour et de la tendresse parentale.

*

"Des vrais enfants ! "

Chose certaine, je crois plutôt que sa remarque démontrait clairement qu'elle était fière de la performance de son mari, constructeur de barges émérite. Personnellement, le fait qu'elle compare mon père à un enfant me prouvait, hors de tout doute, que celui-ci gardait encore intacte, au fond de son cœur, la pureté simple de son âme d'enfant qui lui permettait de se rapprocher davantage de nous, de nos complicités et de nos jeux. Nous nous sentions aimés et c'était là l'essentiel de notre bonheur familial, si simple et si vrai.

*

Ce n'est que de nombreuses années plus tard que je compris l'importance des gestes d'équarrisseur de mon père. Face à la pièce de bois, il épousait, sans l'ombre d'un doute, la figure légendaire de l'artisan-créateur, à l'image des bâtisseurs infatigables d'un pays à construire et à édifier. Au risque de me répéter, ses actions revêtaient quelque chose de sacré, une entité indéfinissable, une espèce de connivence ultime entre le bois et lui-même et dont il était le seul à détenir le secret et la clé.

*

Souventes fois, quand on effectue un voyage en arrière dans le temps et que l'on scrute notre parcours de vie, beaucoup de souvenirs ressortent en vrac de notre mémoire, dont le rappel évoque des moments émouvants et joyeux où tout nous suggère d'intarissables images d'enfance fixées à jamais dans les fibres intimes de notre être.

*

La brunante gagnait rapidement du terrain. L'horizon se teintait de rose cendré. Dans la quiétude du soir, la paix étendait lentement ses voiles d'ombre sur le paysage conquis. Tout n'était que murmures nouveaux, en messages de vie et de renaissance. Dans mon imagination, notre barge neuve se parait déjà de couleurs vives et fendait les flots avec intrépidité, à la recherche des bancs de poissons argentés.

*

Ce n'est que plusieurs années plus tard que je compris vraiment toute l'ampleur et l'importance de cette geste quotidienne. Au cours de mes études classiques, de mes lectures et de mes incursions dans les hauts faits de l'histoire universelle des peuples, j'appris avec admiration et respect combien furent admirables les constructeurs émérites des grandes cathédrales du monde: tailleurs de pierre, fondeurs d'art, doreurs en feuille, charpentiers, ébénistes, peintres en trompe-l'œil, ferblantiers-couvreurs, plâtriers, maçons, souffleurs de verre, autant de noms de métiers évocateurs de patrimoine et d'histoire.

Mon père, lui, artisan, ouvrier, cultivateur, pêcheur, procréateur et créateur, portait aussi un nom beau et sublime à prononcer, comme le mot même de cathédrale : il était bordeur de barge.

*

Cette remontée nostalgique dans mes souvenirs revêt une coloration particulièrement touchante lorsque je me rappelle la singularité émouvante de nos jeux de bord de mer, si créateurs et originaux. Là, point de complications ni de disputes, mais une perception digne et respectueuse de notre environnement maritime et terrestre, de l'importance primordiale qu'il revêtait pour assurer nos luttes quotidiennes et notre survie collective.

*

Lorsque mesdames nos institutrices, Gemma, Alma, Thérèse, Marie, Jeanne d'Arc et Thérèsa, se pointèrent dans nos activités scolaires annuelles, elles furent appelées à guider nos jeunes vies et elles contribuèrent, de magnifique façon, à consolider nos liens et nos amitiés, puisque nous étions tous partie prenante de nos joies et de nos peines à conquérir et à vivre, avant que le sérieux des événements ne vienne transformer notre vie et faire de nous de grandes personnes sérieuses.

*

. Et puis, là-haut, au coin de la route, la vieille maison grise à la cheminée fumante, solide, sereine et paisible, veillant sur tout ce paysage déjà conquis par tant de vaillance et de travail sans cesse renouvelé à bâtir un pays et nos souvenances.

*

Aujourd'hui, assis devant mes toiles blanches, je puise encore à large cœur dans cette paix et cette quiétude enfantines, pour me remettre en mémoire nos jeux et cabrioles de la grosse roche, si purs, si harmonieux et si nostalgiques. Au-delà de l'espérance qu'elle représente, son symbole revit encore aujourd'hui, puisque, comme elle, il demeure immuable, captant la vie, l'amour et la paix à recouvrer.

*

C'est avec un espoir bien légitime que je fouillais les trouvailles marines, les épaves désolantes, les varechs tordus par une souffrante sécheresse. Peut-être, un jour, qui sait, mettrais-je la main sur une bouteille jetée à la mer par un marin en détresse et y lirais-je un message à décoder, indiquant la route à suivre vers d'étranges îles, pour y rechercher un trésor enfoui où l'inconnu et le mystère se côtoieraient. Enfin, tout était possible, comme dans les contes que ma mère savait si bien enrober de merveilleux.

*

Nous, les enfants, trempés et inquiets, nous regardions les vagues terrifiantes se déchaîner avec fracas sur les crans à fleur d'eau. Et dans notre esprit, leur mugissement féroce transportait avec lui de monstrueuses rumeurs d'échouage, de solitude, de ruine et de désolation. Moi, je ne pouvais que songer aux appels changeants de la mer, tellement fascinante quand ses chants se faisaient enchanteurs, tout en murmures étranges, en miroitements chatoyants et en fascination éblouissante. Et aujourd'hui, là, devant moi, froide, glaciale, cruelle, sombre et ténébreuse, ses chants, hier si beaux et ravissants s'étaient soudainement transformés en hurlements sinistres, comme d'énigmatiques walkyries perfides et solitaires, à la recherche de leur destin de mort.

*

Les barques bien attachées au terre-plein, nous pouvions, en toute quiétude, reprendre la route de la maison pour le repos du soir, non sans une halte nécessaire et presque religieuse au sommet de la côte, sur le vieux banc de bois, histoire de jeter un dernier regard au crépuscule du fleuve à perte de vue. C'était l'heure exquise du soir où tout entrait dans la paix nocturne. Les marguerites avaient déjà fermé leurs pétales pour la nuit. Au loin, le phare de Pointe-à-la-Renommée commençait à laisser clignoter ses feux de garde. Frissonnants, les pantalons trempés, mais heureux de notre cueillette, nous regagnions notre demeure, en recueillant, au passage, les hennissements de Prince, amarré près du ruisseau. Ainsi se déroulaient nos jours et nous étions au rendez-vous de notre insouciante enfance.

*

Ainsi, plongés dans notre harmonieuse et tendre enfance, dans la pêche, les marées, les rochers, les coquillages, les poissons, les embruns, les galets de la grève, nos jeux de bord de mer, tout nous entraînait dans une ronde active et maritime, sous l'œil attentif et vigilant de nos parents et des membres de notre communauté villageoise, veillant constamment sur nos espiègleries quotidiennes.

Mais, quelquefois, sans crier gare, la montagne toute proche faisait aussi entendre ses appels puissants et réitérés, en empruntant les voix du vent. Alors, dans un seul élan, nos jeux prenaient la route limpide et gracieuse de la plaine résonnante encore des chants cristallins des oiseaux et du bourdonnement incessant des insectes, dans les prés avoisinants la montagne. Là aussi, la poésie opérait le miracle de la vie.

*

Il nous arrive souvent de relire les pages tournées de notre vie, de ressasser nos souvenirs envolés. Les cycles éternels des saisons nous apparaissent alors bien remplis réguliers : on y retrouve parfois la beauté sereine de si beaux moments tendres, la renaissance d'instants purs et beaux qui fleurissent encore au fronton fidèle de nos espérances inscrites sur la grande courbe de la vie...

Notre espace terrestre, à l'horloge des jours et du temps envolé, nous apparaît alors épanoui et noble, à la mesure de nos rêves de durée et de mémoire. Nos horizons se recueillent et s'élargissent, en quittant le cercle restreint de notre enfance. Les portes de la vie s'ouvrent pour laisser place au merveilleux qui s'installe, radieux et digne. La vie campagnarde resplendit autour de nous, verdoyante et plantureuse et

82

tournoie dans le charme et l'ivresse des jours, à l'image d'une grande et tournoyante valse des âges...

*

Que ce soit à l'aurore ou au mitan du jour, toute cette rumeur des bois nous entourait de ses frémissements limpides, en faisant retentir ardemment, au creux de nos jeunes vies, l'appel incessant de la montagne où tout n'était que cascades d'eau, murmures d'insectes, gazouillements d'oiseaux et frémissements éphémères de papillons multicolores. Dans la lumière du soleil ou avec les frissons de la pluie tiède sur nos torses nus, nous étions au rendez-vous quotidien de la coulée, tartine à la main et enfance naïve bien ancrée en nous.

*

À perte de vue, le fleuve St-Laurent nous offrait son paysage de vagues ondulantes que les ailes des mouettes grises et des goélands venaient frôler langoureusement, de temps à autre, à la recherche d'un hypothétique poisson. Toujours en éveil, jamais immobile, il imposait ses rythmes et ses appels à toute notre enfance. Son verbe était intarissable, en flux et en reflux sur la grave grise, parsemée d'innombrables cailloux colorés, à roulement inlassable et séculaire.

*

Tel était le panorama villageois de Pointe-Jaune, vu du haut de la montagne aux moutons. Notre village vibrait intensément aux jours de soleil, comme une rhapsodie multicolore, dont les rythmes s'accordaient harmonieusement aux mouvements silencieux des saisons. Les radieuses lumières du jour, le tumulte des tempêtes, les rumeurs des bois avoisinants, les roulements du tonnerre, les frissons de la pluie et le scintillement des étoiles s'y côtoyaient, dans un splendide foisonnement de vie. Avec de retentissantes langueurs à ras de terre, Pointe-Jaune fredonnait la chanson des saisons en musiques exaltées, où tournoyait la folle farandole des jours en mal de départ :

les espoirs fous du printemps en attente, épousant les pas du temps, aux images à inventer encore. Et puis, les espérances comblées des routes de l'été aux larges horizons étendus accueillaient les vents de plaine, de mer ou de montagne, pour laisser ensuite leur place aux splendeurs automnales et ses froissements de feuilles en allées vers leur destin, dans un voyage enflammé et majestueux au pays des ors, des cramoisis et des moissons passées. Finalement, venaient s'y ajouter l'engourdissement hivernal et la pureté du dépouillement des arbres, les bras tendus comme pour une dernière supplication.

*

Ainsi accompagnés du rire éclatant des fleurs, des papillons en mal de dialogue ou de farandole effrénée et des douceurs de l'été, notre symphonie conjuguée de cueillette plantureuse mélangeait ses harmonies azurées à l'effleurement rêveur de nos fragiles espérances.

*

Il n'y a rien de plus profond et méditatif que le temps qui s'arrête pour livrer passage, à un souvenir envolé, un prolongement de mémoire ou une chanson remplie de pensées inédites où un troubadour aurait enfermé des mots en attente de durée et de passé à raconter, comme si la persistance des gestes ouvrait les volets de nos souvenances, au milieu de nos horizons de vie ou dans le cercle de nos habitudes.

Aujourd'hui, cela m'arrive encore et j'en suis fort content et troublé, de me souvenir des âmes et des mains créatrices que j'ai pu voir s'ouvrir, pleines à ravir de tendresse, de départs, de retours ou d'attachement, au cœur de simples gestes quotidiens, où la communion avec la nature devenait si intime et confidentielle.

*

Ainsi, après y avoir déversé quelques charges de glaise, la plateforme fut achevée avec une attention minutieuse de la part de monsieur Rémi ont les gestes répétés caressaient doucement la glaise grise, comme pour y apposer, sans l'ombre d'un doute, la marque indélébile de l'âme du créateur et de l'artisan.

*

Moi, je ne pouvais que penser à l'intarissable réservoir d'affection dont elle faisait preuve et qu'elle transmettait avec tant de simplicité et d'aisance avec tous ceux et celles qu'elle côtoyait dans notre communauté villageoise et dans la paroisse, au cours des veillées mémorables où se jouaient de si beaux "drames" sur les tréteaux de la petite scène du sous-sol de l'église. Parfois, aussi, près de nous, dans l'intimité de notre demeure, surtout à l'heure du coucher, dans la pénombre des chambres, très simplement, elle savait faire valser les héros et héroïnes de contes fabuleux, en empruntant leur langage pompeux et leurs gestes guindés. Alors, comme par magie, grâce à ses gestes, défilait le conte merveilleux où les princesses endormies attendaient doucement le retour des héros sans peur et sans reproche, où les ogres méchants et repoussants finissaient toujours par disparaître, pour laisser place à de gentils et gracieux personnages, tout en douceur et en noblesse. À cet instant précis, maman revêtait tour à tour le masque de la comédie et de la tragédie et grandissait tellement à nos yeux qu'elle épousait presque l'éternité des héros et héroïnes de conte qu'elle incarnait avec tant de pétillance, de courtoisie et de déférence.

On comprendra alors que les propos flatteurs de monsieur Rémi frappaient à la bonne porte et que l'humilité naturelle de maman lui colorait soudainement les joues. Elle n'était pas habituée à un tel éloge public de ses qualités d'épouse et de mère. Toutefois, ce qui m'intrigua davantage, ce fut ce petit bout de phrase laconique et apparemment anodin que papa crût bon d'ajouter aux propos de monsieur Rémi, tout en regardant maman avec une attention particulière :

"Tu sé, Rémi, t'as ben raison !"

Lorsque papa entama le pain signé de la croix traditionnelle, je réalisai combien monsieur Rémi était un être extraordinaire dont les gestes de créateur émérite avaient sûrement la pureté de la mie blanche que je tenais entre mes mains. En ce dimanche, je ressentis la nette impression que ma pensée se faisait prière de reconnaissance pour tous les personnages d'épopée et de légende comme lui et beaucoup d'autres, que je venais tout juste d'observer, devisant et riant sur les dalles de ciment du parvis de notre église paroissiale.

Quand il s'agissait de libérer tout l'amour qu'elle portait à sa famille, à ses proches et aux démunis, ma mère ne s'embarrassait nullement de prétextes pour en bloquer la sortie. Avec beaucoup de courage et de patience, elle savait s'arrêter et se laisser déranger dans ses habitudes quotidiennes. Sans fébrilité, sans rapidité, elle ouvrait largement la porte de son cœur. Par des gestes d'accueil et de service, aussi simples que la coupe de cheveux des enfants du village, les soins infirmiers qu'elle prodiguait aux éclopés, l'écoute attentive de ceux et celles qui venaient, en toute confiance et confidence, lui raconter une peine, un deuil à assumer ou un chagrin d'amour à panser, elle nous démontrait qu'en chacun de nous se cachent tous les atouts nécessaires pour marcher et grandir. En empruntant la porte de l'amour et du service, maman avait donc route belle pour nous apprendre à laisser fuir l'égocentrisme, à partager avec les autres, à ne jamais faire entrave à la vérité dans nos expériences de vie à vivre et à venir. Toute sa vie, elle nous raconta, dans la piété de ses gestes simples, de ne jamais oublier qu'en nous engageant à vivre intensément, nous donnions à notre liberté d'être humain le plus beau nom qu'elle pouvait revendiquer : l'amour.

Accueillir un *"quêteux"*, lui offrir le gîte et le couvert ne constituaient en somme qu'un événement parmi tant d'autres de cet été 1942. Mais, pour moi, cet épisode de vie familiale reflétait bien plus. Malgré le poids et le fardeau des jours, maman nous avait permis d'apercevoir et d'admirer la richesse de sa trajectoire de vie et le sens profond qu'elle lui donnait, en l'enrobant de tendresse et de générosité. Et il y en avait tant au creux de ses mains calleuses !

*

Lorsque la paix du soir étendait ses voiles sur le paysage conquis par tant de gestes répétés longuement, Prince, du bout de sa laisse de pâturage regardait les vailloches de foin coupé avec contentement et satisfaction. A ce moment-là, ses hennissements nocturnes revêtaient presque la couleur d'un grand éclat de rire.

*

Quand l'angélus de midi sonna, que les tintements de la cloche de l'église flottèrent dans l'air diurne, papa s'arrêta de travailler, souleva respectueusement sa casquette et maman l'imita en se signant avec piété.

*

Quelques neuf ans plus tard, cette merveilleuse et touchante scène bucolique me revint fidèlement en mémoire, au moment où le professeur d'histoire générale mit à notre disposition un grand recueil illustré de reproductions d'œuvres d'art et de chefs-d'œuvre immortels de la peinture. Quelle ne fut pas ma surprise d'y apercevoir et d'admirer la scène champêtre du tableau de Jean-François Millet, intitulé : L'ANGÉLUS.

Avec émotion au cœur, je ne pus empêcher les larmes me monter aux yeux à l'évocation de ce souvenir ineffaçable de ma mémoire. Je commençais alors mes sérieuses études classiques et mon ascension juvénile vers la route sinueuse de la vie adulte. Je comprenais aussi, avec de profondes réminiscences, que la période de la fenaison, à Pointe-Jaune, ne revêtirait plus cette coloration majestueuse où, avec de paysannes rêveries, nous sautions à cœur-joie dans les herbes parfumées, au milieu des rires exubérants et de la simplicité pétillante de notre enfance, bien juchés sur la charretée de foin brinquebalante que tirait Prince, ce compagnon si fidèle de nos heures d'enfance.

*

Aujourd'hui, en me fermant les yeux, j'écoute encore avec ravissement mes voix intérieures tinter noblement le rappel de ces souvenirs champêtres si denses et candides. Avec nostalgie et déférence, je me rappelle, je me recueille et je prie...

Comme le temps a filé ! En feuilletant ainsi mes souvenirs d'outre-mémoire, je respire encore leurs parfums et j'y retrouve tant de visages familiers, un nom en particulier, un regard, une métamorphose, au fil du temps.

Maintenant, nous avons ouvert nos ailes et pris notre envol. D'autres visages s'en sont allés au-delà du temps, dans l'éternité souveraine de la mort à la vie. Nous avons continué à rire ou à pleurer, sans ambages, sans embarras, au cœur des peines, des joies, au diapason de la vie à voir et à continuer. Et quelle vie ! Toute entière bâtie de hardiesse, d'endurance, d'efforts et de fatigue. Un bien beau rêve s'est exprimé par nous, un rêve aux horizons clairs, ou nous sommes demeurés ancrés et fidèles à notre culture et à notre milieu gaspésien, au hasard de rencontres fortuites, comme une vie qui se prolonge dans les liens, les habitudes, les coutumes, le voisinage, les occupations et les travaux. C'est à tout cela que nous avons bu, en nous jurant de ne pas jamais oublier nos pas d'enfance, sur le sable du temps. À cette célébration respectueuse à vivre et qui sertit si bien notre mémoire, nous avons communié à la noblesse de nos gestes, comme à ceux de nos parents qui nous ont si vaillamment et humblement appris à porter nos joies, nos peines et nos misères avec dignité et respect.

À Pointe-Jaune, en cette année de guerre 1942, quelle que fut la tâche à accomplir, les travaux à finir, on ne s'embarrassait pas de manières ni de préambules cérémonieux. Tout nous conviait à la joie inoubliable des jours, à la fébrilité des êtres et des choses. Spectateur enthousiaste, dans l'étonnement ravi de mon regard enfantin, je lisais déjà ma volonté naissante de grandir, réussir et vaincre.

Comment, alors, ne pas me laisser éblouir de si tendres souvenances ! Elles font éclater leur luminosité avec tant d'espérance encore ! Ainsi, l'heure est au partage du souvenir, rempli de musique intérieure, vibrante comme une symphonie issue des mouvements de mon âme.

*

Sans contredit, la forêt commençait déjà son compte à rebours, puisqu'il lui fallait s'éteindre lentement, après une prestation scénique digne d'une grande diva toute ornée de sequins d'or, médaillée de bronze et parée de perles de pluie, en boucles argentées. Bientôt, les paillettes cuivrées des arbres et des feuilles se déploieraient en envolées féeriques, dans l'enivrement et l'orgie chorégraphique de leur farandole de mort, sur un fond tapissé des ambres du crépuscule, des topazes brûlées de l'aube et des éclatantes perles cramoisies de la rosée, suspendues aux branches et figées dans le temps et l'espace.

*

Il en est des bruits comme des parfums. Bien lovés dans notre mémoire, ils ressurgissent souvent à l'improviste puisqu'ils possèdent cette caractéristique bien précise de s'accoler à de tendres et merveilleux moments vécus à différentes étapes de notre vie.

*

Il en est des bruits comme des parfums. Bien lovés dans notre mémoire, ils ressurgissent souvent à l'improviste puisqu'ils possèdent cette caractéristique bien précise de s'accoler à de tendres et merveilleux moments vécus à différentes étapes de notre vie.

*

Tout doucement, avant mon entrée à l'école, les simples préceptes pédagogiques mis de l'avant dans notre éducation familiale, les arrêts privilégiés effectués par papa au cours de nos randonnées en forêt pour nous permettre d'admirer la poésie calme et sereine d'un paysage conquis par la lumière ou un moment unique, les prestances théâtrales et impromptues de maman et ses mimiques si drôles, de même que nos séances de bricolage autour de la table de famille, tout ce bagage intellectuel avait profondément pris racine. Et voilà que sous la férule de madame Thérèse, les portes de la connaissance s'ouvraient toutes grandes devant moi. Quoi de plus pour oublier la guerre !

*

À la mi-août, alors que la pénombre commençait à envahir la maison, maman grimpa jusqu'au petit grenier situé sous les combles et en descendit le beau et ancestral rouet de bois au vernis ambré et usé par la patine du temps. Installée confortablement, un large panier rempli de laine cardée à sa droite, elle commença alors à effilocher les longues fibres épaisses entre ses doigts. Tout en nous amusant, nous aurions le loisir d'observer tout le rituel qui accompagnerait le doux ron-ron du rouet de bois.

"Suis allée hier au moulin

Voir ma mie Annette.

Comme elle filait le lin

De sa quenouillette.

Moi, je tournais le rouet,

Rou-rou-rou et rou dondaine

En pensant à mon secret,

Rou-rou-rou et rou dondé."

Ainsi commençait la ronde merveilleuse du filage de la laine du pays. Les mots et la mélodie de la vieille chanson folklorique envahissaient la maison. De sa voix douce, maman rythmait le chant du rouet, en y mêlant les accents vieux et si purs de cette émouvante chanson de terroir, aux parfums de souvenances de jeunesse et de vérité. La laine s'enroulait docile et fine, après avoir cueilli au passage un brin de tendresse au creux des mains maternelles. Quel bel instant de vie que celui-là !

*

Au mois d'août 1986, quelque quarante-quatre-ans plus tard, au cours d'un voyage touristique et culturel de la Chorale les Voix du Large de Gaspé, en France et en Suisse, nous devions, au cours de notre itinéraire, faire halte en la ville de Blois, sur les bords de la Loire.. A cet endroit précis, une surprise de taille m'attendait. Non seulement nous y avons chanté, mais notre prestation scénique se déroula au Château de Blois, construit et remanié au cours de la période s'étendant entre le XIIIe et le XVIIe siècle. Ce fut d'ailleurs dans l'une des imposantes salles restaurées au XIXe siècle et baptisée du nom du duc Gaston d'Orléans, fils d'Henri IV et de Marie de Médicis, que nous avons chanté le Québec d'hier et d'aujourd'hui, avec un immense sentiment d'appartenance à cette vieille et historique terre de France, berceau de nos origines et de notre culture...

Si je rappelle ce souvenir récent, c'est que, durant cet événement mémorable, j'ai vécu l'un des moments les plus émouvants de ma vie. Face à l'auditoire composé de personnes du troisième âge, à qui le concert était destiné, je devais interpréter une vieille chanson folklorique racontant une triste histoire d'amour médiévale :

"Dans la chanson de nos pères

Monsieur de MALBROUGH est mort...

Si c'était un pauvre hère,

On n'en dirait rien encor.

Mais la DAME à sa fenêtre,

Pleurant sur son triste sort,

Dans mille ans, deux mille peut-être,

Se désolera encor...

File la laine

File les jours...

Garde ma peine

Et mon amour,

Livre d'images,

Des rêves lourds,

Ouvre la page

À l'éternel retour..."

Lorsque je pris place à l'avant-scène de ce haut-lieu historique, l'espace d'un éclair, ma pensée franchit les océans... Je me retrouvai à Pointe-Jaune, mon humble hameau de pêcheurs de morues, dans la quiétude des chambres de notre chaude demeure. Je revis alors le visage si pur et beau de ma mère. Drapée dans une couverture de laine, elle jouait pour nous ses éternelles histoires de princesses et de rois évoluant dans de magnifiques et imposants châteaux, quelque part en vieille France.

À ce moment précis, j'entendis le ronronnement de son vieux rouet de bois surgir de ma mémoire. Au moment où les premières notes du guitariste se firent entendre, je revins à la réalité. Je m'approchai du micro et me mis à chanter. Au premier rang, j'en suis sûr, à travers les yeux d'une noble dame aux cheveux blancs, je reconnus ma mère qui me regardait et m'écoutait en souriant.

*

Quoi qu'il en soit, dans l'éblouissement des heures, l'été s'éteignait, en s'offrant aussi l'azur, l'or et le pourpre de la troisième saison en rutilances de rêve, avant de rendre l'âme. Quant à nous, comme d'habitude, nous étions aux premières loges.

*

Profond, quelquefois sauvage mais si exubérant par moment, le mystère campagnard de l'assoupissement automnal de la nature amorçait sa grandiose montée. Ce jour-là, avec une vue imprenable, nous en avions aperçu sa lancée fulgurante, dans l'aire de battage de notre grange.

*

Il en est de notre effort terrestre comme en un chemin méritoire vers la vérité et la bienfaisance des êtres. On le découvre quotidiennement sous forme d'énergie à vivre, de dévouement absolu ou de bonheur à apprendre.

*

D'ailleurs, bientôt, à la limite de l'escarpement, en bordure de mer, les barges fatiguées et les chaloupes repues de tant de voyages maritimes commenceraient à offrir leurs flancs délavés aux neiges débutantes, bien renversées sur de larges pontons de bois et arrimées solidement. En dialogue secret avec le vaste espace, elles se raconteraient sans doute leurs combats contre les vagues hostiles et implacables. Le temps du repos arriverait pour elles. Alors, dans un souffle étrange, leurs tourbillonnantes randonnées prendraient fin. Puis, en tirant la couverture de l'hiver, le temps d'un énigmatique repos, leur sommeil commencerait, peuplé d'héroïques et grandioses rêves d'hypothétiques conquêtes.

*

Ils sont nombreux à s'offrir à nous, les instants précieux de méditation profonde : les heures, les jours, demain ou hier, le temps en soi, tous sont chargés de promesses à venir ou fugaces comme une ombre qui disparaît. Tous portent leur espérance sublime au creux des saisons, au front des âges, en passage, en arrivée ou en départ... Inévitablement, ils disparaissent ensuite sans laisser de traces marquantes, se pardonnant parfois d'avoir été oubliés ou en implorant la promesse de demeurer au creux de nos songes entrouverts.

*

Fini la valse sans fin des feuilles ivres de couleurs pures. Désormais, les arbres pleuraient leur gloire évanouie dans les brumes du matin. Abandonnée à son sort, la feuillée jonchait le sol, aux prises, çà et là, avec de fuyants et moribonds soubresauts de mort. Tout se taisait désormais en sentant approcher la longue silhouette blanche de l'hiver dans la pénombre du soir.

*

En paix, en liberté, en allégresse, novembre devenait pour nous, de manière indéniable, le mois des escapades et des jeux de forêt, des rêves de conquêtes à raviver et d'espérances à vivre. A travers les champs dénudés, les prés fauchés et frissonnants, de même que les bois en attente de blanc, nous avions le loisir de les cueillir à pleines mains et à cœur ouvert. Remuante, allègre et libre, notre juvénile liberté s'éclatait en illuminant notre enfance de vivifiantes caresses et de parfums inoubliables.

*

Quel spectacle éblouissant s'offrit alors à mes yeux ravis de tant de beauté éclatante ! Des myriades de flocons cristallisés s'étaient abattus sur la campagne engourdie et frissonnante, à peine sortie de sa torpeur désolante et terne. L'immaculée couverture de l'hiver s'étendait lentement, toute en volutes, en éclats et en dentelles féeriques.

*

On ne peut mesurer avec certitude l'impondérable légèreté d'un instant unique où l'on sent le bonheur nous frôler de son aile. La maisonnée dormait encore. Hormis les pétillements rieurs du bois dans le foyer du poêle de cuisine, tout reposait dans un silence émouvant, comme si les êtres et les choses étaient soudainement devenus muets, encore tout étonnés que, sans avertissement, l'hiver tombe subitement du ciel lourd.

À la limite des champs avoisinants, les arbres ployaient sous le poids des giboulées et les épinettes sombres n'en pouvaient plus de supporter cette abondante lourdeur de pureté froide. *"Poésie, que tout cela"*, me direz-vous ? Non, je ne crois pas...Rien ne se compare à l'émerveillement des yeux et du cœur d'un enfant quand la première neige fait son apparition et comble ses attentes, après de longs jours à épier le ciel en attendant qu'elle daigne bien tomber en abondance.

*

Cette première neige 1942 était marquée par une grande et brutale guerre. Malgré la violence froide et armée qui régnait encore dans le monde, malgré la froidure de la saison d'hiver qui frappait sourdement à nos portes, cette apparition soudaine venait tout doucement nous rapprocher davantage par sa blancheur immaculée, en étalant devant nos yeux étonnés, la pureté" que nous n'avions de cesse de réclamer pour que se termine, le plus rapidement possible, cette funeste et sanglante deuxième grande guerre mondiale...

*

En secrète harmonie avec les chants de l'hiver, nous sentions bien que nos longues soirées au coin du feu nous permettraient de mieux saisir l'instant qui passe comme une durée bienfaisante, un moment privilégié de bonheur à saisir et à emmagasiner intimement au cœur de nos mouvances et de nos souvenirs de décembre...

*

Il est parfois difficile de voir apparaître en de rassurantes lueurs ou en de gracieux contours le pays à vivre, le pays qui palpite en clair-obscur, au creux du rêve ou dans une course haletante, à la poursuite du temps à retrouver où tout ne serait qu'accueil et beauté.

*

Aujourd'hui, ce sentiment si doux et agréable, ce suave et pur enracinement en mémoire, revient constamment me redire et me chanter en de douces souvenances, l'immensité du pays à habiter encore et encore ! C'est un pays grand, la Gaspésie, un pays à se faire l'œil et à se remplir la mémoire, un Finistère à n'en plus finir, un pays à se respirer l'âme, un pays où coule le sang de rêves maritimes et de nouveaux départs, d'arrivées à bon port, un pays de mer, d'écorchis immenses, de varechs luxuriants, de forêts sombres et de vallées séculaires, un pays où dansent, dans les soirs indigo, les aurores boréales et les feux-follets, ivres de tant d'espace à combler et à embellir, un pays où les habitants mêlent et confondent leurs parlures de bord de mer aux appels de l'humus qui colle à leurs bottes, un pays vaste et fécond, aux appartenances fières d'allure et d'origine.

Que dire devant tant de beautés, devant ce spectacle permanent, devant la force que ce pays et ces terres de Gaspésie recèlent, sinon que l'image qu'elle imprègne dans notre souvenir témoigne de son intensité contemplative. La Gaspésie, c'est la nature dans tout ce qu'elle a d'effréné à offrir, un panorama constamment réinventé dans l'intégrité de ses formes et de ses couleurs...

La Gaspésie, c'est aussi l'observation silencieuse et pieuse de la terre et de la mer, de ses gens passionnés, de ses forêts profondes et de ses clochers baignés d'une bienveillante lumière. C'est un pays où l'idée de la paix souveraine nous est magistralement rendue avec douceur et clarté, comme si le visiteur émerveillé par tant de splendeurs à découvrir passait par une perception nouvelle de la Création...

La Gaspésie, c'est encore la nature "improfanée" où l'on croit en la beauté, à relent d'intériorité et de vérité. Voir la Gaspésie un jour, c'est en adopter les couleurs baignées des lumières pâles de l'aube et des somptuosités du crépuscule, c'est en faire sa quête d'absolu à découvrir, comme un appel à la prière et à l'éternelle paix que procure cette terre gravée dans nos mémoires et notre cœur...

En décembre 1942, un simple regard au dessin d'Ulric avait fait naître ces nobles sentiments dans un coin secret de ma mémoire enfantine. Sans le savoir encore, je sentais bien que la Gaspésie m'était ancrée au cœur et que, subséquemment, elle chanterait sans arrêt, comme en une litanie, les quatre-temps et la magnificence de la vie...

*

En novembre 1945, on signa l'armistice mettant fin aux hostilités meurtrières de la deuxième grande guerre mondiale. S'éteignirent alors les terrifiants cauchemars de terreur affreuse et de mort sur les vastes champs de bataille désormais désertés et vides des bruits de canons et de mitraille...

*

En cette fin d'année 1945, cependant, à l'image du petit sapin en attente de lumière, nous commencions à peine à savourer la paix revenue. Nous souhaitions voir apparaître le jour béni où le rationnement prendrait fin et où tout redeviendrait à la normale. Par contre, nous étions loin de nous douter que l'après-guerre nous réservait bien des surprises. Les années subséquentes se chargeraient de nous les apprendre, parfois avec étonnement et stupéfaction.

*

Au pays de l'enfance, le mot magie revient souvent exalter nos jeunes âmes, au milieu d'événements éclatants ou gracieux. Nos motivations profondes ne revêtent pas encore les prétentions sérieuses et définitives qui font de nous de grandes personnes, dont la vision du monde s'habille indûment d'aspirations sérieuses et de rêves à conquérir outre-mesure, assortis de méthodiques raisonnements et de savantes dissertations sur d'inextricables situations de vie ou de graves questions existentielles...

*

Ainsi, la rêverie, la clarté et la lumière accompagneraient les étincelantes composantes de cette magie des Fêtes au cœur de mon village endormi dans les froidures et les neiges abondantes de décembre. L'année 1942 filait vers sa fin ultime en se drapant déjà dans ses voiles d'oubli...

*

Comme ils sont souvent chargés d'éclat et d'émotions vives les contours de mes souvenirs enfantins quand ils ressurgissent ainsi des profondeurs recluses de mon âme! En pénombre ou en clair-obscur, en effleurement de mémoire ou de présence constante, leur apparition en fixe le rêve et les songes, le relief et l'éclat indompté, aux appels incessants et sonores. Dans cette foulée de souvenirs, la réception de ma toute première lettre constitua, à coup sûr, un moment d'allégresse ineffaçable de mon souvenir...

*

Avec beaucoup de nostalgie au creux de la mémoire, il m'arrive souvent de me remémorer cet épisode ensoleillé de ma tendre enfance. Des êtres merveilleux comme Gisèle, mon admirable marraine, nous en rencontrons beaucoup sur les routes lumineuses de notre vie. Ils y parsèment le bonheur, la consolation, l'amitié, l'amour et la foi en l'humanité, comme si ce geste d'affection et de tendresse pure leur était tout à fait naturel.

Une carte de Noël, quelques pensées et un bref instant de vie lui avaient suffi pour inscrire ces données indélébiles en mon jeune cœur de six ans, A ce titre, elle revêt à mes yeux le beau titre de pure messagère de bonheur ! Comme la lumière brillait intensément dans ma tête lorsque, le soir venu, je m'endormis, tout en rêvant aux étoiles !

*

Qu'elles me semblent lointaines maintenant ces visions féeriques ! Et pourtant, elles sont si proches ! Les anges viennent encore secouer la torpeur des habitants de la planète en leur annonçant qu'un Sauveur va naître. Et deux mille ans après sa naissance historique, ce jeune bambin nommé Jésus nous dérange encore !

*

Relater des chroniques qui ont jalonné et embelli nos heures d'enfance, c'est un peu défier le temps. Ils sont si fragiles nos souvenirs qu'un moindre souffle peut parfois les effacer. Mais aucun coup de vent, brusque ou tenace, ne pourra déloger de notre mémoire ce moment extraordinairement chaleureux et attendu du réveillon de Noël, après notre retour à la maison.

*

On a raison de vouloir toujours s'émerveiller et garder notre âme d'enfant intacte et pure, même lorsque la vie laisse des marques de bonheur, de joies et de peines, au passage des âges et des ans : pureté de l'enfance, bouleversements majeurs de l'adolescence, attentes fébriles de la jeunesse, épanouissements attendus de l'âge mûr et attendrissements paisibles de la vieillesse. Malgré tout notre cheminement de vie, notre cœur demeure ouvert pour enregistrer les moindres joies de l'existence, si petites soient-elles.

*

Comblés et heureux, après avoir rangé toutes nos merveilleuses trouvailles, nous avons éteint la lampe puis regagné nos lits. Les yeux grands ouverts, je n'ai pu retrouver le sommeil tout de suite, anxieux de revoir toutes ces merveilles, de plus en plus convaincu que le bonheur, en toute finalité, s'amusait ferme avec nous, qu'il nous enveloppait dans ses voiles d'espérance en demain, à l'aube de cette nouvelle année 1943 et qu'il nous incitait à l'enrober de nos aspirations intimes, de nos souhaits les plus profonds et de nos vœux les plus inspirés sans doute.

En ce qui me concernait, le mien était fort simple : que la guerre finisse et que chaque enfant du monde connaisse enfin la joie que j'avais éprouvée en apercevant la belle toupie multicolore au pied de mon bas de laine...

*

Les quatre-temps de l'année tiraient à leur fin. Le cycle annuel se recueillait et, dans une profonde révérence empreinte de nostalgie, quittait la scène en laissant tomber le rideau du temps derrière lui. Que nous réservait donc l'an neuf 1943 ? Quelles espérances harmonieuses viendrait-il combler dans le cercle de nos habitudes ? Quelle poussée exercerait-il sur la floraison de notre enfance, sur nos rêves intimes, sur notre temps terrestre, sur nos exaltantes courses au bonheur et à la joie de vivre, sur nos tristes et dures réalités de lourdes peines et de grands départs ?

Aujourd'hui, dans le prolongement de ma vie adulte, ce Jour de l'An 1943, avait drôlement frappé mon imagination d'enfant, au point d'y laisser des empreintes tenaces. Je considérais déjà que mes résolutions sincères, à l'aube du renouveau, se devaient d'inclure ces grandes questions dans leur cheminement. Dans mon âme d'enfant, toute une panoplie de sentiments prenait fermement racine pour y demeurer discrètement, selon les convenances et les usages que j'en ferais par la suite. La rédaction de ces CHRONIQUES d'ENFANCE en constitue un exemple franc et loyal. Ce jour-là, lorsque je revins à la maison avec mon petit panier rempli de friandises recueillies dans les demeures accueillantes de mon village, mon âme bénissait ce merveilleux coin de terre, mon pays de Gaspésie, mes extraordinaires parents, ma famille adorée, mon espace terrestre, comme en une harmonie nouvelle, une aurore de temps aux horizons clairs, les pieds bien ancrés dans la profondeur vertigineuse de mes rêves à venir et à combler. J'étais heureux et fier d'avoir déjà grandi de six ans et de pouvoir inciter mon cœur à renaître constamment à la joie, au bonheur de l'instant à vivre et à remplir copieusement...

Lorsque cette fastueuse période de réjouissances prit fin avec la fête de l'Epiphanie, commémorant la visite des lointains Rois-Mages à la crèche de l'Enfant-Jésus, je compris à mon tour qu'à leur exemple, le temps était désormais venu de croire en mon étoile et de la suivre fidèlement.

*

En juin 1996, je quitterai le réseau québécois de l'éducation et le monde de l'enseignement où j'ai œuvré durant trente-cinq années. Sur les routes de ma vie, durant mes savantes études et mes enrichissants contacts auprès de la jeunesse de mon pays, il est arrivé souvent que la petite étoile remplie de mes juvéniles résolutions de 1943 disparaisse, momentanément obscurcie par de sombres nuages, des passages de vie au ciel lourd et menaçant. Jamais je n'ai perdu foi en cette petite fleur d'espérance qui brillait ardemment dans mon âme. Dans la grande courbe de la vie, au diapason de mes joies et de mes peines, jamais elle n'a dévié de sa course harmonieuse. Elle n'a point épousé de sinueuses trajectoires. Bien au contraire, elle m'a permis de comprendre, à travers les méandres de mon âge, qu'au-delà de mes horizons de vie brille une lumière intense : le bonheur. On le recherche parfois longtemps autour de nous, au milieu de nos affections, de nos amitiés, de nos tendresses et de nos amours. Mais on oublie facilement que, parfois, dans la complexité de nos actions coutumières, le bonheur possède une approche miraculeuse : la simplicité des êtres, des événements et des choses qui tapissent notre existence.

*

Je reviens encore quelquefois remonter la côte abrupte du pacage des moutons, à Pointe-Jaune. Je m'assieds et je laisse errer mon regard et mon cœur sur la vastitude de la mer, ce royaume tant aimé de mon père. Mes souvenirs arrivent en trombe et viennent me rejoindre. Quelquefois, il nous sied bien de pleurer ensemble, parce que nous avons la conviction profonde que, par-delà les âges, nous demeurons toujours fidèles.

*

1942. Six ans, à Pointe-Jaune, en terre gaspésienne, entre mer et montagne...

*

LIVRE QUATRIÈME

EAUX-DELÀ

(Vingt-six chants d'amour en prose)

"Éther divin, vent à l'aile rapide, eaux des
fleuves, sourires
innombrables des vagues marines, Terre, mère des êtres, et toi,
Soleil.
je vous invoque ici."

Eschyle

*

Tout est chant d'âme en moi...

Je   suis uni à la voix des êtres et des choses. Je suis un instrument de musique à l'égal du vent...

*

"N'aie pas peur...Laisse ton âme concerter en soliste... Laisse errer ton regard sur le bleu inaltérable du ciel d'été. Et ne t'effraie surtout pas de ne plus m'entendre quelquefois. Cela ne change rien à mon amour pour toi, tu le sais bien...Regarde !

Tout est renaissance en rêve et en dualité. Tu es un Zoroastre intermédiaire de la mémoire humaine, un Prométhée guidé par le goût de l'action et la foi en l'homme...

*

Cesse de replier ton cœur pour le mettre à l'abri. Ne le serre plus, ne l'atrophie plus. Comme lumière, laisse-le chanter ses soleils de vie en solitude recueillie, laisse sa voix rompre le silence... Chante, chante et chante encore en étranges langueurs, car le poète est un fou qui danse et virevolte sur les routes du lyrisme. Il est musique en jeux asymétriques... N'aie pas peur... "

*

Les chansons se multiplient, aiment, fusent et meurent, puis reviennent de nouveau en valses tristes où naissent de si belles étoiles d'écume blanche... Tout redevient illusion au ralenti. Mais le cœur, lui, chante encore, deux, dix, quinze, vingt-six fois sans relâche, dans la géométrie des heures et dans l'espace clair des gestes à redécouvrir...

*

Car c'est aujourd'hui, c'est maintenant que tout se passe. Les silences trompeurs de l'Amour n'attendent plus sur le seuil du désir qu'on veuille bien les laisser entrer dans notre mémoire séculaire...

*

Tout est poésie en moi...

Je suis terre, vent, fleuve, soleil, lumières... Les robes des femmes s'éclatent dans l'éclat des bals tournoyants de vie, comme autant de plaques tournantes d'ivresse pure à visage éternel de vérité... Je les entends vibrer comme des cœurs en flammes au sortir d'un désir des tréfonds de l'amour...

*

Je tairai alors mes chants d'âme. Ils se retireront lentement dans la solitude de leurs contemplations errantes, en des absides désertées et exténuées de tant de prières...

Une fois, deux fois, dix fois, quinze fois, vingt-six fois, je ferai silence de mes naissances et de mes morts au nom de l'amour, à l'heure où s'harmonisent les rêves de la vie...

*

Au seuil de la sagesse se tient parfois un brin de folie, un festin sacré unissant la vie aux ténèbres, en laissant l'esprit toucher à la trans-substantielle beauté du mystère...

*

Mes silences se rempliront de musiques éternelles, comme la nuit du penseur solitaire est pleine de lumière...

*

D'un seul élan de cœur, vingt-six fois j'écrirai le temps venu de l'Amour, car la terre s'anime maintenant et le voyage recommence...

*

Je suis là au rendez-vous du regard de tant d'amis fidèles et le soleil me viendra par votre sourire...

*

D'un seul élan de cœur, vous me permettrez d'entrer en vous, en me laissant cueillir vos âmes et je verrai, ô privilège exquis, d'où me parvient votre lumière...

*

À mon tour, mon cœur prendra la route de la pleine mer... Moi, vingt-six fois de suite, comme autant de chants d'amour, j'emprunterai les mots sages de Nicolau Mathews et je te dirai alors:

"Tu es, avec toutes choses, au fond de mon silence et mon cœur est chaud de ta présence..."

*

Chante, mon beau souvenir surgi, là, soudain et imprévisible... Chante le paysage fascinant. Chante la mer parcourue, la mer gracieuse, la mer terrible, la mer attirante et charmeuse. Fionne encore ses complaintes brèves, lyre ses mélopées sur les ailes du temps, rappelle-toi ses gracieux refrains tour à. tour accueillants et frondeurs.

*

C'est le rendez-vous du souvenir et de la mer... Le bleu iridescent du ciel s'y mire courageusement à la poursuite du gris fonceur de la tempête et des nuances irisées de la vague roucoulante...

*

Elle est là, la mer, omniprésente et fière. Comme mon souvenir, elle est invitante dès l'aube. Azurée et méditative, elle vogue allègrement au large de nos cœurs, au gré de nos mouvances et de ses lueurs, en des espaces sans fin et inaltérables.

*

Elle est féconde et intérieure, la mer...Elle valse au rythme vivifiant du monde et ses secrets ont couleur de liberté vagabonde...

*

Elle est radieuse, la mer...De tous les épanouissements intérieurs de l'être, comme un grand livre ouvert sur le monde et sur la beauté de l'univers...

*

Qu'en est-il maintenant de vos orages intérieurs, ceux qui blessent, ceux qui brûlent ? Et pourtant, la porte reste ouverte aux changements exaltants de l'espérance conquise...

*

Ne vous effrayez pas outre-mesure. Vos cœurs sont remplis de lumière, malgré les nuages fonceurs et les intempéries soudaines. Le feu qui les habite en chasse constamment la mort.

*

Vos cris de liberté, à peine réitérés, recèlent une ivresse de joie inaltérable. Se pourrait-il que vous eussiez retrouvé, en vos tiroirs secrets, la limpidité de votre enfance, alors que vous couriez pieds nus sur des lagunes de sables étourdies de soleil ?

*

De nouveau, vous retrouverez les marches de l'été serein, les longues plages immenses de sable blanc, les îles aux mers d'émeraude et la chaleur bienfaisante des souvenirs aux mille espérances envolées...

Enfin, votre joie renaîtra éclatante et digne, dans la fluidité diaphane des jours...

*

Le printemps...Quelle abondance d'amour et de bonheur pour nous ouvrir les saisons du cœur et en chasser éperdument les nuages sombres et tumultueux de la tristesse ! L'amour en croissance se promène en prière de louange. C'est la vie qui chante, intense et fière, l'émerveillement de l'âme.

*

Ô mes chers compagnes et compagnons de route, maintenant que la première saison nous offre sa vie si abondante, que valent nos amitiés fidèles, alors que le passé a tout recouvert de ses ombres ?

*

Dans ce vase clos depuis lumière, un parfum émane encore: celui du temps envolé de notre enfance, comme dans un tiroir oublié du temps, vois-tu, une vieille photo jaunie nous raconte parfois de si belles choses.

*

Comme prix de la VIE, en chacun de vous, infini et purifiant, j'installerai le bonheur, pour étancher vos courses folles et vaines...

*

Tout en douceur et en caresses, je vous apprendrai la beauté murmurante d'un sourire chaleureux et chatoyant de merveilles... À ce titre, l'AMOUR ouvrira largement ses volets clos.

*

Au temps venu d'une harmonie mélodieuse, j'accorderai mes chants d'ivresse sereine. Doucement, je vous bercerai, sans plus attendre que l'amour daigne bien vous étreindre enfin de sa délivrance.

*

Comme émerveillement de vivre, je me retrouverai en vous et je transformerai enfin cette douceur d'être et d'aimer qui m'accompagne et dont les sourires ont encore couleur de paix profonde.

*

Dans la lumière diaphane du matin, langoureuse et magnifique dans ses voiles, l'espérance fera son entrée triomphale sur la scène du bonheur...

*

C'est un beau pays, la vie...Laisse s'entrouvrir tes rêves dérobés à la nuit, accueille tes aspirations légitimes comme un levain de jours meilleurs, de réflexion pure, d'émerveillement sans fin, de nouveaux départs vers un pays vierge à conquérir, habité de promesses et d'espérances de victoire...

*

"Tu sais, on ne peut demander aux poissons de voler, aux oiseaux de nager... Pourrait-on dire à l'eau: "Brûle pour nous, et toi, feu, écoule-toi comme rivière, en laissant les fleurs briller et le soleil grandir, fleurir et s'épanouir?" *"Alors, pourquoi exiger l'impossible des êtres que l'on aime?... Il n'y a pas de morte-saison...Il y a la vie. Voilà la différence..."*

*

Pénètre en toi, tiens tête à ta peur, ne reste plus seul à broyer du noir dans l'immensité de l'inconnu... Voilà la clé qui t'ouvrira l'aventure... Lorsqu'enfin tu auras découvert les richesses de ton univers, tu reverras l'infini briller à nouveau en ton âme de poète. C'est alors qu'éclatera de vérité la lumière de l'AMOUR, dans les profondeurs infinies de ton propre mystère..."

*

Parlez-moi doucement... En échange, je vous léguerai la lumière brillante de l'amitié à couleur de merveilles pour habiller vos jours d'épanouissements sublimes et de liberté vagabonde. Alors, mouvante et fidèle, s'éclatera votre joie de vivre en milliers de feux nouveaux...

*

Je me transforme en toi, un grand amour, un ineffable amour au fond du cœur, comme une empreinte sur les pas du temps... Et mes propos passionnés s'envolent de mon imaginaire fervent.

Mes symphonies de louange te rejoignent en nos raisons de vivre, en nos recherches intenses de la vérité inconnue, celle de l'éternité insondable du monde...

*

Des pas sur le sable...Deux noms entrelacés, une vague écumante, un reflux... Et puis rien... Le reflet de notre propre ignorance... Un pas de plus dans le temps...

*

Ne sommes-nous pas des enfants de la vie et de la lumière? Qu'importe alors si nos déceptions et nos soucis blessent nos voix intérieures. Scrute en profondeur ta raison d'être et d'aimer. Tu verras alors que c'est dans la grandeur magnanime de l'âme que s'installe à jamais la joie pure, la joie quotidienne, dans le bonheur au creux de toi, exempt de larmes et de sanglots.

*

"C'est un beau et grand voyage, la mort...Elle est d'abord justice, je dirais même un voyage infini au cœur de la VIE. C'est un grand départ, laissant derrière elle les larmes versées, les peines dévorantes, les déchéances physiques, pour y installer la paix, la consolation et le réconfort de l'âme...

La mort, c'est la joie ultime de l'Autre Vivre, une farandole d'amour parfait, un grand manège d'étoiles..."

*

Je suis un enfant à l'instant lumineux, au parcours rempli de sourires vainqueurs, illuminant les joies éparses au fronton gracieux du bonheur... Et, chaque fois que je chante, je te parle d'un bien grand trésor: la liberté...

*

Et moi, j'ai tant l'amour à cœur qui m'habite encore! À l'heure ultime du souvenir, ma chanson ne reconnaît plus les lueurs de l'aube et mes rêves s'en sont allés se recueillir en prière...

*

"Je ne suis plus qu'une ombre qui veille depuis ma tendre enfance et vous, mes souvenirs, vous demeurez ouverts au fond de mon cœur en habitant mon espace comme une envahissante indécence..."

*

"Dis-moi, l'ami aux illusions lointaines, comment fait-on pour vivre et fleurir du côté de l'ombre?"

*

"Pourquoi tu ne veux pas échanger ta vie contre l'incommensurable lumière du bonheur à chanter et à célébrer ? Tu ne peux continuer ainsi à l'ombre de toi-même. Il est grand temps pour toi de surgir en pleine clarté..."

*

"Vois, mon ami, c'est si beau un lac qui émerge de la nuit et salue l'aube d'un grand coup de cœur ! "

*

On ne peut faire silence à l'amour, même s'il brûle parfois comme un mal troublant au creux de nos poitrines, en portant délibérément nos noms et que ses vagues énigmatiques et tumultueuses nous envahissent souvent sans crier gare...

*

"Écoute," me dirent-elles, *"entends-tu nos musiques exaltées ? Non? Alors, arrête-toi. Entre en toi, prie en toi. La musique est*

là. Arrête ta course folle et frénétique, à la poursuite du temps à retrouver. Laisse-la t'envahir, aide-la à te faire vivre..."

*

"Je suis une évasion pure," me dit la poésie... *"Je voyage à travers les êtres, plus loin que leur regards, plus loin que leur univers. Avec dignité, je me représente leur vie comme une perpétuelle naissance... Au pays de toi, je le sais, bat un cœur de poète si grand, si grand, qu'il voudrait clamer au monde entier les musiques qui l'environnent.."*

*

- Regarde... Nous avons bâti des nids pour les oiseaux, nous nous sommes offert des promenades en pleine lumière, dans la quiétude du jour béni. Nous avons entendu les douze coups de minuit sonner sans remords pour nous rappeler que l'heure est encore à la tendresse...

*

- Et, pourtant, moi, je sais que tes voix intérieures peuvent jaillir en cascades de rires et de chants joyeux, claironnants comme des acclamations de victoire... Non, la terre n'est pas trop étroite pour nous deux... Reviens et nous étalerons ensemble la puissance créatrice de l'amour. Il faut faire vite, mon ami. Bientôt, je le sens, je devrai m'envoler là-bas, derrière les étoiles...

*

- Maintenant, il ne me reste que ces beaux souvenirs qui parfument ma vie comme une fumée odorante d'encensoir. Ils sont devenus parole vive, car le bonheur a pris visage d'enfance pour s'engraver à jamais dans ma mémoire...

*

- Et, souventes fois, il m'arrive de faire silence et prière en moi. Je revois alors, comme en une lente procession de vie, défiler les vieux murs gris de mon enfance, une portion de paysage conquis, un pied d'alouette fragile mais si tenace...

*

- Alors, sans monture, par mes chemins de cœur, de sève en lumière, je repris mon bâton de pèlerin en quête de vie... C'est précisément ce soir-là, je me souviens, que ma blanche bougie reprit allègrement son visage illuminé de fleurs...

*

- Viens, entrons dans la danse, le temps de confondre nos corps dans un même espoir, le temps d'un tendre baiser aux paroles en bouche, le temps du travail sacré et de la vie à transmettre...

*

À mémoire d'automne, dans le soir limpide, deux oiseaux retrouvés uniront leurs chants aigus dans la tiédeur des bois couronnés de lumière...Comme deux amants attendris et fiévreux, nous épouserons doucement la fleur pour l'ombre...

*

- Malgré tout, je me sens heureux. Je ne connais pas l'ennui de n'avoir plus rien à raconter, de ne plus pouvoir créer et de devoir laisser mon imagination et ma sensibilité en jachère... J'aspire à l'absolue vérité. En mes bontés souveraines et majestueuses, entre raison et folie, j'écoute et je me prête au grand jeu des contradictions humaines...Et puis, sans paroles, je respire la fraîcheur des instants de silence que la vie me réserve en me répétant constamment de boire à sa jeunesse...

Dorénavant, je ne pourrai regarder l'autre qu'en respectant intégralement les aspirations profondes de son âme...

*

L'amour, tu sais, ce n'est pas autre chose que de regarder la joie couler et battre sous la soie liliale d'un instant d'aurore...

*

LIVRE CINQUIÈME

L'ESPÉRANCE RETROUVÉE

(Essai)

«Qui n'a pas Dieu en lui ne peut pas en ressentir l'absence.»

Simone Weil

«...Si un écrivain est si prudent qu'il n'écrit jamais rien qui puisse être critiqué, il n'écrira jamais rien qui soit lu.

Thomas Merton –
Semences de contemplation

*

Lentement, j'ai regardé les grands peupliers dresser leurs branches vers le ciel, dépouillés et tristes, mais déjà porteurs d'espérance. Alors, tout en cheminant sur le sable émergé des brumes naissantes, je me suis surpris à chanter et à célébrer la vie à embellir et à rayonner, dans la splendeur magnifique de cette matinée d'automne.

*

Comme je goûte intensément ce moment unique! Mon cœur est rempli de reconnaissance et de louange, car il fait beau, ce matin. Je viens de terminer l'écriture de mon manuscrit qui porte le titre prometteur : L'Espérance retrouvée.

*

Il fait beau, ce matin, pas seulement dans la vie qui m'étreint, mais dans le frémissement de mon âme, dans la sérénité de mon cœur, dans la lumière de mon intelligence, lorsque je ressens, attendrissantes, l'espérance et la paix m'envahir...

*

Il y a de ces périodes de vie qui nous laissent pantois et sans ressources.

*

Chers lecteurs et lectrices éventuels, j'ai rédigé cet ouvrage sur un coup de cœur, en pensant à vous, qui cherchez peut-être à retrouver la route de la sérénité intérieure. En me lisant, peut-être recueillerez-vous au passage, un mot, une bribe, une phrase qui vous rejoindra et qui constituera un jalon supplémentaire d'espérance, sur la route de votre destinée humaine.

*

Comme vous, je veux apprendre à vivre constamment, à comprendre le sens à donner à ma vie et aux épreuves douloureuses qui la parsèment, à composer avec la souffrance des autres, retrouver foi en moi-même et dans l'humanité, m'entendre rire toujours, m'émerveiller des fleurs et du chant des oiseaux, de la mer qui houle, de la vie à refaire, encore et encore...

*

Car, voyez-vous, c'est en me rapprochant de vous que je commence à apprendre le sens du mot tendresse...

*

Comme elle est rassurante l'éclatante lumière de cette splendide matinée ! Tout est baigné de paix, comme si elle surgissait tout-à-coup des décombres de longues plaintes inassouvies.

*

Un être cher nous quitte brusquement ou après de longues souffrances...Nous aimerions que quelqu'un nous écoute, qu'un ami, une confidente, un frère, une sœur, car nous avons mal... Nous aimerions tant guérir et porter nos misères avec dignité...

*

Ainsi en va-t-il de nos âmes englouties. La vie se charge souvent de jeter son ombrage glacé sur l'ampleur terrifiante de sa finitude. C'est si rapide, si douloureux, que nous avons misère à en subir les ondées. Il n'y a que le temps qui va nous permettre d'émerger de notre peine de notre pénible marche, de notre silencieuse et longue plainte, de notre prière solitaire.

*

Maintenant, seul, face au mystère de ces grands départs que nous avons à vivre, nous ressentons le besoin irrésistible de nous recueillir, de nous dire et de nous convaincre, que, malgré tout, la vie est là, la vie, cette grande amie confidente et qu'elle a reflet d'espérance

*

Notre foi profonde se forge avant tout d'espoir et de lumière... C'est ainsi que la feuille morte de l'automne donne naissance et vie aux promesses des bourgeons, le printemps venu.

*

Je ne t'apprends rien en t'affirmant que j'aime les grands départs, ceux qui font vivre... Mets le cap sur l'infini de l'horizon, toutes voiles gonflées au vent de l'espérance reconquise...

*

Tu as sûrement déjà eu l'occasion d'admirer à perte de vue, un immense champ de tournesols. Peut-être aussi en as-tu déjà plantés autour de ta maison ou dans ton jardin. C'est une grande fleur merveilleuse, toujours tournée vers la lumière, une plante-soleil, en constante recherche, comme un être humain, en quête de sa propre lumière.

*

Au cours de notre périple humain, la vie nous charge de promesses encloses en de vastes saisons à vivre. Et valse alors l'oubli des matins de brouillard, les vies à refaire, l'ivresse des jours clairs dans le cristal pâle, au plein creux de la lumière...

*

Malgré tout, dans notre recherche de bonheur, nous achevons la Création à notre manière. Nous acceptons, parfois avec grand-peine, quelquefois avec mansuétude, de partager nos notions de paix, de justice et d'amour, comme un *"devenir de l'univers..."*

*

Sur la route de l'amour, tout parle de résurrection, tout est synonyme de retrouvailles et de chaleur et nos rêves parlent d'espoir... Alors, monte notre prière reconnaissante.

*

Sur la route de l'amour, il nous faut parfois donner des coups de pioche dans nos habitudes quotidiennes. Il faut parfois la nécessité d'une blessure pour guérir d'un plus grand mal. Une écorchure au cœur, une pauvreté intérieure, une blessure à l'âme ne nous empêche pas de grandir et de nous épanouir...

*

Sur la route de l'amour, comment ne pas accepter de cueillir toutes les fleurs que l'espérance nous présente, comme autant de parcelles de vie à offrir en gerbe de prière ?

*

Sur la route de l'amour, comment ne pas accepter de chanter ensemble, de récolter les fruits d'or de nos semences de vie, de mettre un peu de chaleur dans nos vies communes et de porter nos lèvres à la coupe de la Lumière ?

*

Sur la route de l'Amour, on replie son cœur, on tente de le mettre à l'abri des coups sournois du sort. L'étau se resserre et, un beau jour, constatation bien désolante, on se réveille, atrophié, un terreau idéal pour que le désespoir prenne racine, aliénation inaltérable, au milieu de la finitude humaine...

*

Comme le destin de l'homme est étrange ! Au hasard de nos routes, il nous semble parfois qu'il n'y a plus d'oxygène au creux de nos âmes...

*

Tel un bel oiseau blanc en prière, sans frontière de temps ou d'espace, tu es venu à notre rencontre, au tréfonds de notre finitude, de notre liberté souveraine et de nos aliénations bien troublantes...

*

On peut avancer, sans risque de se tromper, que la grande question par excellence qui a toujours hanté l'esprit des peuples, c'est la connaissance de Dieu et de son mystère.

*

La question de DIEU, c'est l'expression sous-jacente aux grandes interrogations humaines : c'est la seule qui ne connaît pas de réponse, puisqu'il n'y a que les fausses questions qui en génèrent.

*

Par définition, l'être humain est toujours en constante recherche. C'est un être de désir dont la quête est interminable et hantée par la volonté d'être et d'exister, un peu comme un bruit de fond indispensable pour l'homme.

*

Notre foi n'est pas un antidote aux aléas de notre condition humaine. Notre finitude amène la liberté. Et avec la liberté, la faculté de choisir ce qui va devoir nous rendre heureux, en d'autres termes, nos états de grâce.

*

La finitude, c'est donc l'apanage de l'être humain, la conquête du courage de vivre et d'agir selon ses propres volontés.

*

C'est là, tout à la fois, l'ampleur et la fragilité de la destinée humaine : c'est d'être né quelque part sans choisir, tout en ayant cette grande richesse à utiliser : notre libre-arbitre, comme une vocation à vivre.

*

Il y a souvent, dans notre vie, de ces périodes que l'on est porté à qualifier de longues nuits. La route est longue à parcourir et il est difficile d'apercevoir la lumière au bout du tunnel. L'obscurité règne en maître et la lumière se fait attendre.

*

Que ne ferait-on pas pour vivre en liberté, aimer la vie, habiter une terre familière, un jardin de fleurs où le soleil se glisse et nous fait oublier les épines de la vie qui nous ont tant meurtris ?...

*

Chacun sait que dans toute vie, il y a une multitude de directions à prendre ! Où aller ? Il y a beaucoup de routes à parcourir ! Comment nous y retrouver ? Il y a tant d'obstacles à franchir ! Comment aller jusqu'au bout, sur les allées de la vérité, sans nous laisser envoûter par les mensonges du siècle?

*

Il ne faut pas oublier, cependant, que c'est difficile d'être un homme ou une femme aujourd'hui. C'est difficile d'aimer. C'est difficile de gravir, pendant vingt, trente, cinquante ou soixante ans et même plus, les marches d'une vie commune qui, parfois, nous semble un calvaire, tellement la croix est lourde à porter.

*

Mais si, par contre, tu aimes encore plus et davantage, c'est la joie qui viendra remplacer ta souffrance, car elle revêt les mêmes couleurs que l'espérance... Dédramatise ta vie, accepte de changer des choses, de laisser de côté tes longues hésitations, de vouloir combattre...

*

Tire tes propres conclusions, en songeant que la vie est trop brève et notre intelligence trop démunie pour tout comprendre...

*

Y-a-t-il douleur plus intense que de vivre une rupture, surtout lorsqu'elle comporte des brûlantes déchirures et qu'elle laisse des bleus difficiles à guérir et à vivre ? Cela fait mal, on souffre, on a l'impression qu'un vide incessant nous entoure et qu'il nous sera bien difficile d'en sortir vainqueur.

*

Mais, par contre, la vie possède elle aussi ses mystères, qu'il appartient à l'être humain de comprendre, de dominer et de transformer.

*

Et là où l'être humain intervient de façon malveillante et délibérée dans le système écologique de la planète, c'est qu'il ne se respecte pas en détruisant systématiquement son habitat, en multipliant ses aliénations…

*

Cependant, en dépit de tout "ce silence de DIEU", l'être humain, capable des pires aberrations, peut faire preuve aussi d'une grande sagesse quand se déploient les forces de son intelligence qui se manifestent si éloquemment dans les fulgurantes et importantes découvertes scientifiques de toutes sortes…

*

Quand la maladie nous assaille, on cherche désespérément le comprimé-miracle, le vaccin efficace ou l'antibiotique puissant qui pourra la vaincre. Quand un membre de notre famille ou de celle de nos proches et amis nous quitte pour le Grand Départ, quel que soit son âge et les circonstances — il y en a de plus douloureuses et inexplicables que d'autres — notre peine est immense et incompréhensible.

*

"Moi, je ne crois pas que le contraire de l'amour, ce soit la haine. Quand on haït quelqu'un, c'est probablement parce qu'il nous dérange encore, ou que, peut-être, nous n'avons jamais cessé de l'aimer. C'est

alors une fausse haine. Non, en ce qui me concerne, je suis persuadée que le contraire de l'amour, c'est l'indifférence. Là, c'est clair, net, précis et incisif : on cesse carrément de croire en l'autre. Il cesse d'exister pour nous. C'est ça, la mort de l'amour."

*

C'est très difficile et éprouvant de nous retrouver face à nous- mêmes, face à nos blessures. Ce n'est pas ce qu'il y a de plus emballant. On aimerait tellement que tout aille selon nos désirs, comme sur des roulettes, sans faire d'efforts.

*

Être prêt à risquer des choses pour aimer vraiment, c'est accepter humblement que notre cœur nous rende capable d'accueillir l'autre tel qu'il est, d'aimer ceux et celles dont on a la charge, les enfants, les conjoints et les conjointes, les étudiants, les démunis, les marginaux et, surtout, de les aimer dans leurs différences.

*

Car toute vie est une longue marche, patiente et courageuse, au nom de l'amour et de la justice...

*

Malgré tout, ils sont légion les événements ou les situations capables de nous couper le sommeil ou l'appétit : le rendez-vous chez le médecin parce que notre santé nous inquiète, les fins de mois difficiles à boucler, l'usine qui ferme ses portes et les emplois perdus, les difficultés rencontrées par les jeunes et la peine qu'ils éprouvent à faire leur nid...

*

Qu'est-ce qui nous fait vivre vraiment ? Quel est le point d'appui, le rocher solide, sur lequel reposer et orienter toute notre existence ?

*

Aujourd'hui, lorsque surgissent les souvenirs et que nous revivons les pénibles deuils de tous ces êtres chers en allés sur les routes de l'inconnu et du mystère, au-delà du champ immense de nos douleurs intimes, vous êtes là, près de nous pour nous aider enfin à franchir l'enceinte de la paix et de l'espérance, pour nous aider à atteindre les eaux-vives de la vérité que vous n'avez eu de cesse de nous faire connaître et célébrer...

*

Aimer, c'est vouloir vivre la transparence de son être et la communiquer aux autres. Car aimer avec transparence, c'est se laisser inonder par la lumière qui, comme une ondée estivale, pénètre la sensibilité, la perméabilise, la transforme et la rend apte à croire en l'autre...

*

Cependant, pour y parvenir, une route nous semble abrupte à franchir: celle du pardon et de la réconciliation, où on reconnaît que la personne à aimer encore plus, c'est justement celle qui nous apprend à reconnaître que la route de l'amour croise constamment celle du pardon et qu'au carrefour de ces deux avenues de l'âme, il y a rencontre de la victoire.

*

Quand on se pose la question suivante : est-ce que l'amour est la grande valeur centrale de ma vie ? Est-ce que je prends le temps d'aimer, d'écouter, d'être présent, de pardonner et de ne pas juger ?

*

C'est à chaque jour que nous devons donner une secousse à l'arbre de l'amour qui croît à l'intérieur de nous, afin d'en retirer les fruits de respect, d'affection, de tendresse et d'enrichissement qu'il porte à profusion...

*

C'est ensemble qu'aujourd'hui, demain ou ailleurs, nous devrons pénétrer au centre de l'amour...

*

Chacun est appelé à produire selon ses moyens personnels. Et cet appel passe par la réponse donnée. Car pour porter des fruits de vie, il est essentiel de connaître et de pénétrer nos petitesses et nos limites.

*

Certains jours, notre pensée s'acharne à vouloir rejoindre une image rêvée de nous-même, un peu narcissique, mais révélatrice d'un désir profondément ancré dans notre humanité : plaire, illuminer de notre présence un système de vie qu'on voudrait parfait et sans heurts, une immense foi en l'amour à faire, à dire, à vivre.

*

Lorsqu'on aime quelqu'un, il nous faut accepter de regarder et de comprendre que l'amour, c'est un sentiment impérieux du cœur et de l'âme qui nous pousse à regarder toujours au- delà du désir que l'on éprouve.

*

L'être humain, malgré les tempêtes, les contingences physiques, intellectuelles et morales qui l'assaillent, c'est un être en recherche continue, un être de transition aux idéaux qu'il voudrait éternels, un être de questions où le temps lui dicte ses limites.

*

Car pour grandir, il faut demeurer nous-mêmes. Et si nous passons notre temps à penser à nos blessures et à nos failles, à chercher en vain le comment et le pourquoi, on passe à côté de l'essentiel.

*

Au cours de sa grande montée terrestre, l'être humain aime connaître et vivre des moments de grâce et de bonheur intenses, où il se rend compte que la dynamique de l'amour croît en lui, que sa cohérence le rend soucieux de l'énergie du monde qui coule dans ses veines, qu'il ne doit pas s'éparpiller inutilement, mais qu'il doit mettre tous ces beaux efforts au service de sa croissance personnelle, sans égoïsme.

*

Nos bonheurs terrestres sont tellement courts et éphémères ! Parfois, nos efforts personnels et solitaires pour y arriver nous commandent la persévérance, le courage et la volonté. Voilà la perspective nouvelle d'une harmonie parfaite dans l'amour, celui-là même qui nous comble l'âme et la réchauffe passionnément.

*

Mais Toi, tu nous connais. Nous sommes tissés de rêves de tendresse, d'aliénations d'obsessions étranges, troublantes et nous sommes si fragiles en notre liberté souveraine...

*

Ne regarde pas nos silences comme des manques d'amour... Si les chants intérieurs de notre âme se taisent, nous ne cessons pas pour autant de T'adorer et de Te louanger...

*

Apprends-nous le courage du partage... Ainsi, nous ne pourrons plus fermer nos yeux aux vicissitudes humaines d'une planète en évolution qui reste sourde aux appels de détresse qui montent de la misère...

*

Au matin de cette résurrection tant désirée, nous nous lèverons et nous nous mettrons en marche, fiers de nos retrouvailles avec Toi, sur la route de l'espérance, dans le temps éternel, dans l'espace infini, dans la gloire sans fin...

*

Je n'ai pas de réponse à te donner sur ce chemin de doute où tu te sens terrassé dans ta foi. Et, pourtant, je te connais trop pour ne pas penser que de grandes lueurs t'environnent encore, Il n'y a pas de cheminement de foi si intense soit-il, sans l'obscurité du doute. Autrement, ce serait trop facile.

*

Le titre évocateur de cet essai : l'Espérance retrouvée, me laisse cependant songeur et un peu pantois, puisque, j'en conviens bien humblement, il m'interdit de formuler ou de donner des réponses toutes faites aux lecteurs et lectrices éventuels de cet ouvrage...

*

Mais, dans tout ce processus de cheminement, nous devons vivre sur une planète suspendue dans l'immensité du cosmos, dont nous commençons à peine à en deviner les insoupçonnables mystères...

*

En lieu et place du désespoir, il nous faut ouvrir nos volets intérieurs, permettre à la lumière de notre foi de pénétrer abondamment dans nos vies, dynamiser nos projets dans la perspective nouvelle et constructive que nous offre l'horizon éternel et divin de la Vie à venir dans la Gloire. Voilà à quoi doit ressembler le devenir de l'être humain au milieu de ses luttes, de ses idéologies, de ses aspirations légitimes afin qu'il soit capable d'en accepter le terme avec sérénité.

*

Attention, cependant. Personne ne possède l'apanage de la vérité. L'être humain oscille toujours entre ces deux pôles que constituent sa naissance et sa mort. Et c'est dans cet espace spatio-temporel, qu'il lui faut croire, grandir, affirmer, nier, apprendre et se réaliser.

*

Ce livre, qui va se terminer sur une note d'espérance, c'est un retour en arrière mémorable sur ma vie, depuis le moment où dans mon âme encore toute jeune, chargée d'émotions pures, une étoile dans chaque main, une fenêtre inoubliable s'ouvrait largement sur ma vie et mon engagement vital dans la foi ...

*

BIEN HEUREUX sommes-nous d'avoir laissé l'ESSENTIEL guider nos pas et notre vie aux promesses d'aurores si belles...

*

Je voudrais que tu puises à plein cœur dans les mots qui tapissent les pages de ce livre-essai, écrit sur un coup d'âme, pour que l'Espérance t'envahisse de sa Lumière...

*

LIVRE SIXIÈME

HYPERBORÉE

(Variations poétiques sur un thème de Paul-Marie Lapointe – 2000)

Poésie ... poussière d'étoiles ...

"Et puisque tes lentes cadences

Rythment le pouls des soirs d'été,

Fais-nous voir que les cieux dansent

Puisqu'un aveugle a chanté."

- Marguerite Yourcenar

*

Poésie ...Mot magique dont on a dit qu'elle incarnait la compagne inséparable du rêve. Un mot sublime où se devine le sens profond de l'être humain, en quête de sa propre recherche, un prisme mystérieux qui nous pénètre par la transparence dc sa lumière, en nous permettant de croire en la naissance de l'impossible ...

*

S'il en allait ainsi de mon pays de Gaspésie, si on le vidait de son âme, de ses vies, pour en faire un objet de curiosité, où irions-nous pour célébrer la louange à la nature, où pourrions-nous aller pour vivre en des lieux à l'image du symbolisme créateur de la Vie ? ...

*

Aujourd'hui, je dis poésie en plaques tournantes, en myriades de couleur... Une poésie de terre, de mer, de cœur, d'appartenance...Je ne peux plus me taire... Le pays m'appelle...Je ne peux plus calmer ses dires, car maintenant, ils ont trop parfum de liberté. Aujourd'hui, je dis pays ...Je chante sa liberté, à la manière de Félix, de Vigneault, de Lapointe, dc Lévcilléc, de Miron ...Je parle de femmes remarquables: Françoise Bujold, Blanche Lamontagne-Beauregard, Anne Hébert, Pauline Julien, Marcelle Ferron et combien d'autres ...

Très près de nous, je dis souvenances, puisqu'en nous, il existe un pays à habiter, qui a nom : reconnaissance et amour ...C'est un ultime voyage en musiques vermeilles, comme un pays à choisir, comme une Muse-d'artiste, une Muse-Passion...

*

Poésie ... Tu chantes en ma palette ...L'infini s'irise en tes couleurs, comme autant de parcelles sublimes, d'actes créateurs d'un pays à peindre, à construire, à choisir, un beau pays fidèle, pur, fier...

Cette magnifique Muse-des-racines-gaspésiennes-et-québécoises, elle t'appartient... C'est un pays rouge-sang, lové au fond du rêve et doté de si douces parlures...

C'est un pays-Muse-des-enfants, Muse-Tendresse, Muse-Jeunesse et dont la mémoire a charge d'équipages aux mâts d'azur, à vagues de nuit, à vagues d'amour...

*

Ô toi, ma Muse-Poésie, avec des gants d'or, en un livre ouvert, je te l''offre ce rêve du pays à venir ...En hommage...

*

Imagine, dans l'étirement alangui de l'aube, l'ondulation radieuse des blés à la crinière blonde ... Imagine, un moment, de frémissantes forêts vierges, embrasant le paysage encore boréal de leurs rumeurs langoureuses du matin, dont les larmes sont si fragiles sur la peau des feuilles...

*

Imagine-toi, là-bas, une immensité urbaine désemparée, une bourrasque tournoyante dc bruits discordants, zébrant le ciel dc leurs masses de ferraille: bouches de béton, pans d'acier froid, aux lèvres affreuses jamais repues, camouflant leur haleine glapissante...

*

Imagine ta vie prisonnière de buildings musclés sur leurs chevaux de métal, comme de mélancoliques gendarmes d'éternité, aux fenêtres vides du temps et de la vérité... Peux-tu vraiment t'imaginer, toi, l'ami vigilant et inquiet, au somptueux et grandissime soleil, étouffé par la fumée suffocante de mouvantes locomotives criardes, dans un étroit réseau vascularisé à outrance, entre des gratte-ciels dressés comme des sentinelles mécaniques et froides, juchées dans un espace de ciel à avaler , vivant martelé et éclaté, dans l'ombre blafarde d'un matin frileux ou dans la pénombre de fin de jour, où le noir drape ses voiles dans un éternel hiver de soirs inachevés...

*

Imagine-toi encore voir vivre l'être humain désemparé, ne portant plus attention aux vents favorables de la vie et porteurs de bonheurs frelatés comme une immense torture de rêves échoués...

*

Heureusement, tu peux encore imaginer que la peur s'évapore, si on lui ferme les portes... Alors, imagine-toi, un instant, un beau matin humide de juin... Le soleil est là - capricieux et bienveillant ...Il pénètre ta peau mouillée de minuscules parcelles dc lumière ... Et ses chants ! Ils ont résonance de sirènes amoureuses...

Imagine ... La lumière-reine, éblouissante, la mer dominante, les bourgeons nouveaux- nés, les douces féeries de l'été languissant, un pays, une ville, l'oiseau et le poisson, le long des fleuves et des humains, les longues plages bénies de lumière, aux cailloux-masseurs de pieds tendres…

*

Enfin, imagine-toi, heureux, habitant d'un paradis encore sauvage, loin des cheminées rauques et dévastatrices d'un pays autrefois source-de-vie, de paix, de fidélité, et d'espoir…Dans l'étirement alangui de l'aube, tu verras apparaître de nouveau la blondeur des blés, et la voix appelante des forêts sombres ...

*

Maintenant, à bras et à cœur ouvert, en habits de vie et de tendresse...Imagine-toi l'Amour qui vient vers toi…

*

Été... Moment de gloire enchanteur... La vie s'éclate aux arbres alanguis et leurs promesses de fruits sont si invitantes... Bel automne, moment de grâce et de prière… Feuilles concolores au pied des grands pins blancs et de leurs aiguilles parfumées… Hiver... Silencieux moment dc paix blanche, arbres en prière, aux racines endormies, aux nids désertés, grands arbres frissonnants, en leur monacale solitude…Printemps... Moment de renaissance belle...Ombres de l'hiver fuyantes, douces chaleurs aux mains de lumière dans les feuilles naissantes...

*

Mais, un jour, hélas, je ne sais trop pourquoi, passé les moissons et les saisons, un homme viendra, armé et mécanique ... Les arbres trembleront de toutes leurs feuilles et se coucheront ensuite, tués, écorchés, blessés peut-être ... Et sous le fil tranchant des varlopes, leurs

138

âmes rendues, deviendront armoires vivantes, maisons ancestrales, poutres patinées, mâts de navires aventureux, lits de vie et de mort, tables familiales, ennoblies de pain et de vie, papiers sans nombre, jetés, entremêlés, foulés aux pieds…

*

Bel arbre, mon ami, vous avez mémoire à mon cœur ...comment ne pas vous admirer du haut de vos montagnes! Dans votre forêt humide et vaste, que de lumière vous enrobez vos arbres-frères, porteurs de vie! Là, point d'homme armé et mécanique, mais des traverses de vie, au cercle de nos souvenances ...

*

Un essaim de feuilles emportées par le vent rageur, c"est sans importance...Un grand mât de bois gisant, gris, vermoulu, plaintif de ses aventures envolées, c'est banal...Une forêt dense jadis... Des sapins seuls, abandonnés, en lisières trompeuses, c'est comme un cri de douleur intense ... Un genévrier naissant, foulé aux pieds, déraciné du seuil de son cœur, c'est la voix de la terre blessée et ahurie…Un cyprès tremble de tous ses membres ...Des larmes de sève rosacée s'échappent de ses plaies...Il pleure ainsi, recroquevillé sur lui-même...C'est d'amertume fuyante qu'il habille son âme ...

*

Au souffle d'un bourreau mécanique, à couleur d'apocalypse, des peupliers se courbent et tombent ... Des hêtres-mosaïques de saisons se questionnent: *"Serons-nous aussi décapités? Deviendrons-nous des personnages sans peau ni chair, ni cœur où habiter?"*

*

Un aune s'enracine au sommet de la montagne et la forêt dense dort à ses pieds. Les animaux tendres, crispés parfois et si fragiles s'extasient encore de tant de symphonie au jour nouveau ...*"Et la Lumière fut..."*

*

"Ah! que les temps reviennent" habiller nos espaces dévorés, pour que s'envole la peur hérissée au front des épinettes grises et des pins grandissimes...Que revienne aussi le temps arrêté, le temps-figé, qui entre lentement dans l'Histoire...

*

Et des arbres...De beaux arbres, scaphandriers-arnaqueurs de vent, au cœur de la forêt souveraine, loin du fouet et du souffle impitoyable de la nappe dévastatrice des dévoreurs de vie, selon leur délire ou rien... Des arbres, fusant au nord et au sud, beaux et sonores clairons droits aux humeurs changeantes, comme le vent dans leur verdure et si valeureux dans leurs habits de gloire ... De bien beaux arbres, encore...

*

Alors seulement, j'écrirai le temps... Car la terre s'anime et le voyage recommence. Au pays de moi, les volets s'ouvrent et chantent à l'enfance...

*

"Que s'ébranle la parade, que revivent les années fougueuses à faire rougir le temps qui passe en cavalcade débridée: femmes fragiles, douces pluies d'été, saisons fleurs de givre aux fenêtres de l'hiver, cris de liberté d'un peuple et d'une langue qui se meurt, paroles et parlures, propos et confidences, entre deux scintillements de lumière intense ..."

*

Quand l'automne viendra, les feuilles dévorées par l'oubli et le deuil danseront leur farandole de départ et puis se laisseront mourir. Leurs musiques exaltées ne chanteront plus...Elles dormiront tranquilles, sous le blanc édredon de l'hiver...Moi, la tête désertée de substance et de mots, j'aurai le bonheur à refaire, sans remords et misères, comme on refait la VIE...

*

Les vents ont gelé les nids...Les arbres muets n'accueillent plus d'oiseaux moqueurs,

car la saison meurt dans les feuilles, la morte-saison des amours disparues ...

*

Le bal des nuages tournoie dans le ciel sombre et les arbres se tordent de désarroi, au souvenir déserté du sourire des oiseaux ...Triste, cette mélopée du vent qui crie sa faiblesse nue ...Maintenant, à l'ombre gercée des soirs de froidure, ses tumultes se sont tus dans la solitude mourante des longs pins tristes ...De fantomatiques souvenances surgissent par les cheminées du temps ...Leur fumée dense se teinte de brunante, entre chien et loup ...

*

Les bourgeons livreront leurs promesses attendues, les plumes des mouettes écriront des poèmes sur des pierres de sable...Puis, dans le soir limpide, deux oiseaux retrouvés uniront leurs cris aigus dans la tiédeur des bois couronnés de lumière... Comme deux amants attendris et fiévreux, nous épouserons doucement la fleur pour l'ombre...

*

Comme un feu emporté par le vent dévorant, le temps me foudroie ... Mais, malgré tout, en automne fuyant, les flammes brillantes des feuilles illumineront le ciel... Revivra alors notre enfance, pleine de vie. Nos baisers couleur de sang reprendront leur source dans la plainte suffoquée des amants retrouvés, encore armés de tendresse ...

*

Ce soir, ma blanche bougie est calme de sa lumière ...Moi, octobre me dévore l'automne vidé de ses feuilles, trahi par ses nombreuses sources tendres ...Les fleuves se couvrent de voiles, au souvenir des charmes pétrifiés de l'été...Les fiançailles de la mer et du vent ne sont plus...De rares oiseaux survolent de leurs plaintes les crêtes au panache hérissé, couronné d'écume blanche... Dans les aunes tristes et lugubres, ma complainte chante sa douleur et, désintéressés, les nids ne se racontent plus...

*

"Nous quittons l'Histoire," clament les feuilles pourpres, entre deux musiques, entre deux délires, entre deux cris de mer, entre deux cris de terre ...Dans les chemins de vie, l'aubépine entendra la voix profonde de ses racines. Ses épines ne heurteront plus le cheval fougueux de nos rêves en cavale... Alors, sans monture, de sève en lumière, la chaleur reprendra son visage de fleurs...

*

Puis, tout doucement, en ombre furtive, vient l'heure du départ, de la mort de l'être, des larmes brûlantes, des plaintes suffoquées, des flammes vacillantes au feu des bougies, l'heure des temps durs, où s'éteignent les feux de la mémoire, ou le vent ne souffle plus sur nos indécences ...

*

Mais de douces et profondes tendresses reviendront habiter l'été dormeur et mettre du baume sur de noires blessures de vie... De nouveau, les enfants rieurs danseront dans la chaleur heureuse d'un instant de lumière...Les saisons s'envoleront au front des filles...Sur mes papiers éclairés, le soleil se glissera mince et lisse, en un rayon invitant et enjôleur...J'y dessinerai alors des feuilles d'automne, en regard du temps et des heures. Et leur abondance de feu, de vie, de foi résonnera joyeuse aux pans de mon âme...

*

Où s'en vont les équipages, entre mer et ciel, vers l'horizon mouvant, au milieu de l'océan, en foudroyant le temps qui dévore et qui avale? Où s'en vont les équipages à couleur de feu, aux crêtes de vagues hurlantes de liberté, enveloppées d'étranges écumes inscrites dans leur mémoire ?

*

Voyez-vous, les sourires humains sont si fragiles, quand ils passent les bras aux cages du temps, qu'ils ont peine à imaginer leurs lendemains !

*

Des terres de GASPÉSIE, soutenante et fidèle, votre prière me rejoindra au fond du cœur ...Et moi, j'aurai alors la force de franchir une autre étape pour tenter, une fois de plus, d'apercevoir la beauté insondable du mystère qui brûle quelque part au-delà...Car, dans le regard des vivants, brille toujours un instant d'aurore à recueillir et à vivre...

*

Et le vent dit alors aux primevères: *"Écoutez le bruissement des feuilles dans les arbres en prière et le froissement de la soie des bouleaux s'enroulant aux musiques de la nuit tombante ...C'est une belle musique, une éclatante musique en silence, en harmonie éternelle, une musique universelle au cœur entrouvert...*

*

C'est une musique en retrouvailles d'amitiés neuves sur les cordes graves du violoncelle seul ou dans les chants plaintifs du violon triste, une musique de prière pour un amour à faire, pour une vie à traverser avant la nuit...

143

"Alors, primevères au cœur tendre en jeunesse, qu'attendez-vous pour faire résonner vos musiques en des printemps bénis et renaissants ?"

*

Écrire un poème, jongler avec les mots, les habiller de tendresse en les enrobant de bonheur, c'est vivre intensément à travers les yeux transparents de l'amour, les plus nobles sentiments qui puissent surgir de notre cœur, au temps venu de l'union du corps, du cœur et de l'esprit. Car l'amour n'appartient qu'à nous-mêmes...

*

Ton nom...Encore plus beau que mirages, encore plus vivant que nuages, encore plus haut que montagnes, encore plus pur que sources vives...

Ton nom...Encore plus lumineux que lettres d'or, encore plus serein que ma mémoire, encore plus gracieux qu'un cœur amoureux, encore plus secret que nos confidences nues...Ton nom...

*

Une marguerite à effeuiller, en plein rayon de lumière, une fleur de tendresse à cueillir au chant de la rosée, comme un hymne de louange, un ami à consoler de peine, un élan vers l'autre pour combler nos absences, un départ à assumer, avant que la nuit tombe, une vie à retrouver, comme un grand soleil d'amour qui va briller demain...Vois-tu, l'espérance m'habite tant avec ses deux magnifiques yeux noirs qui questionnent la vie, en souriant malgré tout...

*

Il y a des rencontres de vie fortuites, des rencontres-départs, des rencontres pour vivre, des rencontres à mourir... Il y a des départs de vie à glacer le cœur, des départs qui font frissonner l'âme, des départs à couper le souffle, des départs-impromptus, sans regards en arrière ... Il y a des arrivées à bon port, des arrivées aux reflets de lumière, des arrivées qui réjouissent et qui chantent, des arrivées comblant l'être de mille musiques ... Et puis, il y a la vie, celle à vivre, à embellir, et à aimer...

*

Où allons-nous, chétifs matinaux que nous sommes, pour ainsi vouloir retrouver nos mémoires d'autrefois, désintéressées de leurs paysages mortels, brûlantes d'envie, en terre de croix ou de sacrifice ?

*

Aujourd'hui, le temps s'est arrêté au souffle d'un simple mot mélangé au vent... Les feuilles sont mortes en leur automne et la neige a cessé sa chute. Un oiseau éperdu pousse un cri plaintif, un souvenir passe en mémoire, un simple souvenir, comme ça...

Un cœur transi vogue à la dérive, un mot d'amour à vivre vient de s'écrire sur un bout de papier froissé, un mot exhalant un parfum de cœur, un parfum de fruits repus de lumière...Une fille se souvient de l'été rieur et de ses pas enfouis dans le sable...Et puis, le calme de l'été chantait...Deux êtres revivent et chantent de bonheur en soufflant les bougies de leurs vies à faire...Dans le soir mélancolique, le temps s'est achevé et ne sent plus le poids de ses faiblesses...

*

Demain, hier, je ne sais plus, on m'a arraché mon âme de mer ...Dans ma vie emportée, j'ai senti l'amertume de mon cri, par-delà le silence ...Le sable grisonnait aux grèves du dimanche...

*

Maintenant, à l'heure où tout frissonne en nos esprits éveillés et indécis, nous rêvons encore...Tout n'est que retour en mémoire, pêle-mêle, heures charmeuses enfuies, paroles en l'air, un dimanche comme un autre, larmes de joie, larmes de peine. À l'heure des songes, ou ailleurs dans le temps de moi, quand repartirons-nous pour retrouver, nos ailes blanches de victoire ?

*

Que t'ont-ils apporté, ces instants éphémères ? Oubliés, nos souvenirs, désormais. Des lettres jaunies, des bouts de papier sans importance, où l'on ne se retrouve que pour mieux se perdre, puisque le cœur n'y est plus...T'en souviens-t-il ?

*

Et moi, je me souviendrai encore que tu avais été la pierre où je moulais ma farine...Tu étais mon âme, tu étais ma vie...

*

Elle est de mer, ma chanson douce...Elle est musique, infinitude, lumière tendre, en son regard constellé d'étoiles ... Elle est de saisons somptueuses, ma chanson d'amour, à couleur et vie et de bonheur, mais virtuose aux violons plaintifs de l'aube...Parfois, elle inonde ma mémoire, pour en chasser le chagrin qui passe...Puis, elle chevauche le temps et regarde, puisque la vie, c'est autre chose qu'un fantasmagorique mirage ...

*

Par-delà nos appels et nos soifs de vivre, nos nuits infinies à rejoindre, nos saisons de terres animées et nos envols de gloire, je t'aime... Oui, je t'aime tant, ma vie, ma lumière, ma si douce tendresse...

*

Je suis seul avec ma plainte...L'isolement me tient la main et mon attente suffoque au souvenir d'un bonheur en exil, tel un cycle immuable ...Aujourd'hui, ou hier, je ne sais plus, ou demain, peut-être, je cesserai mon vol... Je recommencerai à vivre avec véhémence, en une sarabande endiablée...Alors, j'aurai souvenance du parfum des fruits mûrs, de la lumière insaisissable du temps qui passe en haussant les épaules...

*

Un exilé, pourtant, un opprime, un réfugié, c'est bien connu, c'est digne, ça ne pleure pas...Aujourd'hui, en leur nom, je crie mes mots de douleur, mes mots de peine, mes mots-baumes, pour que refleurisse, dans leurs regards tristes, la lumière de l'espérance...

*

Et j'ai entendu jaillir de la terre déserte le feu des ténèbres ...J'ai entendu leurs bougies d'allumage faire jaillir des flammes meurtrières, aux secrets éclairés de secrètes vengeances ...C'est l'implosion des rêves naufragés, en de farouches éclairs foudroyants...Et tremble la terre natale, désemparée, emportée dans sa nuit de guerre et de mort inutile ...

*

J'ai entendu la vie murmurer son automne, aux néons crispés de ses hivers en attente...Tant d'étoiles attardées filaient encore aux nuits malhabiles, comme une plainte délirante, un sourire qui n'a plus de couleur, une morsure de solitude entre chien et loup... Leurs harmonies mélancoliques s'étaient tues en de mystiques nefs secrètes...Désormais, en nos rêves évanouis aux mains étranges, nous avons alors quitté nos silences irréels, pour tenter, une fois de plus, de les rejoindre...

*

Un air désolé, une note laconique, un avenir sombre...Je n'ai pas encore atteint la fleur de l'âge et j'ai mémoire d'un vieux chêne...*"Ta vie n'éclaire plus...Comment cela est-il possible avec des couleurs aussi éclatantes? Que sont devenues tes ravissantes pensées magiques ? Un jour, tu y porteras ton cœur solitaire en quête d'amour, pour y vivre sans heures mortelles, fébrile comme une fleur envolée, un matin de paix retrouvée. Dans un immense éclat de rire, tu lèveras ton verre à la vie !"*

*

Si je pouvais croire en un monde nouveau, amoureux de la vie à refaire, j'aurais danse à l'âme et songe à mon cœur d'enfant rieur... Un jour, pourtant, la puissance cessera d'habiter la souffrance et la sérénité reviendra sur les pas du temps, habiter nos maisons d'âme...Nous pourrons alors chanter, vivre, croire, regarder le soleil en éclatants sourires...La vie voyagera avec nous au pays des mirages et des océans du monde...

*

Dis-moi, mon ami, est-ce vrai que le cœur du monde est dur et que l'univers lui ressemble ? Est-ce que les temps nous dévorent encore le courage de vivre et d'affronter nos jours ? Pourquoi te contentes-tu de marcher sans cesse à la recherche du pays de toi ? Tu tardes à prendre ton envol et à déployer tes ailes... Ne laisse plus la vie cambrioler ton âme...Dis-moi, mon ami éloigné, aux heures brèves de nuit, est-il trop tard maintenant, pour carguer tes voiles ?

*

Comme la vie, le grand mât s'est abattu aux voiles de minuit ...De tendres mélodies se sont tues...C'est pourquoi il n'y a plus de pétales aux tombes oubliées...Les nids ont perdu la couleur des oiseaux et je pleure mes fougues de jadis, aux plages secrètes de ma tête ...

"Holà ! Holà ! " Voici que le temps me crie: *"Arrêtez-toi...Que sorte enfin le piano droit et le violoncelle émouvant... Oui, le temps est venu. Car voilà que s'ouvre tout grand le somptueux bal de la vie et du pays en mouvance...Vois, l'amour n'en finit plus de tournoyer sans perdre haleine..."*

*

La vie... Soif de vivre souveraine, nid de joie profonde ou de paix dévorante ...La vie au souffle chaud sur nos paroles en l'air, parade blessée de l'âme, gercée de souvenirs déçus, destin étrange, calme en ses feux d'aurore, enfance heureuse et sourire de joie, marquée de croix douloureuses à porter, timide et fragile en mémoire, la vie douze coups de minuit, silence de prière, enfin, la vie qui n'en peut plus et qui échappe un cri: *"Priez pour nous!"*

*

Aux chroniques du temps, voici que s'écrit l'Histoire...Je rêve d'un pays beau et attirant, un pays aux lumières éclatantes, aux arbres de fruits rnûrs, qu'on engrange, par amour et raison...Mes mémoires ont charge d'héritage, mais elles sont décapitées en leurs souvenances, pareilles à un feuillage d'automne qui a faim d'un pays à refaire... L'envol reste à prendre avant la récolte ...

*

Je me souviens d'enfants en mémoire de rêves nouveaux, d'amours en émoi, de vies ensorcelées, de partages de bonheur...Je me souviens de tambours-fougueux, battant l'espoir aux portes de la vie, contre la soif de haine et de mort, de pays dévorés par la peur et la guerre...Déjà le soir tombe et drape ses voiles aux croix de bois... Je suis d'un pays sans nom, meurtri et trembleur encore ...Je suis échoué en moi et immobile en mes rêves· de vie... Mais je me souviens tellement encore !

*

Un enfant, la vie au rendez-vous, une savane blanche d'aurore, un cèdre isolé et des arbres éloignés en montagne, c'est bucolique. Un oiseau, un chant de louange, un érable argenté, une source d'eau vive, un bonheur vrai et pur, c'est beau comme une célébration...Un cœur se découvre, fragile et tendre, lumineux cristal sur le sable blanc du pays boréal ...Ah, comme octobre était beau lorsque nos chansons ont laissé échapper leurs accords !

*

Devant vos paysages, ARBRES de magnificence, l'être humain s'incline et s'abreuve en ses mémoires vacillantes, en quête vivante d'amour et de merveilles pour ce pays de mouvances et de souvenirs, enfoui aux portes de la terre animée…ARBRES de vie, appelez-moi encore à célébrer vos échos et vos saisons en mon cœur en prière…

*

Le temps venait de la louange et des célébrations nouvelles …"Je te salue, nature, comblée de grâce, moments empreints de retrouvailles en saisons, feux du cœur-humain en quête d'amour, jets de lumière aux regards des humains… *"Je te salue, car la vie est avec toi et ma voix, je le sens, est tendresse pour te dire….Je te salue, nature et tes fruits sont bénis… Car, vois-tu, au temps-cambrioleur en liberté, j'ai brisé ma cage d'ombre… Je suis libre comme un cheval farouche aux échoueries vivantes des marais tranquilles…*

Octobre joue dans la lumière dorée des feuilles et les arbres ont rendu leurs grappes et leurs fruits…"

*

LIVRE SEPTIÈME

L'OISEAU COUCHÉ SUR SON AILE

(Prose poétique - 2001)

*

"Votre corps, perceptible d'un bout d'aile à l'autre,
n'existe que dans votre conscience..."

Richard Bach,
Jonathan Livingston le Goéland

*

C'est maintenant que le soleil joue sur la vie...En aujourd'hui, sa lumière blanche et dense inonde. Elle a le regard d'un enfant qui prend son envol, recueilli et dont l'éclat revêt depuis longtemps la pureté innocente des jours heureux...

*

Comme ils sont mystérieux, nos déserts, en leurs mirages...Et leurs terres arides cachent tellement bien la verdeur de leurs oasis convoitées, en jeux d'ombres et de lumières... Aujourd'hui, maintenant et toujours, le temps n'est plus aux déserts du cœur. Non, le temps est à la vie...

*

C'est une bien belle histoire qui vient choir en ta mémoire, une histoire resplendissante de beaux jours, un beau livre intérieur qui s'ouvre en page pure, qui t'appelle doucement à parcourir la route avec lui, puisqu'il met le cap sur l'amour, en torrents de joie nouvelle...

*

À contre-jour de vie, voici que vient le repos du guerrier de vie, riche de ses vérités et de ses silences de rêves...À des années lumières de nos pas, il ne faut plus que les sources tarissent en des sillages oubliés du temps, en nos plénitudes délestées de nuées aveuglantes...

*

- As-tu idée de ce que pourrait être ta vie, si tu ta laissais chanter aussi, libre, en ses fragilités intenses, en ses chemins de silence ?

*

À mesure qu'on pense, à mesure qu'on reprend racine, on remonte le temps de naître, le temps de vivre et le temps que l'on prendra pour mourir...Dans ce long regard déversé en nous, nous n'avons que des mains de rêve pour les capter à la volée, ces données éternelles presque insaisissables, fugitives, et impondérables...

*

Deux mille ans après, voici que vient l'ère des temps nouveaux aux rites planétaires...Nouvelle ère fusant du nord jusqu'à l'ouessant, sur des chemins poussiéreux d'étoiles étranges, bonheurisées de leurs lumières...

*

- Il est étrange le chemin intérieur, le chemin du silence en soi... Mais c'est en l'empruntant que l'on peut rejoindre le soleil... Je n'invente rien, tu sais...En fin de voyage, c'est un bien bel oiseau blanc, couché sur son aile, qui m'a raconté tout cela, en habits de tendresse douce et m'a si ardemment prié de te transmettre cet héritage confié à ma mémoire...

*

- Non, mon ami, le bonheur n'est pas un vain mot, une invention des poètes. Le bonheur, c'est l'immatérielle, immuable et souple énergie émanant de la connaissance de soi-même et de la Vie. C'est l'acceptation pure des phénomènes défiants ou fantasques, mornes ou moroses, qui jalonnent nos parcours, c'est la force de nos rencontres, des misères et des amours, au cœur de notre destin à accomplir.

*

- L'amour, comme je l'ai cherché celui-là, comme je l'ai prié de me rejoindre en mes lieux intimes, derrière les nuages, là où les chansons n'usent plus leurs paroles en ratures inutiles...Comme j'ai désiré qu'il n'ait de cesse de me rejoindre en m'inondant de sa magnificence !

*

- Toi aussi, à ce que je vois, tu l'écoutes égrener ses toujours séculaires sur les galets usés, sur les milliers de pas et de pensées effacées de sa mémoire. Que de fois, elle a rompu les longs silences qui peuplaient ma deuxième veille, mes longs voyages solitaires, mes vols supposément sans histoire...

*

- Comme ils furent beaux et lumineux, les grands voyages de ma vie... Très souvent, je les ai racontés aux myriades d'étoiles que j'aurais tant voulu frôler au cours de mes solitaires vols nocturnes. La nuit était si belle dans ses habits de lumière ! Il y avait tant d'innocence encore dans les regards humains, que la tendresse en moi en avait marre d'enlacer des ombres et se morfondre, elle qui désirait tellement se nourrir au suc de l'amour...

*

Le monde vivant est comme un souffle. Tout ce qui l'anime réunit les données essentielles d'un étrange théorème, bien complexe. Mais, en trouées de lumière, il laisse parfois passer de somptueuses trouvailles.

*

Il en va ainsi de l'amitié. Je ne t'apprends rien en t'affirmant que sa présence dans toute vie en comble le vide. Mais c'est son absence en nous qui brûle et tue le temps aux multiples visages...

*

- Tu sais, c'est en grande pompe et en vérité que les jours s'écoulent. Il n'y a pas d'arrêt possible aux feux de signalisation. La vie nous berce sur ses flots, nous illumine constamment de ses reflets, comme si nous étions des enfants courant dans les brumes diaphanes de l'aube.

*

On apprend du passé, mais on ne peut en vivre. Quant au futur, il est déjà écrit et nous sommes bien ignorants à ce titre. Mais le présent, mon ami, c'est la rencontre éternelle, la plus profonde investigation de soi-même et de l'environnement qui nous permet de vivre.

*

La Vie, elle ne finit jamais, parce qu'elle possède en elle un puissant germe de résurrection. Nous la rencontrons en nous, dans l'infini du monde, de temps en temps, comme s'il nous fallait apprendre à la respirer profondément...

*

- Mon ami, le temps du recueillement vient à moi. Tout se tait désormais. Vois, même ce fichu temps a déjà revêtu la pureté de l'immortalité, puisqu'il nous invite d'ores et déjà à l'espérance. Tu as un bien bel héritage à transmettre maintenant.

*

Nous avions tant de gestes pour imager nos joies, pour respirer l'instant où le bonheur nous envahissait... Nous avons marqué nos chemins ensemble, dans le froissement des feuilles et dans nos ombres entremêlées, en échangeant nos regards et nos secrets intenses.

*

Ils sont si étranges et mouvants nos rêves à moitié bus, sur des lèvres déformées par des sourires contraints. Ils sont lisses, comme le sable où nous avions laissé l'empreinte de nos pas, en ce matin éclaboussé de lumière, comme si nous avions voulu les purifier à jamais dans l'innocence des sources salines...

*

- Quelque part au monde, je sais que ta vie coule ses eaux tranquilles, que le silence t'accompagne et inonde ton âme depuis longtemps...

*

- L'espérance, elle est vivante, elle t'accompagne, elle palpite en tes voyages imaginaires, aussi curieux que fragiles. Elle veut s'écrire au gré de tes paroles qui n'attendent que ton signe pour s'éclater en rafales. Elle vit au pays de toi. Mais, quelquefois, sans raison, tu te laisses mourir parce que tu refuses le rêve...

*

- Relève la tête, poète, n'aie pas peur de ce qui t'habite. Les mots veulent te dire, nous dire, nous raconter. Ouvre largement les fenêtres et crie le beau nom de liberté par-delà les frontières et les pays ! Traverse la terre et sois généreux de tes paroles. Ne lésine jamais et fais trêve de compromis. Tout cela a assez duré. Les saisons tournent et l'espace s'ouvre. Tu possèdes en toi cette force envahissante et farouche des grands bâtisseurs et tu laisses impunément la brume envahir tes rêves. Le pays a besoin de toi, mon ami. Le temps presse... Hâte-toi de me rejoindre en mes années-lumière pour que je puisse me convaincre désormais que je ne t'ai pas aimé en vain et que tes chants s'habillent encore de tendresse...

*

Aujourd'hui, je me retrouvais de nouveau en chambre close d'une vie en cascades effrénées. Maintenant, je voulais retrouver la paix, la grande paix. Je n'en pouvais plus de tous ces souvenirs qui me hantaient de leur abondance encombrante. Ils peuplaient ma mémoire depuis tellement longtemps que je n'avais jamais eu le courage de les en chasser. Et pourtant, naguère, ils avaient été ma lumière, ma sève et mon sang...

*

Ils sont comme ça, les souvenirs... Ils deviennent fontaines de larmes et les oiseaux ne battent plus de l'aile pour venir s'y abreuver. Ils se figent comme marais, immobiles et glauques, incapables de rejoindre la mer...

*

- Ne pense plus aux plaintes d'octobre échappées de ton cœur, oublie cet automne en allé au-delà des coups durs et des déchirures qui pleurent. Continue ton chemin, Tu as une faim de loup de pays. Alors, qu'attends-tu ?

*

- Le temps est venu pour moi de conjuguer ma vie au passé pour mieux entrer dans la mémoire collective. Vois-tu, j'entends clairement la voix de mon peuple, la voix du pays qui me chante la joie du retour. Tu as été un compagnon de route merveilleux. Tu as grandi à l'ombre de moi. N'aie plus peur. Fonce !

*

En abondance de feu, de vie et de foi, mon pays m'appelle tout doucement à le construire…

*

Nous entrons dans le troisième millénaire, avec ou sans rite de passage, avec ou sans gerbes d'étincelles, avec ou sans feux d'artifices, semblables en nos misères, dissemblables en nos bonheurs, mais connaissant de nombreux points de chute...

*

- Tout est silence en moi, en quiétude intérieure, je dirais presque cistercienne...Je me parle à l'âme...Je lui livre mes confidences, reléguées et perdues au siècle précédent, dans des illusions et des rêves fous...

*

- Aux fenêtres ouvertes de la mélancolie, à l'air libre et froid comme un baume de neige, je revois derrière toutes ces années, mes mains éternellement jointes au seuil de mon âme...

*

Nonobstant le temps qui leur a buriné quelques rides, comme le souffle du vent sur le sable des dunes, elles m'ont parlé de la Vie...

*

- Moi, m'avait répété le grand oiseau blanc en me pénétrant l'âme, Dieu m'a donné des ailes pour m'envoler dans l'éther et m'approcher des étoiles. Toi, berger des grèves, Il t'a façonné deux mains pour accueillir l'amour en toi et le donner aux autres. N'est-ce pas merveilleux ainsi !

*

- Cependant, ne t'en fais pas outre-mesure. Ne sommes-nous pas les seuls maîtres de nos destinées et de nos réussites ? C'est dans la musique des jours que notre individualité prend tout son sens. Jamais, tu ne devras permettre à la musique de se taire en toi. Car c'est grâce à sa magie pure que tu pourras prendre ton envol, là où la lumière se transforme en symboles et où se peuplent nos souvenirs !

*

- Arrête en toi encore... Écoute attentivement les appels réitérés qui te convient à la conquête de tes grands espaces, les tiens enfin, ceux qui te permettront de mesurer l'envergure de tes ailes. N'aie pas peur d'être brave, de prendre parti pour tes croyances les plus intenses et... surtout... de vouloir les défendre à tout prix...Tu sais, la lâcheté humaine, c'est un cri tellement rauque quand elle s'installe et rogne la noblesse de l'âme...Ne laisse jamais son hideux visage grimacer en toi...

*

- Vois, le pays nouveau commence à bouger et à enlever son bâillon, à l'aube de ce troisième millénaire...Bientôt, son règne viendra combler nos attentes, par jour de pluie ou de beau temps...

*

- Écoute l'Amour qui musique en toi... Au loin, dans les remous de notre humanité l'amour s'entrelace encore en nos âmes recourbées...

*

- Mais non, je ne t'oublie pas, berger des grèves... Seulement, voilà; tu commences à apprendre que dans les frontières où se heurte la vie, il existe des passages secrets où se retrouvent nos départs et nos arrivées. Laisse chanter tes musiques et, de nouveau, tu entendras ma voix... Par contre, si tu n'entends plus ces musiques, c'est que j'aurai cessé d'habiter tes silences...

*

- Écoute bien...Si au seuil de tes solitudes désemparées, tu t'arrêtes avant d'entrer et que tu écoutes la vie, celle qui fuse de toutes parts, qui chante, qui vole, libre, qui foisonne, qui s'épanouit qui s'extasie de lumière, si enfin, tu fais le geste de t'accorder à l'Amour, entre deux souffles qui te ceindront l'âme, tu m'entendras distinctement te dicter tes voyages à travers le bruissement de mes ailes...

*

- Je suis d'un pays aux flammes ardentes, je suis de mers étendues, mobiles et remuantes, je suis océan qui roule, instable et agité, je suis d'ondes montantes et descendantes, vierges marines aux onduleux cheveux flottants, entre deux crans, entre deux goémons...

*

La vie, nul ne peut en connaître le cours agité... Les saisons s'engouffrent dans la mémoire des heures...Mais, en ses musiques, comme elle est élégante et libre…

*

- Je suis d'un pays de flammes et d'ardeur, je suis de mers et de rivières à ce qu'on raconte... Y arriverai-je un jour en ce pays, où les âmes se libèrent de leurs pas infinis, de l'autre côté du monde ? Aurai-je le courage du grand oiseau blanc couché sur son aile ?

*

Il en est des êtres et des choses qui peuplent nos souvenirs ou qui se sont réfugiés en nous un soir de partage, comme des torrents impétueux qui ne cessent de rouler en nos mémoires avec fracas, de peur qu'on ne les oublie si leurs voix deviennent trop silencieuses.

*

- Laisse-la tendresse capter ton rêve... Je sais des légendes qui ont franchi depuis longtemps le cap de la vérité. Ouvre largement ton esprit et que coule en toi l'essence de cette sagesse toute pure... Écoute attentivement. C'est à ce prix qu'on devient prophète...

- Moi, comme tu le vois, je suis vieille maintenant. La liturgie de mes racines est devenue prière depuis de nombreuses lunes, depuis que la sève monte beaucoup plus lentement à mon cœur et à ma vie...

*

- Bel oiseau des grands espaces, me croirais-tu si je te disais qu'il y a des printemps qui gardent leurs promesses, qu'il y a des étoiles dont la seule mission consiste à éclairer nos nuits, qu'il y a des oiseaux qui mettent toute leur force et leur adresse à percer le secret des bois de leurs chants, qu'il y a des étés aux feux brûlants d'ivresse pure, qu'il y a des automnes aux hymnes de paix et de liberté ?

*

- Cette toile d'argent, je l'ai tissée pour toi. Je te l'offre humblement en présent, car j'ai fini d'y bâtir ma vie. Maintenant, tant que le soleil brillera sur le monde, tant que ton souvenir habitera le cœur des tiens, tu demeureras dans mes pensées. Chaque coin de terre qui sert d'assise à ton peuple me rappellera ta présence en mon espace de vie…

*

- Votre présence est toujours là. Vous m'avez appris l'envergure de mes ailes et, grâce à vous, je connais maintenant la frénésie du vol vers la victoire…

*

- Dans toute vie, entre la terre et l'azur, le temps n'est plus aux dormances... Tu es comme un oiseau aux ailes fourbues... Tu as oublié que pour pouvoir apporter quelque chose aux autres, il te fallait d'abord être toi-même...Ta plume, je le sais, est fébrile... Alors, qu'attends-tu pour les écrire, ces pensées qui logent en ton âme?

*

- J'avais le goût de t'écrire une belle lettre, une longue lettre au regard neuf, une lettre qui verrait à travers tes rêves, la brillance vigoureuse du bien-être de vivre...Une lettre comme un poème qui regarde au bout de la route et qui se rend compte que tout finit par se rejoindre à l'infini des heures...

*

Il y a de ces accueils intérieurs si puissants et qui comblent l'âme de tant de plénitude que nous nous demandons parfois ce que nous avons accompli pour un tel mérite.

*

- En marche avec toi, moi, le pèlerin en recherche, le marcheur des dunes, le berger des grèves, je te découvre encore en merveilles dans le calme serein de tes attitudes et de tes gestes quotidiens, de bien beaux gestes en soudaine flambée de vie, dans la quiétude claire qui t'envahit chaque fois que tu empoignes la victoire sur toi-même, la beauté omniprésente du corps et du cœur aux beaux moments d'amour, dans tes lendemains que tu veux combler de joie et d'amour avec une détermination sans limites, pour prendre au piège l'essence de tes plus beaux rêves, les plus tendres, les plus purs...

*

Enfin, un grand secret, une lettre pour changer quelque chose, pour confirmer quelqu'un dans l'amour, ou pour s'envoler doucement vers les étoiles, suspendu à des ailes de géant...

*

- Je quitte la nuit, je vois la terre humaine en file, sur de longs chemins de silence…

*

- Un bel oiseau blanc est couché sur son aile, des enfants dansent en ronde, comme une eau qui désaltère. L'horizon s'avance aux cotes d'écoute...Mon vieux peuplier se recueille en départ imminent... Je me noie dans l'ombre en mes désirs de lumière, étranges paradoxes aux heures exquises...

*

- Et je chante, à ton cœur et à ton corps, ma plus exaltante chanson d'amour et de musique, aux sources du poème... Car je suis une chanson de mer et, dans le mirage de ma folie douce, je me crois plus fort qu'elle...En fin de mots, enfin, à mes paumes recueillies de prières nouvelles et de vérités tranquilles, en prière de louange, en hymne de reconnaissance, mon être a besoin de passe-droits pour l'amour...

*

LIVRE HUITIÈME

LA CHEVAUCHÉE DES PÈLERINS

(Tome 1 – Entre la mer et l'exil – 2002)

*

Il ne comprenait pas pourquoi, mais une espèce d'appréhension étrange ne quittait plus son esprit depuis quelque temps. Au cours de son voyage outre-mer, elle ne l'avait pas lâché d'une semelle.

*

- Il faut que je parvienne de nouveau à regarder la lumière qui brille dans ses yeux. Nous avons déjà tellement partagé ensemble en laissant nos cœurs se confondre dans un même élan, dans une même émotion. Comment ai-je pu laisser la pénombre prendre le dessus? Je dois absolument retrouver mon équilibre affectif à tout prix.

*

- Bernard, je pars définitivement. Je te quitte. Je m'en vais vers un ailleurs dont je ne connais ni l'ampleur ni la portée, un ailleurs où il fera beau tout de suite. Je ne veux plus m'accrocher à la pensée d'un hypothétique bonheur à retrouver.

*

- Pourquoi jongler ainsi avec les souvenirs quand il me suffirait simplement de les regarder vivre au fond de moi, plutôt que de vouloir qu'ils transcendent les rides du temps en cavalcade vrombissante. La violence de l'amour me brûle le cœur en émergeant de son silence. Elle déchire ma vie pour arriver jusqu'à moi et me proposer une étape de plus pour que je puisse me retrouver enfin...

*

Une vie... Un périple, une main gantée de joies et de peines, un voyage qui prend fin au hasard d'un détour, aux confins du bonheur, aux limites de la lumière. Comme il se fait tard maintenant que le temps arrive à échéance! Tout se voile et s'affaisse! Qu'est-il advenu de nos rêves antérieurs d'étoiles filantes ?

*

Comme c'est étrange le visage de la mort quand il commence à nous poser des questions et comme ses visites impromptues s'écoulent irréversibles, en nous demandant d'en avoir pleinement conscience...

*

À l'heure de son bilan de vie, troublé, paralysé par les émotions et la douleur de vivre, il se devait de renouer avec son propre mystère.

*

- Papa, pardonne-moi de t'avoir importuné de la sorte Vois-tu, je ne sais plus vraiment où j'en suis et qui est le maître de ma vie. Tout est tellement bouleversé que j'ai la nette impression que ma vie veut s'arrêter. À force de détours, j'ai perdu tout mon sens d'orientation. Plus rien ne me semble valable. Tout simplement, j'ai la certitude que j'ai irrémédiablement manqué mon rendez-vous avec le bonheur...

*

- Quant à toi, Bernard, il te reste encore à redécouvrir d'où vient l'orage si tu veux que ta vie se remette à battre. Tu as ton fils Estienne à aimer. N'agis pas comme moi. Ne laisse pas les pluies d'automne engourdir son âme. Enseigne-lui l'amour, comme une bien belle envolée de vie. Cela s'appelle la tendresse ... Sois heureux mon cher fils et dépêche-toi de retrouver le fil de ta vie. Dresse-la comme on harnache un cheval fougueux. Souviens-toi que nous sommes tous, à notre manière, des pèlerins en recherche de vie. Nous chevauchons nos montures sans savoir si, un jour, nos routes se croiseront ou bien se sépareront.

N'attends plus, car les regrets sont si dérisoires quand nous les laissons envahir notre âme...

*

D'ailleurs, qui peut se targuer d'être le maître quand l'Inconnu lui fait signe.

*

Le cœur lourd, il quitta l'hôpital. Une étrange certitude commençait à envahir son être tout entier, comme une espèce d'impression impalpable: se pouvait-il que, pour une dernière fois, il venait d'aimer avec son père et de mourir un peu avec lui ?

*

Oui, quitter son village enveloppé du froid de l'hiver, bordé de forêts épaisses, tout cela lui apparaissait à présent comme une désertion quasi inimaginable à concevoir, même si, dans son cœur, ce pays habité d'aurores boréales l'était surtout de neige, de misère et de solitude, peu importaient les saisons.

*

Et, qui sait, peut-être aurait-il la chance d'apercevoir le regard pur et éloquent de la belle Angélique Langelier et lui confier les secrets de ses adieux. Elle avait accueilli si précieusement ses confidences intimes, les élans primesautiers et les soubresauts de son jeune cœur, à la naissance de ses premières amours.

*

- Je pense qu'on ne peut pas déraciner un arbre du sol de la Gaspésie, Pierre. Ça ne se fait tout simplement pas, Et si, par hasard, on peut arriver à l'arracher de sa terre, ses racines sèchent. Puis il finit par mourir. C'est comme si un pareil destin ne pouvait pas se produire. Nos racines sont tellement enfouies profondément dans notre beau coin de

168

terre ! Ce sont nos parents, Pierre, qui ont choisi de vivre dans ce vaste pays aux horizons si changeants. C'est tout ça que tu veux quitter, Pierre ? Pourras-tu transporter avec toi ce pays qui t'habite tant?

*

- Mais, tu sais, c'est si facile de faire des serments avant de quitter ceux et celles qu'on aime.

*

- C'est si court, trente-cinq ans de vie, trente-cinq années à tenter d'atteindre le bonheur, à voir enfin notre gerbe de vie s'épanouir, à nous faire des promesses et à nous parler d'amour, mon Aimée et moi ! Trente-cinq années de vie conjugale, un seul corps et une seule âme, pour le meilleur et pour le pire… Trente-cinq années à partager notre travail quotidien, notre dur labeur et nos chagrins … Heureusement, il y a eu les enfants, leurs belles caresses, leurs rires enfantins ... Que je les aime !

*

Des larmes perlèrent à ses yeux qu'il s'empressa de balayer du revers de la main. Non. Un jeune homme décidé comme lui ne pouvait se permettre ce genre de faiblesse. Mais une petite voix à l'intérieur de son cœur s'étonnait de constater que ses dix-huit ans pouvaient aussi pleurer.

*

- De bien belles promesses qu'il a faites ! Il n'est pas encore revenu nous visiter#... Pas une soirée ne se passe sans que je ne demande dans mes prières qu'il nous arrive un bon jour, sans avertissement, comme une bonne grosse risée de vent. Ici, c'est sa place. C'est son village. C'est ici qu'il est né et qu'il devrait revenir mourir.

*

Quand nos rêves nous appellent, ils résonnent comme les voix des sirènes dans la mer. On ne peut pas leur résister, parce qu'ils sont bien plus forts que notre volonté.

*

- Je veux connaître autre chose. Je veux pouvoir écouter ce que me dictent mes rêves. Je veux pouvoir répondre à cette voix qui prend le temps de m'appeler à découvrir ce qu'il y a de beau, de bon et d'exaltant en moi. Ce que j'y entends, c'est une bien belle musique. Elle résonne en m'apprenant que je peux continuer à voir le monde et les gens qui m'aiment, mais non pas uniquement de manière sombre, en restant muet devant leurs misères. C'est pour cette raison que je vous quitte avec beaucoup de regrets. Mais je reviendrai ! Je vous le promets. Vous serez fiers de m'avoir laissé la chance d'aller au bout de mon rêve...

*

- J'ai eu souvent l'occasion de leur rappeler que l'arme la plus redoutable dont ils devraient constamment faire preuve dans leur vie, ce serait celle du courage indomptable pour affronter les coups durs et les difficultés qu'ils rencontreraient sur leur route.

*

Il ne savait plus exactement pourquoi il avait débité tout cela à cette jeune secrétaire qu'il rencontrait pour la première fois. Était-ce la transparence qu'il avait lue dans ses yeux qui l'avait poussé ainsi à livrer le fond de sa pensée ou bien ce que sa tante Rita appelait du courage ? Vraiment, il ne pouvait en faire le décompte.

*

Tous ses espoirs nourris depuis longtemps dépendaient maintenant de ce bout de papier: son avenir, ses rêves, tout ce que son cœur renfermait de richesses et de promesses à la vie qui s'ouvrait devant lui.

*

Cette réponse positive venait de s'ancrer profondément en lui. Il comprenait maintenant que le coup d'envoi bien défini, tracé par les quelques phrases de cette lettre d'affaires laconique, venait corroborer, hors de tout doute, les chemins nouveaux de sa vie.

*

Il avait bel et bien franchi la délicate zone de sa vie personnelle, entre l'amour irrévocable qu'il vouait aux siens et à son coin de terre et l'appel réitéré de la grande ville qui lui martelait constamment la tête.

*

Les deux mains sous la tête, il considéra alors qu'il s'apprêtait à tourner définitivement une page importante de sa jeune vie. Le passé ne se conjuguait plus au présent pour lui. Il le vivait pleinement, en attente du futur à venir.

*

Avec des gestes délicats qui en disaient long sur l'heureux contentement qui lui envahissait la tête, elle ouvrit la précieuse lettre.

Ma chère Angélique

... Tu sais, chère Angélique, chaque jour, je mesure largement la distance qui me sépare de toi. Mais, en même temps, aussi paradoxal que cela puisse paraître, c'est celle qui nous rapproche davantage. Ce travail en ville, ce désir que j'avais de sortir des sentiers battus en quittant l'Anse-aux-Peupliers, c'est une réalité bien concrète maintenant. Depuis deux mois, je travaille comme débardeur et ouvrier manutentionnaire au port de Montréal. C'est un travail très exigeant au point de vue physique.

Angélique, chaque soir, chaque jour, chaque heure, je pense à toi. Mon âme est remplie de toi. Mes espérances de vie, mes attentes et mes aspirations, tout converge vers toi, vers notre amour dont le souvenir m'est si doux et agréable. Je te vois souriante et je souris. Je te crois et je suis heureux. Je me passionne et c'est uniquement de toi. Tu combles ma vie l Tu occupes tout mon espace ! Je te reçois pieusement en moi: toi dont l'affection déborde en harmonie et en musique.

Je m'ennuie de toi, Angélique, de nos promenades sur la grève. Je sais que tu m'aimes profondément. Moi aussi, je t'aime à la puissance de l'amour. Mon seul désir, c'est de pouvoir, un jour te mériter et te prouver que ma décision de partir était la bonne, que ce n'était pas une réponse à un quelconque chant trompeur de sirènes urbaines. Notre amour est grand et fort, Angélique. Ses ailes sont largement déployées, ouvertes, prêtes à l'envol. Mais il ne faudrait pas qu'il perde haleine à force d'attendre.

Ne m'oublie pas, je t'aime tant.

Pierre

*

Découragée, en larmes, abattue par l'adversité et l'affolement que cette épidémie avait répandue comme un voile de mort sur sa famille et sur la communauté de l'Anse-aux-Peupliers, Élise Morin tentait quand même, dans un effort surhumain de courage, de contrer le désarroi, la détresse et l'accablement qui lui martelaient la tête, impuissante, face à l'évolution rapide de cette terrible maladie qui détruisait et emportait la vie de sa fille adorée.

*

Elle avait déliré durant toute la nuit. Le nom de Pierre, de sa mère, de son père, s'entremêlaient de courtes bribes de situations, sans aucun lien commun.

*

- Je t'en prie, ma chérie, au pays de la pleine lumière où tu t'en vas maintenant, parce que tu le mérites tellement, tu prieras pour nous tous, afin que nous ayons le courage de continuer notre route ...

*

Euphoriques, ils se congratulaient mutuellement en se donnant de grandes tapes dans le dos, heureux et fiers tout à la fois de voir le soleil de la vie et de la paix réapparaître. Son absence avait été si longue derrière les nuages noirs de la violence, de la haine et de la lutte armée entre les peuples !

*

Tout en déambulant, il lui semblait qu'une impression étrange envahissait lentement son esprit. Il prenait soudainement conscience que la fin de ce conflit laisserait une marque inoubliable sur le déroulement de sa vie et sur la suite des événements et des actions qui devraient en composer la trame. Il pressentait confusément que, dorénavant, son travail, ses efforts, sa ténacité et sa volonté de réussite lui commanderaient encore plus de débrouillardise, d'ambition bien mesurée et de persévérance dans la poursuite de ses rêves.

*

Tout à coup, Pierre sentit sa poitrine se gonfler. Une énergie nouvelle, soutenue, remplie d'espérance, montait de son être tout entier, en y faisant chanter l'harmonie, le triomphe et la victoire.

*

Il le savourait donc pleinement, ce moment unique, conscient que la plénitude de l'amour l'envahissait complètement. Désormais, rien ne pourrait plus lui porter ombrage.

*

Pierre, notre bien-aimé fils,

Comme il m'en a fallu du courage et de la résignation chrétienne pour me décider à t'écrire et t'annoncer une bien triste nouvelle ! La grippe espagnole a frappé durement en Gaspésie et l'Anse-aux-Peupliers n'y a pas échappé. Il y a quelques jours, nous avons porté en terre notre chère petite Angélique. Tout s'est déroulé rapidement, sans service à l'église, pour éviter la contagion le plus possible. Ma fille adorée, ta petite Angélique promise, a succombé rapidement à cette terrible maladie tueuse, en l'espace de quelques jours. Je ne peux te décrire la douleur qui submerge notre vie, qui noie toute notre volonté de comprendre et de tenter d'expliquer le mystère qui entoure le grand départ qui nous afflige et nous tue...

Tu sais aussi combien j'admire ton courage d'avoir quitté tous ceux et celles que tu aimais et qui te rattachaient à notre coin de terre, pour poursuivre ton idéal et tes rêves. Tu devras, comme nous, accepter cette perte immense qui creuse une faille profonde dans ton affection et ta tendresse. Tu as aimé profondément Angélique, notre chère fille. Désormais, c'est en sa compagnie spirituelle que tu pourras puiser la force de continuer ta route.

*

- Tu sais, Pierre, l'amour vient à bout de tout. C'est à travers lui que nous grandissons, que nous nous développons que nous restons présents à nous-mêmes.

*

Il ne trouvait plus les mots pour exprimer ce qu'il ressentait. Tout lui semblait indicible, impalpable, comme une sorte de terreur passagère à assumer, un maquillage teinté d'ombre, un livre ouvert, dont une énorme tache d'encre noire aurait délibérément maculé la page blanche, Maintenant, à l'orée de ce transit étrange, il commençait à comprendre un peu plus le mécanisme complexe et mystérieux de ce temps de la mort et le grand vide creusé par le départ impromptu d'Angélique. Il entendait sa voix résonner intimement en lui. En lui adressant son plus lumineux sourire, elle lui demandait de le partager avec elle.

*

"Mon doux ami, nos rapports sont tellement lumineux à présent ! Ce grand départ, c'est le mien... C'est ma partance de la vie pour mieux mordre dans celle qui commence. Tu es toujours là à me prendre l'âme, comme une éternelle étreinte d'une couleur indéfinie où il n'y a plus de désillusion. Je continue à t'aimer, Pierre, mon si doux compagnon de jeunesse, puisque, pour toi, la vie continue à s'agiter; qu'elle chante et vibre par toutes les fibres de ton être. Ne quitte jamais notre rêve entrevu. Il possède sa propre conscience et elle est intimement liée à la tienne. Ne crains donc plus. Je t'aime encore davantage, maintenant que la LUMIÈRE est entrée dans mon âme éternelle..."

*

Comme c'est étrange, les événements majeurs qui surviennent dans notre vie. C'est au moment où on s'y attend le moins qu'ils se produisent.

*

Désormais, seul aspirant à la vie, il tentait de vaincre sa douleur en tentant, mais non sans mal, de franchir la haute barre du monde réel, celui qui lui avait ravi son amour. À tout prix, il voulait percer le mystère de ce qui se passait derrière l'image que lui renvoyait son miroir d'âme: le sens invisible virtuel, autre que celui véhiculé par les activités coutumières de sa vie et les actions qu'il posait quotidiennement à la maison et à son travail.

"Quel est-il, le mystère de la vie par rapport au mystère de la mort ? Pourquoi les fleurs et les feuilles devaient-elles mourir ? Peut-être

était-ce là le pas à franchir pour mieux renaître ensuite ? Qui sait?
Une créature humaine bien réussie, heureuse et en bonne forme,
pourquoi devrait-elle finir un jour ?

*

Apprenez que dans la vie, nous n'arrivons jamais à réaliser sans peine
ce que nous entreprenons.

*

Mon cher petit, il ne faudrait jamais que tu doutes de l'amour que nous
éprouvons pour toi. Tu es notre enfant. Ne l'oublie jamais.

*

"Au terme de ta grande chevauchée à même l'ESSENTIEL, au cœur de
nos rêves commis de jeunesse, de nos vies confondues, il doit être
extraordinaire l'hymne que tu chantes et que tu accordes au rythme
des vagues éternelles...

*

Maintenant, la page est définitivement tournée. Tu es désormais mon
amie envolée dans le pays du silence endormi... Mais comme tes
rayons de lumière sont intenses en moi, si intenses qu'ils sont presque
aveuglants !

*

Angélique, ne quitte point mon âme. Tu es ma prière. Elle donne tout
son ampleur à la couleur de mon espérance..."

*

Il referma le petit cahier et pendant un instant où le temps ne semblait
plus avoir d'emprise, il le déposa sur sa poitrine, en fermant les yeux,
comme si toute la paix du monde venait enfin d'éclore dans son âme.

*

Maintenant, il devrait accepter de vivre comme si on venait de le dépouiller d'une partie de lui-même.

*

L'étincelle si particulière qui reflétait sa solidité et sa force ne brillait plus aussi intensément dans son regard noir. Un ressort s'était détendu quelque part en lui, qu'il leur fallait remonter à tout prix.

*

Jamais, il n'aurait pu rêver de finir ses jours dans une pareille quiétude. À ce titre, il se sentait choyé, aimé et, surtout, en paix avec lui-même. Vraiment, il n'aurait pu souhaiter un pareil bonheur.

*

Depuis le départ de sa tendre Harriet, il lui arrivait assez fréquemment de se recueillir doucement, en pensant à l'amour profond qui avait enveloppé leur vie matrimoniale. Il laissait alors sa mémoire s'ouvrir largement et permettait à ses souvenirs d'effectuer des retours en arrière mémorables.

*

Maintenant que le temps des souvenances commençait à faire tourner la valse du temps dans sa tête et dans ses souvenirs, John Saint-Pierre ne pouvait que l'accueillir, tel une prière longtemps réfléchie, à portée de cœur et de vie.

*

Sans jeter un regard en arrière, les yeux embués, il avait éprouvé la nette sensation qu'une fois de plus, une page importante de sa vie se tournait pour faire place à une page toute blanche, dont il ignorait complètement les étapes qui s'y inscriraient désormais.

*

- Tu vois, John, l'amour vient à bout de tout, je ne te le dirai jamais assez. Il ne nous reste plus qu'à partir à présent.

Comme il l'avait aimée profondément en cet instant où elle venait encore de lui redire son amour et accepter de le suivre, *"pour le meilleur et pour le pire,"* sur ces toutes nouvelles avenues de leur vie, de leur tendresse et de leur attachement réciproque.

*

Quelle belle page transparente comme le matin d'un beau jour venait de s'écrire dans sa vie ! En apercevant les larmes qui perlaient dans leurs yeux, Catherine avait compris l'immensité et la profondeur de l'amour qui les habitait, comme si un secret longtemps caché dévoilait enfin son mystère.

*

- Comme je voudrais que l'amour qui vit en moi soit à l'image de celui qui remplit depuis si longtemps le cœur de papa et maman: fort, lumineux et complice, comme une flamme inextinguible. Si, un jour, je dois rencontrer un être que je serai appelée à aimer de toute la force de mon âme, faites, je vous en prie, que son amour soit aussi fort et partagé et que nos cœurs puissent l'accueillir, pour le meilleur et pour le pire.

*

Elle sentit tout à coup un sentiment étrange l'envahir tel un déclic mystérieux qui ouvrait largement une fenêtre sur sa vie. Elle leva les yeux. Le regard profond et sombre d'un jeune ouvrier était braqué sur elle. Une indicible énergie s'en dégageait. Il la salua poliment, en tenant fermement sa casquette d'étoffe sous son bras:

-Pierre Quesnel, mademoiselle. J'ai dix-huit ans ...

*

"À quoi bon les retours en arrière... Beaucoup de pages sont tournées que je ne veux plus relire, par crainte de m'y noyer encore. Voyez-vous, Catherine, mes croyances d'autrefois épousent maintenant la liberté du vol des oiseaux à la recherche d'une branche pour s'y reposer. Aujourd'hui, je me rends parfaitement compte que la plus difficile de toutes mes tâches, c'est d'entamer enfin la longue marche menant à la route de mes rêves et apprendre à regarder en avant."

*

Quand Pierre Quesnel pénétrait dans son bureau, elle ne pouvait s'empêcher de lever les yeux et admirer secrètement la force que dégageait ce jeune homme au visage sympathique, à la taille élevée, aux cheveux noirs courts et touffus, en pleine possession de ses moyens.

*

"Vous savez, Pierre, l'intuition féminine, c'est une force dont on ne connaît pas les limites. Faites bien attention à mes dons de voyance !"

*

Elle se sentait rougir. Mais elle n'y pouvait rien. En cette heure exquise où le bonheur brillait au diapason de la lumière, elle bénissait le jour où Pierre avait croisé sa route.

"Catherine, la convergence des routes de la vie, c'est bien étrange. On dirait que dans tout ce qui vit et respire, dans l'organisation de la société, du travail, des rencontres, des usages, des coutumes et des traditions, bref, dans tout ce que nous accomplissons, on perçoit des signes d'une force incroyable. Leurs données essentielles renferment tout le potentiel à extraire, selon notre propre conception du bonheur ou du malheur, de nos joies comme de nos peines. Vos lignes de vie sont extrêmement fluides et continues. Et que de délicatesse dans leur tracé. Il se peut que votre intuition soit juste, face à mes rêves. Je n'ai aucune raison d'en douter, surtout quand vous me l'affirmez avec la

franchise que je lis dans votre regard. C'est tellement agréable et réconfortant de les partager avec vous.

Se pourrait-il qu'une ligne de vie gaspésienne, après tant de bouleversements, ait cavalé vers la ville pour rencontrer la délicatesse et la discrétion inscrite dans les vôtres ? "

Sous le coup d'une émotion qui affluait à son âme comme une ondée estivale soudaine et imprévue, la tendre Catherine baissa les yeux, tout en accentuant davantage la pression de ses mains enserrées dans celle de Pierre...

*

Il trouvait cette occasion providentielle et unique de se libérer enfin l'âme d'un accablant fardeau, d'un nœud inextricable et angoissant.

"Mademoiselle Catherine, je vous remercie de cette délicate attention à mon égard. Vous savez, vous avez visé juste en devinant ma peine. S'il vous plaît, dites une petite prière pour moi, afin que j'apprenne à me guérir de mes souvenirs et que j'aie le courage de continuer ma route. Et puis, je n'oublierai jamais votre délicat geste de sympathie et cette grande attention que vous me portez. Nous, les Gaspésiens, nous possédons une mémoire fidèle, franche et loyale. Merci !"

Sur ce, il l'avait saluée avec respect et sincérité. Puis, d'un pas décidé, en marchant encore une fois sur sa peine, il avait rejoint ses compagnons débardeurs.

*

Ardue et troublante, la réponse de Pierre avait fusé, droite, sans détours, comme quelqu'un qui crie au secours et dont l'écho ne répond pas.

*

- Ne t'en fais pas trop, Catherine. Tout finit par rentrer dans l'ordre dans la vie. Le temps, c'est le guérisseur par excellence. Puis, il paraît que l'amour non plus n'a pas son pareil.

*

"Et puis, surtout, bonne Mère, donne-moi la force et la franchise nécessaires pour que je puisse trouver le courage de lui avouer, un jour, que mon cœur tressaille à chacune de nos rencontres. Aide-le à se guérir l'âme. Apprends-lui que l'amour ne meurt jamais, qu'il peut se transformer quand on l'accueille à nouveau dans sa demeure intérieure..."

*

"Pierre, mon enfant, tu nous as toujours donné l'impression que ton caractère sérieux ne lésinait jamais devant les décisions à prendre. Je te connais bien. Tu devines sans doute aussi tout ce qu'une mère peut ressentir comme intuitions positives qui ne trompent pas. Tu as déjà tourné ces pages douloureuses de ta vie. Tu regardes maintenant vers l'avenir, vers tout ce qu'il te réserve de beau et de bon.

Mon enfant bien-aimé, tu me permettras cependant de te dire que ce chemin est bien difficile à parcourir seul. Ouvre ton cœur, mon grand garçon. Regarde autour de toi. Il y a sûrement, quelque part, je ne sais où, une compagne qui t'attend, avec qui tu vas apprendre de nouveau à sourire à la vie."

*

- Ne t'en fais pas, Pierre... Tu as fait le bon choix, j'en suis convaincu. Jamais, tu m'entends, il ne faudra que tu laisses le regret envahir ta vie et la rendre négative. Fonce ... N'aie pas peur ...

*

- Toi aussi, mon garçon, tu devras enfouir ces confidences bien en place dans un coin secret de ta mémoire. Si un jour, tu manques de courage, tu n'auras qu'à ouvrir la petite porte qui y donne accès. Tu constateras alors que la bravoure, le travail et l'héroïsme, ça existe vraiment.

*

- Je n'ai pas quitté la Gaspésie par lâcheté ou pour me soustraire à mes responsabilités familiales. Au contraire. Ce que je voulais accomplir en venant travailler en ville, c'était de pouvoir faire ma large part pour que le rêve de mon père, le jour de son mariage, puisse se concrétiser.

*

C'est étrange, les histoires de famille. On dirait qu'à un certain tournant, une main invisible en maîtrise les destinées à sa guise.

*

- En fait, ce qu'on a longtemps considéré comme une tache dans le patrimoine historique de !'Anse-aux-Peupliers, c'était tabou d'en parler. On n'en conversait que très tard dans les veillées, à mi-voix, en cercle restreint, Il fallait procéder ainsi pour occulter enfin le destin intime de Rébecca, la jeune orpheline...

*

- Désormais, Mabel Parker s'enferma elle aussi dans un mutisme profond. Elle refusait de révéler quoi que ce soit sur le nom du père de l'enfant qu'elle portait. À l'image tourmentée de sa mère, elle ne connut pas non plus une vie de tout repos. Dans tout cheminement terrestre, je crois qu'il y a des exils volontaires comme le nôtre. Mais dans le cas de la belle Rébecca, comme disait mon père, ce fut un exil surhumain qu'on lui imposa. Tout ce que l'on put alors apprendre, c'est qu'effectivement, on l'avait embarquée sur une goélette en partance pour Montréal, chassée du village, comme si elle avait contracté la lèpre ...

*

À son contact, en cette heure bénie, l'oncle Albert s'était livré à d'intimes confidences. Il avait la nette impression qu'il attendait fébrilement ses questions au sujet de ses origines. Mais, surtout, il prenait conscience encore plus qu'il venait de pénétrer plus profondément dans le mystère de la terre gaspésienne et dans l'âme de ses habitants.

*

- La vie, Pierre, c'est une suite de petits bonheurs où s'entremêlent de nombreux mystères. Il te reste beaucoup de choses à apprendre. Je sais que ta soif de connaissance est immense. Ouvre tes yeux, et ton cœur, mon garçon. C'est vrai que nous sommes toujours en apprentissage. Ce que je te dis maintenant, cette femme admirable qu'est Rita me l'a répété bien souvent. Tu vois, là-bas, à gauche, près de l'allée bordée de chrysanthèmes? Bien, c'est là qu'elle et moi avons échangé nos premiers serments d'amour. Tout ce que je te souhaite, c'est que tu puisses vivre une aussi belle histoire d'amour que la nôtre. La petite Catherine Saint-Pierre serait peut-être bien heureuse de venir s'asseoir sur ce vieux banc à son tour, pour pouvoir comprendre toute l'ampleur de l'attachement qui vous appelle à communier ensemble ... Les secrets, ça existe par le fait même qu'un jour on arrive à les deviner, Pierre.

*

- Que c'est étrange, ce lieu! Tout y respire le luxe, l'abondance et la somptuosité, comme si nous avions pénétré dans un endroit hors du temps et de l'espace !

*

Pierre s'approcha de la porte massive pour y admirer de plus près l'écusson de bois ouvré qui la décorait. Une banderole aux bouts en biseau, savamment déroulée, surmontait un lion rugissant prêt à bondir. Elle portait la devise suivante

RES AECONOMICA, ARS ARTIS

Puis, au bas de cet emblème héraldique, le nom du président était inscrit sur une plaque de bronze rectangulaire:

PURVIS MCDOUGALL, PRESIDENT

MONTREAL STOCK EXCHANGE

*

Ils s'étaient aimés, ces deux-là, passionnément, sans égard à l'époque, comme si la puissance infinie du temps, autant que ses moments clairs ou sombres, leur avaient appris la nuance des mots d'amour, libérés de toute entrave.

*

Et ce sentiment si pur et beau qui t'inonde le cœur comme un rayonnement inspirant, il est très questionnant parce qu'il entrave, en quelque sorte, ta liberté d'action. Crois-moi, Rita, construire sa vie avec l'être que l'on aime, c'est accepter de le laisser libre et voler avec lui, en harmonie et en musique.

*

"Ce soir, toutes les fibres de mon être me parlent de toi, de nos rêves, de notre rencontre providentielle. Maintenant, je le comprends de plus en plus. Tu t'intègres totalement dans les fils de trame de ma vie, en couleurs si brillantes qu'elles illuminent mon âme. Comme je t'aime, mon émouvant amour, chaque fois que nous laissons la transparence de nos vies nous communiquer ce qui nous rend apte à croire et espérer. C'est avec toi, Albert, que je désire croire en la vie, en la beauté de ce qui l'entoure, apprendre aussi que son cheminement peut être ardu et difficile parfois. Ensemble, il nous sera possible de croire qu'aimer, c'est vouloir vivre heureux, en cheminant sur les routes du bonheur et en apprivoiser les destinées."

*

L'important, c'est de ne jamais oublier que c'est en nous que nous devons puiser les forces intérieures qui ne demandent qu'à être développées. Dans ce genre de combat, nous sommes souvent bien solitaires et faibles pour atteindre la victoire.

*

"Pierre Quesnel, toi dont l'espérance est si grande, tu as quitté mes rives pour vivre d'autres aspirations. Et maintenant que le deuil achève de te transformer, le temps est venu pour toi de contempler avec ravissement et confiance la vie qui t'appelle avec sa suite de petits bonheurs... Ouvre tes yeux et ton âme, mon garçon... La petite Catherine n'attend que le moment de venir s'asseoir avec toi sur ce vieux banc de parc. Construis ta vie maintenant. Quand elle nous invite à danser, il ne faut pas faire preuve de maladresse ou de timidité inutile ..."

*

La vie, c'est vrai que c'est bien court. C'est un combat incessant, une lutte où les périodes lumineuses balaient le feu de l'action qui nous fascine et nous attire. Tout est beau et plaisant. Notre quotidien est rempli de mille et un petits événements à l'enseigne du bonheur, mais aussi de périodes sombres, dans des passes de vie que nous voudrions bien oublier. Il a bien raison. Il ne faudrait pas que je manque le rendez-vous de ma jeunesse. Je le sais, elle n'est pas immortelle...

*

Il lui semblait que tout chantait dans sa tête. Ses rêves devenaient un peu plus réels dans sa quête des jours, à la recherche de son propre mystère. Bientôt, tout doucement, à l'ombre des pas de la douce Catherine, il se laisserait conduire, en laissant son âme rejoindre la sienne.

"Je ne veux plus marcher dans des zones d'ombre ... Ce que je désire profondément, c'est de me tenir debout à ses côtés, dans la luminosité des instants de bonheur que la vie nous réserve. En somme, pouvoir marcher avec elle sur les routes éternelles de l'amour et comprendre le secret de son perpétuel recommencement ... "

*

- L'amour est présent là, en cet instant précis, à côté de moi. Catherine m'offre sa beauté en silence recueilli, comme la plus belle des chansons, en pleine lumière de sa jeunesse, dans la quiétude de ce jour béni. Nos promesses qui vont s'écrire aujourd'hui, je le sens bien, sont vivantes déjà en leurs fiançailles promises, en leurs moments tendres, en leurs souvenirs cicatrisés aussi et égarés quelque part en nous. Intimement, au fond de moi, loge ma tendresse. Avec Catherine, je veux en connaître le délire incessant, être le feu qui la réchauffe et empêcher ainsi le chagrin de venir l'engourdir de ses frissons gris.

*

Tout cet environnement me rend tellement heureuse! Est-il possible que la route du bonheur commence de cette façon: un regard, un jour, jeté sur soi et posé ensuite sur les autres ?

*

- Ma chère Catherine, je crois qu'il existe, ce rêve qui se dresse en nous, fier et conquérant. Et l'amour en déborde largement. C'est un rêve que rien ne peut abattre, un rêve qui se tient debout, qui suit la direction de nos regards, qui se confronte avec nous. Il est obstiné et constitue un beau défi à surmonter pour atteindre la victoire... Quelquefois, ce rêve surgit en nous avec une telle poussée que nous n'avons pas d'autre choix que d'aller de l'avant.

*

- Mais j'ai ajouté une demande spéciale à ma prière. Je l'ai suppliée de me donner le courage et la franchise nécessaires pour arriver à pouvoir t'avouer sincèrement, avec tout le respect que ce secret suppose, que mon être tressaillait à chacune de nos rencontres. Aujourd'hui, je sentais ta présence très proche. Je lui ai demandé à nouveau de me venir en aide, pour que j'arrive enfin à pouvoir, en ce lieu de prédilection, t'avouer enfin que je t'aime, Pierre, profondément. C'est avec toi que je veux respirer ma vie, tourner les pages bleues de notre jeunesse, les pages de gloire et de puissance en devenir, enfin, celles qui vont nous apprendre le langage du cœur à transmettre à nos enfants...

*

- Chère Catherine, toi, ma petite lumière, la première fois que mon regard a rencontré le tien, que nos deux âmes se sont croisées, tout de suite, j'ai su que je t'aimais, sans arriver à m'expliquer pourquoi... Comme c'est étrange, le destin ! Comme ses avenues sont invitantes et déconcertantes à la fois ! Moi aussi, je t'aime, Catherine... De toute la force de mon âme, comprends-moi bien, c'est avec toi que je veux parcourir ce chemin qui mène à l'infini, où nous pourrons loger nos rêves en y laissant éclater la lumière de l'Amour... Un tendre et délicat amour, doux comme l'exaltation de deux êtres qui se communiquent leurs frissons. Oui, je t'aime, Catherine ! C'est avec toi que je veux bâtir ma vie et que je veux pénétrer au plein creux de l'amour, pour qu'il nous éclate de louange...

*

- Pierre, ce merveilleux serment que nous venons d'échanger recèle une parcelle d'éternité. J'ai l'impression qu'il émerge de nos prières communes. Il est infini et purifiant. L'amour dans toute son ampleur habite la lumière qui loge en nos âmes...

*

- Catherine, voudrais-tu devenir ma femme ? Une lueur passionnée, élégante, impétueuse luisait dans son regard fébrile. Ces mots s'étaient échappés de son âme, drapés des couleurs de l'amour profond, enrobés d'une franchise propre à rendre leurs vies identiques. Catherine avait bu ses paroles, comme si le temps avait laissé couler la félicité immortelle dans toutes les fibres de son être transi d'amour.

- Oui, mon bien-aimé. Je veux te suivre, marcher avec toi, grandir avec toi, rêver avec toi. Ah, Pierre, si tu savais comme tu me rends heureuse. Oui, je veux entamer cette chevauchée de partage et de temps avec toi. Nous sommes à l'image de pèlerins en quête de vie, mais dont le regard se rencontre à l'infini de l'horizon... Comme je t'aime, Pierre !

*

"Ce n'est pas toujours rose de travailler dans les cales des navires. Mais c'est la voie que j'ai choisie librement en quittant la Gaspésie, une décision qui a pesé lourd sur mon tracé de vie jusqu'à aujourd'hui..."

*

- Ah, Catherine chérie ! Tu peux compter sur mon entière affection et ma grande tendresse! L'important, c'est que la lumière qui habille ton regard en ce moment ne s'éteigne jamais...

*

- En résumé, Pierre, c'est cela une Bourse. Elle fonctionne carrément comme un marché où l'enchère constitue la donnée essentielle. C'est sur son parquet, son lieu d'échange physique, que se retrouvent les nombreux acheteurs fébriles, les vendeurs excessivement nerveux, ainsi que les produits mis en vente, possédés par les uns et désirés par les autres. Il y a transaction si le prix offert convient aux deux parties en cause. D'un côté, les acheteurs de valeurs boursières croient qu'elles sont sous-évaluées et devraient connaître une nouvelle croissance, tandis que de l'autre, les vendeurs pensent que c'est le contraire qui va se produire. En fait, tous ces produits offerts en Bourse, on les appelle "titres boursiers". C'est cela que tu as lu sur la documentation dont tu m'as parlé.

*

- Ma chère Grace, le jeune Pierre, notre futur beau-frère, il va falloir qu'on le prenne au sérieux. Je ne risque pas de me tromper en t'affirmant que c'est un jeune homme au caractère très déterminé. Catherine peut se considérer chanceuse d'avoir croisé sa route. J'ai le pressentiment qu'un grand bouleversement va intervenir dans sa vie. Comment et de quelle manière? Je ne saurais le dire.

*

- Quel homme extraordinaire que le père de Catherine ! Quelle sagesse dans ses propos! Il avait raison. Nous sommes tous partie prenante de nos joies et de nos peines, avant que le sérieux des événements ne vienne transformer nos vies de grandes personnes ...

*

- La vie, mon enfant, c'est une courbe ascendante et descendante, comme un arc-en-ciel irisé. Moi, j'ai déjà amorcé ma descente vers le crépuscule. Tout ce que je souhaite, c'est que tu sois à la hauteur de la mission que l'amour te confie: rendre ma petite Cathy heureuse ...

*

"Aimée, j'ai tellement prié pour que ce jour arrive et que Pierre soit heureux ! Il me semble que ce serait un sacrilège si je manquais ce jour si important de son mariage, de son rendez-vous avec le bonheur de vivre..."

*

189

- Tu vois comme c'est drôle l'amour, Pierre! Quel que soit son visage, il arrive toujours à nous faire pleurer ...

*

- Comme tout est calme dans ma tête maintenant ! On dirait que le temps du bonheur s'inscrit dans mon âme à présent. C'est beau comme une prière ! Je réalise pleinement que mon amour pour Catherine se dresse encore plus fermement en mon être tout entier. Rien ne parviendra à l'effacer, tellement je demeure convaincu de la force qui l'habite...

*

- Comme on est bien ensemble, Pierre, lui avait dit Aimée Brière, comme on est heureux en de pareils moments. Tu sais, le mariage, ce n'est pas autre chose que de vouloir pénétrer dans la vie de l'être aimé en épousant ses pas.

*

- Pierre, laisse l'amour agir en toi. Au moment voulu, tu trouveras les mots et les gestes nécessaires. Prendre une femme dans ses bras et lui dire simplement qu'on l'aime, n'est-ce pas le plus beau cadeau que la vie puisse nous faire ! Ne brusque pas les choses. Quand ton épouse enfermera sa main dans la tienne, tu comprendras alors que le moment de l'Amour est venu...

Alors, avec un peu d'appréhension, cela va de soi, mais enrobés d'émoi et de respect réciproque, vous fusionnerez vos âmes en un seul frisson, en une seule passion... L'amour, ce n'est rien de compliqué. C'est si simple, mon petit frère !

*

Quelle vision de gloire s'imprima alors à tout jamais dans sa mémoire ! En cet instant précis, éphémère, comme la soie liliale d'un instant d'aurore, l'Amour se personnifiait dans cette apparition immaculée, blanche et pure, l'Amour né d'un grand bonheur, merveilleux, souverain, prenant, enrobé de couleurs à reconnaître avec certitude.

*

Elle s'abandonna à lui. Dans son esprit, tout se bousculait à la vitesse de l'éclair. Le jour d'aimer venait de s'installer dans toute sa vérité. À l'aube où tout est plaisir, à l'heure où l'infini devient chanson, il n'y avait plus d'échéance à respecter entre le rêve et la réalité. Le temps venait enfin de s'arrêter…

*

- Pierre, dit-elle en riant, ne t'en fais donc pas. Depuis le début de décembre, je crois que je suis enceinte. Voilà! Il n'y a rien de plus naturel. Monsieur Pierre Quesnel, vous allez devenir père... C'est ce que tu voulais, n'est-ce pas ?

*

LIVRE NEUVIÈME

LA CHEVAUCHÉE DES PÈLERINS
Tome 2 – La route des rêves

*

À quoi songeais-tu donc, enfant qui étais moi

Si joyeux dans ce lieu solitaire et sauvage?

A jamais disparu ton juvénile émoi

Disparu le bonheur qui baignait ton visage!

Mais quel rêve d'amour mettait donc dans tes yeux

cet éclat radieux?

J.R. Ackerley

Mon père et moi

*

- Catherine bien-aimée, comme tu es belle en cet instant précis où tout se tait ! La vie t'habite encore plus maintenant que tu l'as transmise à notre fils, le petit Bernard. C'est notre sceau indissoluble, notre lien et notre raison de vivre désormais. Comment te remercier pour un acte d'amour aussi pur ?

*

- J'ai quitté mon village en Gaspésie pour venir travailler en ville et réaliser la part de rêve qui vit intensément en moi. Et j'ai eu ce grand bonheur de rencontrer Catherine sur ma route. Dans quelque temps, elle donnera naissance à notre enfant. Et j'ai la nette impression que la route qui mène à l'accomplissement de nos rêves est déjà bel et bien amorcée.

*

Lorsqu'il pénétra dans la chambre, il aperçut immédiatement la figure pâle de Catherine auréolée de cette sorte de beauté que confère la maternité. Il lui sembla alors qu'elle était encore plus radieuse que d'habitude.

*

Encore plus particulièrement en ce moment intime, il sentait que sa route ne s'arrêterait pas aux frontières du possible, mais se verrait surprise de tant de joies à habiter, de tant de saisons à parcourir, de tant de sentiers à explorer.

*

- Vous savez, la quête du bonheur n'a pas d'âge. Avec l'aide de vous deux pour l'entreprendre, je n'ai aucune crainte. Merci d'être là avec moi pour vivre cet instant de grâces.

*

C'est pourquoi ce moment propice lui appartenait comme une première conversation muette, un premier contact de vie où tout restait à dire et à faire, sur la route de l'enfance étourdie de rêves, remplie d'illusions précoces et bouillonnantes, un printemps qui se réveille en sursauts d'espoirs permis.

*

LETTRE À MON FILS

Le 26 juin 1922

Comme c'est grandiose, lorsque l'être tout entier peut se recueillir aux berges du souvenir ! Au moment où je t'écris cette première lettre, il est bonne heure dans ta vie et dans la mienne. Et en pensant à toi, je veux me recueillir en face de l'aurore qui se lève, pour te dire combien je suis fier que tu sois là, maintenant.

Ce que mon être me chante en cet instant, c'est difficile à décrire. J'ai la nette impression que la joie déborde de mes voix intérieures. Car, ta mère et moi, l'amour nous a étreint en nous unissant aux accords d'une même musique, lorsque nous avons désiré que tu viennes habiter nos vies. Aujourd'hui, tout commence, comme une racine nouvelle qui prend vie, un autrefois qui revient et continue la Vie ... C'est une heure belle que celle du recueillement. Mon enfant, toi qui viens de franchir la barrière de ton premier jour de vie, tu en es déjà là de ton premier soleil et de tes premières merveilles. Tu ouvres un premier regard vers la vie et nos deux âmes réunies se rapprochent pour scruter tes prunelles fragiles, pour tenter d'y voir transparaître le faisceau de bonheur, le grand moment d'amour qui s'est échappé du cœur de ta mère et du mien au moment de l'extase et de ta conception.

Déjà, tu sais sourire. Tu es un autre nous-mêmes et tu prends toute la place sans demi-mesure. Tu connaîtras la joie, les chagrins, les peines. Tu pleureras, le temps de te rendre compte que la vie, c'est fugace comme le temps. Et tu voudras apprendre davantage. Parce que la connaissance, les livres, le savoir, c'est tellement important pour que les rapprochements durent encore et longtemps, entre la tête, les idéaux et le cœur. Puis, un beau jour, tu voudras aimer. Tu sentiras sourdre, aux tréfonds de toi, l'appel de l'amour, ce moment privilégié aux couleurs envoûtantes. Toi aussi, pour la première fois, avec toute l'ampleur de ta jeunesse, tu laisseras les mots "je t'aime" franchir tes lèvres. Et tu voudras alors crier au monde que tu es heureux.

Viendra alors l'heure du travail. Tu voudras implanter de grandes idées nouvelles. Ta vie se déroulera de façon intense, où il est si *dangereux de basculer dans le vide. Ce seront des heures de bonheur, aux parfums d'espoir et de chagrins peut être. Et tu verras tes rêves de jeunesse s'écouler largement dans ta frénésie de vivre.*

Et là, ô miracle, comme une fleur timide, un recommencement éternel, la lumière de l'amour éclatera de vérité. Tout deviendra rêve d'aurore, en un rapprochement renouvelé où ta vie s'enrobera des couleurs de la tendresse.

Puis, un jour, je ne sais lequel, tu marcheras vers l'Essentiel. C'est le prix que tu devras payer pour aller à la rencontre de la sérénité. L'heure de l'échéance sera au rendez-vous de la paix exquise du soir. Les étoiles se rallumeront et brilleront de tout leur éclat. Tu verras le crépuscule descendre vers la nuit et t'inviter à le suivre.

Alors, à ta manière, tu repartiras vers la Vie...

Pierre, ton père, avec amour et tendresse

*

Avec soin, il prit le temps de relire le texte. Puis, comme un intime secret, il replia les feuilles blanches et les plaça dans une enveloppe qu'il cacheta soigneusement. Puis, en lettres majuscules, il écrivit simplement:

À remettre à mon fils Bernard, quand il aura vingt ans.

*

Un idéal de vie, pensa-t-il, ça se construit brique par brique. Et quand arrive le moment de poser une pierre de taille, il faut faire un effort supplémentaire pour la soulever.

*

Et sa fierté n'avait de cesse de l'aimer encore plus en cet instant précis où elle sentait bien que sa prière intérieure se liait directement au bonheur qui respirait autour d'eux comme un magnifique chant d'actions de grâces.

*

Sur le chemin du retour, Pierre se rapprocha un peu plus près de Catherine, comme s'il voulait faire corps avec elle. Heureux, il n'avait guère de honte à l'avouer, elle l'avait d'ores et déjà conquis. Oui, décidément, de bien belles avenues s'ouvraient toutes grandes devant lui...

*

Un tel rêve doit avoir un commencement. Alors, tu comprendras sans doute que le moment est venu de commencer à croire que tout est désormais possible. C'est maintenant qu'il faut donner des bras à ce rêve que je caresse depuis si longtemps.

*

- Ma chère Grâce, le jeune Pierre, notre futur beau-frère, il va falloir qu'on le prenne au sérieux. Je ne risque pas de me tromper en t'affirmant que c'est un jeune homme au caractère très déterminé. Catherine peut se compter chanceuse d'avoir croisé sa route. J'ai le pressentiment qu'un grand bouleversement va intervenir dans sa vie. Comment et de quelle manière? Je ne saurais le dire.

*

- Jamais, je ne pourrai vous rendre tout le bien que vous avez su installer dans ma vie, sans rien bousculer. En somme, vous m'avez montré comment marcher vers le bonheur et y mordre à belles dents.

*

- Je crois que notre route est bien tracée d'avance. L'important, c'est d'apprendre à y cheminer, tout en essayant d'y être le plus heureux possible. Je ne peux vous décrire tout le bonheur que la naissance de notre fils a installé dans notre vie. C'est extraordinaire et mystérieux tout à la fois, comme une belle prière.

*

Cet homme extraordinaire, en quelques mots, venait d'enclencher la poussée initiale pour que son projet de vie, puisse enfin s'éclater au grand soleil du bonheur et de la joie de vivre.

*

Elle sentait que le regard noir et profond de son mari était braqué sur elle en une sorte de dialogue muet où tout l'amour du monde se racontait, modeste, humble, mais combien reconnaissant pour les paroles de baume qu'elle venait de déverser en lui, pour apaiser sa peine.

*

- Ma décision est prise. Je vais me rendre en Gaspésie. Je veux voir maman avant son grand départ, la prendre dans mes bras une dernière fois. Je veux lui dire que, sans elle, sans sa force et son amour, je n'aurais jamais eu le courage de donner une certaine couleur à mes rêves.

*

J'espère de tout mon cœur que ce ne soit qu'une illusion, qu'il n'en est guère ainsi des rêves. S'il fallait que, par un déclic capricieux du hasard, ils commencent à se défaire, pour revenir à leur point de départ, c'en serait fait de notre vie et de nos projets d'avenir.

*

- Pourquoi te rends-tu en Gaspésie, Pierre Quesnel. Est-ce bien la maladie grave de ta mère, ton sentiment filial fart et solide qui t'attirent à /'Anse-aux-Peupliers ? Ou bien, est-ce le goût effréné de la réussite et de l'appât du gain qui n'a de cesse de prendre le pas sur les valeurs intrinsèques que tes parents t'ont inculquées? Bonne question, n'est-ce pas ?

*

- Mais, comprends-moi bien. Quand on prend place sur un cheval pour effectuer une chevauchée, on ne gagne rien à le fouetter indûment pour qu'il aille plus vite. Sinon, on risque que la bête prenne le mors aux dents et s'emballe. Ne fouette pas trop ta monture, Pierre. Ménage-la. Le bonheur est ainsi fait qu'il ne faut pas le bousculer. Il pourrait nous tourner le dos. Le reconquérir devient alors une quête bien ardue.

*

La marge est bien mince entre détruire ce qu'on a construit avec peine et reconstruire ce qui a été détruit, on ne sait trop pourquoi.

*

En un sens, c'est drôle. Un saumon qui remonte la rivière qui l'a vu naître doit se sentir comme moi, en ce moment. Il ne sait trop à quoi s'attendre, si les rives n'ont pas changé d'allure, si les chutes sont toujours aussi fracassantes, si le débit de l'eau est encore le même.

*

- Je ne vous apprends rien, mon oncle, en vous disant que les regrets sont dérisoires et nous isolent passablement.

*

- Eh bien, voilà, mon fils. Nous voici de retour en terre natale. Je suis si content que tu sois là pour m'accompagner en ce beau jour de ma vie...

*

- Augustin, je ne sais vraiment pas quoi te dire, tellement mes sentiments s'entremêlent en ce moment. Mais, rassure-toi, je vais vite me ressaisir. Il y a tant d'événements qui se passent actuellement dans ma vie que je me sens étrangement bousculé.

*

Comme c'est simple, au fond, une vie... Simple au passé, trépidante au présent et si complexe en devenir !

*

- Pierre, rappelle-toi que, dans notre vie, il nous arrive souvent des moments où nous avons l'impression que le ciel nous est tombé dessus, qu'il n'y a que nous qui souffrons d'une pareille manière. Bien sûr la peine ressentie par une personne ne peut guérir celle qu'un autre peut vivre avec une immense douleur. Ne laisse jamais le doute s'installer dans ta tête, mon enfant. Car nous possédons en nous un immense réservoir de forces qui nous aident à surmonter nos épreuves, quelles qu'elles soient. Il ne nous est jamais demandé de vivre une épreuve au-dessus de nos forces.

*

- À bien y penser, Augustin, nous avons bien peur quand nous pensons à la mort. Mais une chose est certaine: on ne peut en douter, en aucune manière. C'est ainsi. L'avenir ne nous appartient pas et nous ne pouvons pas arrêter la marche inexorable du temps.

*

Comme si le temps avait soudainement arrêté sa course, il demeurait debout, immobile. Son regard ne pouvait se détacher de cette pierre grise rappelant la mémoire de son premier amour, cette douce Angélique, dont il avait partagé les rêves et les aspirations profondes, avant de tout quitter pour s'en aller accomplir son destin.

*

Il se remit dès lors à marcher, comme s'il émergeait d'un banc de brume et qu'il découvrait tout à coup que la vie recommençait à célébrer et à rayonner dans son âme, en recouvrant doucement sa peine. Avant d'entrer chez lui, il ressentit soudain la nette impression que son pèlerinage en Gaspésie lui apprenait encore davantage le sens du mot tendresse, à mesure qu'il se rapprochait des gens qu'il aimait profondément.

*

Pierre écoutait religieusement les paroles remplies de sagesse de son vieux père. Il n'éprouvait guère le besoin d'acquiescer à ses propos. Le plus simplement du monde, il les laissait descendre dans son âme pour l'apaiser, en souhaitant plus que jamais qu'ils lui donnent l'impulsion nécessaire afin qu'il les intègre, sans faire de compromis.

*

- Je me suis alors fermé les yeux à mon tour et j'ai formulé la prière suivante: *"Protégez mon fils, Seigneur. Donnez-lui la force et le courage de bien choisir les espaces de sa vie où dépenser avec franchise ses énergies et ses amours. Évitez-lui, le plus possible, les embûches qui ne manqueront pas d'encombrer sa route. Et si, par hasard, il devait trébucher, aidez-le à se relever, sans qu'il ne subisse trop de cassures."*

*

- Moi aussi, je t'aime profondément, mon fils ! N'en doute jamais ! Comme je serais heureux et fier de toi si tu pouvais réaliser tes ambitions légitimes, avec ta femme, ton fils et nous tous, ici, en Gaspésie !

*

"C'est tellement beau et pur, un enfant !" Il regarda Jérôme qui lui souriait et caressa un moment ses cheveux bouclés. *"C'est encore plus beau qu'un poème d'amour !"*

*

- Imagine! Si le carnet n'était pas tombé de sa chemise, nous aurions perdu la chance de lire un grand pan de son âme et de pénétrer un peu plus intimement dans le secret de sa tendresse !

*

- De cette façon, je ne suis pas le seul à prier. Décidément, il y a des hasards qui sont mystérieux et incompréhensibles à la fois. Tu n'as pas à me demander pardon, Clothilde. Au contraire! Je devrais vous remercier d'avoir ainsi communié avec moi.

*

- Vous me voyez heureux que ce texte vous ait rejoint à ce point. Je l'ai écrit rapidement pour contrer ma peine. Je suis ainsi fait: lorsque l'émotion l'emporte sur ma raison, les mots se mettent à jaillir spontanément des tréfonds de mon être.

*

- Pars, le cœur tranquille. Nous comptons tous sur toi. Tes rêves sont les nôtres. N'aie pas peur de foncer. Pour clore sa phrase, il lui donna une tape affectueuse dans le dos. *"N'aie pas peur de foncer..."* Il lui semblait qu'Angélique lui avait murmuré la même chose dans la solitude tranquille du cimetière de !'Anse-aux-Peupliers.

*

- Ah, soupira-t-elle, s'il nous était toujours possible d'aimer intensément et passionnément, libérés en quelque sorte de toute entrave ! Quel beau rêve ce serait!

*

- Ma tendre Catherine, quand nous commençons à nous poser des questions, le doute n'est pas loin et n'attend que le moment propice pour envahir notre esprit. Ne le laisse jamais dégrader ton âme. Bien sûr, l'incertitude peut venir nous tracasser. Mais, dans ce cas, elle est facile à circonscrire. Nous finissons toujours par déboucher sur la vérité. Le jeune Pierre est un homme charmant et travailleur. N'hésite pas à bâtir ta vie avec lui.

*

- N'oublie jamais, Catherine, que le partage entre époux devient une puissance extraordinaire quand on réussit le tour de force de bien le mélanger à l'amour.

*

- Dans ce cas, finis les rêves ! Envolée la réussite ! Mon Dieu qu'elle est fragile la ligne de démarcation entre ce que nous formulons et entre ce que nous sommes capables d'accomplir !

*

- Pierre, comprends-moi bien, ce ne sont pas là des reproches que je t'adresse. Georges Quintal, c'est ton ami depuis ton entrée au port de Montréal. Il me semble qu'une amitié comme celle-là dépasse n'importe quelle nomination ou action boursière. Cependant, là où l'équilibre doit intervenir, c'est entre les valeurs de base qui gouvernent nos vies et nos ambitions. Tu me comprends, n'est-ce pas ?

*

- Se pourrait-il que mes ambitions, mes rêves, tout ce qui constitue mon idéal de vie, prennent le pas sur mes valeurs personnelles ? Je ne suis plus le seul à le penser, maintenant.

*

Pierre l'écoutait religieusement. Il avait nettement l'impression de pénétrer à l'intérieur même d'un rêve dont il avait longtemps cherché la clé.

*

- Pierre, c'est la première fois que je te vois si heureux et euphorique. Il faudra bien que tu prennes en compte que le monde des affaires est bien étrange et rempli de surprises. Mais, parfois, si tu veux mon avis, il peut prendre des allures de géant aux pieds d'argile. Des fluctuations de marché peuvent survenir n'importe quand pour entraver sa course et détruire bien des rêves. C'est pour cette raison qu'il nous faut rester les deux pieds sur terre.

*

- Cet état de choses ne peut plus durer. Il va se produire un événement d'envergure dont je ne peux pas encore mesurer la portée et qui va mettre un frein brutal à toute cette fébrilité des affaires. Je puis vous l'assurer, James, il nous faudra être sur nos gardes pendant les jours et les mois qui viennent.

*

- L'autre soir, je suis allé rendre visite à tante Rita. C'est une coutume à laquelle je ne voudrais pas déroger. Bien entendu, elle était ravie de me voir. Nous n'avons pas parlé de nous, loin de là. Toute sa conversation a porté sur notre fils, sur ses succès scolaires, sur ses nobles qualités de cœur qu'elle devinait déjà,

"Pierre, cet enfant est tellement intelligent ! Il faudrait que, dès septembre, tu songes sérieusement à le mettre pensionnaire chez les Messieurs de Saint-Sulpice, afin qu'il puisse y commencer ses études classiques.

Voilà la phrase qui me trotte dans la tête depuis ce temps. Bernard est encore si petit, Catherine! Non que je veuille m'opposer à une telle éventualité. Mais à la perspective qu'il entre au Séminaire comme pensionnaire, cela me crève le cœur ! Voilà la raison de mon mutisme. Toi, qu'en penses-tu?

- Qu'est-ce que j'en pense? Que c'est une excellente idée, Et c'est cette suggestion de tante Rita qui te tourmentait à ce point ?

- Bien, heu, c'est une décision qui changera notre vie quelque peu, tu ne trouves pas ?

*

- Ah, mon fils, la nature fait bien les choses, comme tu peux le constater. Après avoir appris à voler, les petits oiseaux ont quitté le nid. Et les parents, eux, sont sans doute repartis vers d'autres cieux, vers d'autres rêves.

- Moi aussi je voudrais en faire des vrais rêves, papa.

Pierre regarda son fils comme si, soudainement, il se revoyait dans un miroir à son âge.

- Bien sûr, Bernard! Chaque personne a droit à ses rêves et à ses ambitions.

- Toi, les tiens, papa, est-ce que c'est de vouloir devenir riche ?

- Qui a bien pu te mettre de pareilles idées dans la tête, mon petit homme? Tu sais, ça prend un peu d'argent pour vivre heureux, pour être en mesure de satisfaire nos besoins légitimes le mieux possible. Mais devenir riche, ce n'est pas un but ultime qu'il nous faut absolument atteindre, au détriment des autres.

*

Soudainement, le regard de l'enfant était devenu grave et sérieux. Pierre s'en était aperçu et cela le bouleversait étrangement.

- Si je comprends bien, maman et toi, vous voulez que je commence à apprendre à voler tout seul? Moi, je veux bien, papa, si c'est cela que vous désirez.

*

Mais il y a des départs, si difficiles soient-ils, qu'il nous faut assumer pleinement, pour créer l'opportunité d'aller de l'avant et de progresser.

*

- Mon Dieu que c'est désolant, la pauvreté! J'ai beau secourir les indigents du mieux que je peux. Mais je crois qu'on ne peut jamais s'habituer au triste visage de la détresse humaine !

*

Bernard Quesnel entamait sa rhétorique, la sixième année de ses humanités classiques. Âgé de dix-sept ans, il reflétait l'image même d'un jeune homme qui semblait heureux et sûr de lui, séduisant au possible, avec le regard bleu-vert de sa mère et les cheveux noirs de son père, dont il avait aussi hérité de l'énigmatique sourire. À présent, il se rappelait clairement les paroles pleines de sagesse que sa mère avait prononcées en septembre 1933, lors de son admission au Séminaire: *"Étudie bien, Bernard ! Fais-nous honneur, mon fils! "*

Tous l'avaient regardé se diriger vers les hautes portes de l'institution. Seul manquait son père. Il aurait tant aimé qu'il assiste à ce premier départ d'importance de sa jeune vie !

*

- Bernard, lorsque j'ai quitté la Gaspésie pour venir réaliser mes rêves en ville, j'ai fait d'énormes sacrifices pour y arriver. Ton tour est maintenant venu de suivre mes traces, quoique les circonstances ne soient pas les mêmes. Entre au Séminaire, mon enfant, profite de cette chance unique qui s'offre à toi de meubler ton esprit et de développer ton cops. Maman va t'accompagner. Moi, j'ai une réunion cruciale pour

207

nos affaires qui m'attend avec oncle James. Nous devons prendre d'importantes décisions qui vont fortement influencer la tournure des événements futurs de notre compagnie. Bonne chance, mon fils !

*

- Qu'ai-je accompli de si utile, finalement, depuis tout ce temps ? Une succession de jours emplis de bruits, de comptes à régler, de commandes à placer, d'envois urgents à effectuer, comme un manège qui tourne sur lui-même dans un grincement d'axes, sans avancer... Et si, vraiment, j'avais fait fausse route depuis le début ? Non, ce n'est pas possible! Et pourquoi ces pensées sournoises viennent-elles m'assaillir au moment précis où je m'apprête à aller rencontrer mon père une dernière fois ?

Être heureux ! Mais, à quel prix, mon Dieu !

*

- Tu sais, je t'envie presque, Bernard. Tu en as de la chance! Et toi, Simon, je devine maintenant pourquoi vous êtes tellement complices tous les deux. Tant de belles activités pour vous développer le corps et l'esprit. C'est ça, la belle vie, même s'il faut étudier, un petit peu, termina-t-il, en badinant comme d'habitude.

*

Catherine s'approcha de la fenêtre pour regarder partir les deux jeunes hommes pour le collège. Ils avaient insisté pour parcourir la distance à pied, prétextant qu'une grande marche leur ferait le plus grand bien. Elle les vit traverser la rue Saint-Claude. Tout à coup, son cœur tressaillit lorsqu'elle vit la main de son fils entourer l'épaule de son compagnon.

- Comme c'est beau la jeunesse ! Et la vie qui passe si vite !

Elle se détourna de la fenêtre. Comme d'habitude, Pierre fouillait dans ses dossiers d'affaires. De l'autre côté de la rue, en empruntant le trottoir, lentement, comme si toute sa vie devait en dépendre, l'espace furtif d'un moment, la main de Bernard venait de glisser autour de la taille de son ami, l'espace furtif d'un moment.

*

Lentement, comme s'il émergeait d'un rêve éveillé, mais inconscient, Bernard décroisa ses mains et reprit sa plume.

- Dans quelques jours, j'aurai vingt ans, l'âge des rêves à ébaucher, de la vie à continuer, des gestes à poser, irrévocables ou pas, des amitiés à vivre et à parfaire. Quel défi en perspective!

Il s'arrêta un moment puis, comme mû par une vague de sentiments qui s'entrechoquaient, il poursuivit son introspection:

- Et voilà qu'on me demande d'orienter définitivement ma vie, alors que moi-même, je ne sais plus exactement où j'en suis.

*

- Oui, c'est bien vrai: Mon rêve commence. Déjà, huit années de ma vie sont là, bien rangées dans ma mémoire, comme autant de visions fugitives, comme une monture vibrante sous moi, impatiente et multiple tout à la fois. Cependant, la chevauchée, en vaut-il la peine ? Et, pourtant, je suis son maître-penseur. À l'aube de choisir mon plan de vie, je me considère bien chanceux de pouvoir mesurer l'étendue de mon savoir. En septembre, je commencerai mes études universitaires. Mais malgré cela, j'ai l'impression qu'il me faut encore apprendre à me connaître, ce qui n'est pas une mince tâche: il me faut boire à ma vie. Et si jamais elle est amère, comment ferai-je pour continuer à la boire et aimer, telle qu'elle est, l'eau de mon puits ?

*

- Bernard Quesnel, ruban vert- génie chimique.

Bernard Quesnel s'avança, en attendant que ses parents viennent le rejoindre. Visiblement émue, Catherine St-Pierre prit le ruban de satin dans le petit plateau d'argent et l'épingla au revers du blouson de son fils. Puis, elle l'embrassa tendrement. Quant à Pierre, fidèle à son habitude, il lui serra la main, en lui donnant une accolade, porteuse de joie et d'une pointe d'orgueil bien légitime. Puis, en le regardant avec un sourire de fierté, il lui remit une enveloppe que Bernard plaça immédiatement dans sa poche intérieure de son veston.

*

"Jeunes gens, même si vous aviez la prétention de connaître tous les secrets de l'univers, des pays les plus lointains, des mers sans fin et des confins de l'immensité de l'azur, que seriez-vous, face à vous-mêmes, si vous ignoriez vos propres ressources ? C'est par un harmonieux enchaînement de vos forces vives que vous dépendrez désormais les uns des autres. Soyez prudents dans vos faits et gestes, tout en sachant bien délimiter toutes les actions hardies que vous devrez poser dans vos vies respectives. Respectez à la lettre les zones à établir, pour ne pas avoir à trop souffrir des revers qui entraveront votre parcours et qui: immanquablement, viendront sûrement assombrir vos heures de bonheur.

Maintenant, allez, hardies cohortes. Le pays a bien besoin de vous ! "

*

-Tu es devenu un jeune homme important, maintenant, Bernard! Et je ne t'apprends rien en t'affirmant que ton père est rudement fier de toi ! Il m'en parlait, l'autre jour, à l'usine. Et je crois que si je n'avais pas glissé une boutade dans notre conversation, l'émotion aurait eu le dessus sur l'homme d'affaires. Si j'ai un conseil à te donner, tu devras toujours être fier de lui, quoiqu'il advienne dans ta vie et dans la sienne. Il place tous ses espoirs et ses rêves en toi. Ne le déçois jamais! Il ne le mérite pas. C'est un homme trop bon pour cela !

- Amélie, je te présente mon père, Pierre Quesnel.

- Amélie Cantin, finissante en droit. Je suis bien heureuse de vous rencontrer, monsieur Quesnel. Depuis le temps que Bernard me parle de vous!

Il se contenta de lui donner la main en hochant la tête de façon positive.

- Je suis également ravi de notre rencontre, mademoiselle Cantin. Bernard ne tarit pas d'éloges à votre sujet.

*

- Remarquez que j'accomplis là une tâche que j'adore. Là n'est pas la question. Ce qui me semble le plus important dans la vie d'un couple, c'est la capacité que nous devons développer pour apprendre qu'il y a des moments bien définis où la femme doit laisser à l'homme la liberté qui lui est vraiment nécessaire. Disons que j'appellerais cela: un espace de vie personnel.

*

- Et puis, maman, il n'y a guère de mal à vouloir élargir ses horizons, connaître l'ivresse de la liberté. Les voyages, ça permet d'explorer le monde. Ce serait un si beau rêve de pouvoir dépasser les limites des routes de la terre, avant que l'être humain ne s'épuise dans sa chevauchée et qu'il ne croule sous son barda! Quel beau fantasme d'évasion, n'est-ce pas, Amélie ?

*

- Quant à toi, Bernard, il est toujours permis de rêver, quoi qu'il advienne. J'en sais quelque chose, Et tes rêves d'évasion, si tu peux un jour te les permettre, il te faudra d'abord en définir adroitement les contours. Alors, seulement là, tu pourras savoir si tu peux les réaliser.

- Catherine, je te l'ai déjà dit, mais je te le répète: tu es une femme clairvoyante et attendrie. Avec toi, la vérité n'a qu'une direction possible: celle de la droiture. Que ferais-je sans toi, sans ta franchise, tes mises en garde, ta façon bien personnelle de me dire ta vérité, en l'habillant d'humour pour qu'elle vienne se greffer à la mienne ?

*

- Tu te souviens, Catherine, des années que j'ai passées à fond de cale dans le port, parce qu'il fallait bien que je gagne ma vie et que je donne forme à mes rêves. Et puis, j'ai eu cet immense privilège et ce cadeau que la vie m'a fait de te rencontrer. En ta compagnie, j'ai appris à démonter et à remonter ses ressorts, les assemblant pour mieux les connaître, comme si je voulais en dresser un magnifique échafaudage d'ombres et de lumières ! Avec toi, mon message de vie s'est mis à scintiller de manière presque éblouissante. Tu m'as mis en garde contre moi, de façon à ce que je ménage les pans de mystère où mon rêve vagabondait. Tout cela, je l'ai fait dans un seul but: produire, faire du profit, me donner toujours et encore plus, l'illusion de l'aisance...

*

Il se leva, fit quelques pas et tourna légèrement le dos à sa femme.

-Catherine, j'ai un aveu à te faire qui va peut-être te causer une grande peine. Quand je revois toutes ces années de succès et d'épreuves, la plus belle chose qui m'est arrivée, le plus beau cadeau que tu as pu me faire, c'est notre fils Bernard !

- En ce moment, il y a bien des regrets qui s'entrechoquent en mon âme. Dans cet immense brouhaha des affaires, je constate avec douleur que j'ai oublié d'aimer profondément notre fils ! J'ai loupé une grande partie de son enfance ! Mes rêves sont devenus trop gourmands, trop exigeants et ils ont pris toute la place! Que de fois il m'a demandé d'aller piqueniquer avec lui et je lui ai répondu que j'avais une réunion importante...

Il baissa la tête, en prenant une grande respiration.

- Pourquoi faut-il que ce soit aujourd'hui seulement que je m'en rende compte ? Lorsque nous l'avons inscrit comme pensionnaire au Séminaire des Pères Sulpiciens, je n'étais même pas présent pour l'encourager à franchir cette étape si importante de sa jeune vie. J'avouerais même que le fait de le savoir au pensionnat servait bien mes affaires. C'est terrible de ma part de t'avouer cela, Catherine !

*

Une courte pause vint interrompre cette confession intime au bord de la rivière. Pierre Quesnel essuya ses larmes qu'il ne tentait même pas de refouler.

- Excuse-moi si je pleure, Catherine ! Mais ce secret est devenu trop lourd pour moi et ruine mes forces! Maintenant, essaie de t'imaginer le désarroi intérieur qui m'a tenaillé les tripes quand il est venu m'annoncer qu'il venait enfin d'obtenir son adhésion à l'Ordre des Ingénieurs de la Province de Québec! En temps normal, j'aurais dû sauter de joie, le serrer dans mes bras, lui dire combien je l'aimais, combien j'avais raison d'être fier de lui! Au contraire. Je n'ai pu que lui donner la main pour le féliciter et lui appliquer une grande tape dans le dos.

*

Il vint se rasseoir. La tête penchée, les deux coudes appuyés sur les cuisses, il continua:

- Voilà le grand remords qui ronge ma vie, Catherine ! Si je te raconte tout cela, en un lieu si calme, c'est que je n'aurai probablement plus la force d'avouer que je suis devenu incapable d'aimer mon fils en d'autres lieux ou en d'autres circonstances. J'ai beau chevaucher à ses côtés, je me sens incapable de le rejoindre et de lui communiquer ma tendresse de père. Tout ce que je peux lui offrir, c'est une relative aisance !

*

- Aime moi, Catherine ! Aime moi encore plus ! J'ai tellement besoin de toi pour me convaincre que je n'ai pas raté ma vie, que je peux à nouveau retrouver l'amour de mon fils, sans risquer de le perdre à jamais! Le seul coupable, c'est moi, Catherine! Maintes fois, j'ai fermé délibérément la porte et je me suis lancé éperdument à la poursuite de mes ambitions. Et voilà où je me retrouve à présent: cela en valait-il la peine ? Tout ce que j'espère, Catherine, c'est que mon fils arrive un jour à me le pardonner !

*

-Sans forcer nos montures, partons à la recherche de tes souvenirs. Tu sais, ils sont à l'image des rêves, Amélie. Même s'ils nous semblent parfois perdus, ils ne meurent pas. Ils sont simplement là, bien au chaud dans notre être tout entier. Ils naviguent avec nous et nous tiennent la main, en regardant les mêmes étoiles.

*

- Alors, qu'attends-tu pour que nous les fassions nôtres, le temps d'un rêve ? Tu sais, ces instants magiques sont tellement courts qu'il faut savoir en saisir rapidement l'éphémère envolée !

*

- Se pourrait-il que mon père et moi nous marchions clopin-clopant, en tentant désespérément de cicatriser nos blessures ? Oui, je t'aime, papa ! Mais, toi, en es-tu encore capable ?

*

- Il y a des pas et des foulées infranchissables ! Et pourtant, même si les pierres sont extrêmement glissantes, c'est toute ma vie que je joue ! Demain, je demanderai la main d'Amélie. Cela se feras sans tambour ni trompette... Mais quel effort il me faudra faire pour parcourir ce chemin qui m'apparaît d'ores et déjà sans fin et où la distance serait si dérisoire si je pouvais y accoler le mot BONHEUR ! Il y a des mouvements d'âme qui nous éloignent de nous-mêmes, sans que nous n'ayons le sentiment d'être partis !

*

- Je suis arrivé trop vite à ma vie d'homme ! Et à peine puis-je cheminer plus rapidement que mon propre pas. Pourtant, le moment vient pour moi d'entamer mon propre voyage, mon vrai voyage. Je quitte mon univers d'hier, pour apprendre à marcher de nouveau sur des terrains instables, dont je sais qu'ils sont peut-être minés ! Bien sûr, tu connaîtras le calme du beau temps. Mais la tempête te guettera à chaque tournant. L'épuisement et la peur te côtoieront au cours de cette allègre chevauchée que tu entreprends de plein gré. Mais le temps est venu pour toi d'allumer les feux de ta route !

*

- Bien oui: tu vas survivre, Bernard ! Le mariage, ce n'est qu'une étape de plus à traverser, un peu difficile, peut-être. Mais tout va s'arranger ! Tout s'arrange toujours, de toute façon, avec du temps et de la patience.

Il ferma les yeux un instant, espérant ainsi que cesse tout ce brouhaha qui tournoyait sans cesse dans sa tête, en entraînant dans sa farandole, ses sentiments, ses passions, ses blessures. Tout s'emmêlait. Et il lui semblait que le temps prenait maintenant une couleur bizarre, comme si ce rendez-vous fixé en lui-même lui permettait uniquement de contempler son univers, comme un marin angoissé voit venir le naufrage.

- Papa, lors de ma prise de rubans, en me félicitant, tu m'as remis une lettre que tu avais écrite comme le plus merveilleux des poèmes, le jour de ma naissance. J'ai beaucoup pleuré en la lisant, le soir même de cette journée mémorable. Jamais, je ne pourrai oublier les sentiments qui m'ont envahi le cœur et l'âme à ce moment! J'aurais tant aimé pouvoir aller me réfugier entre toi et maman comme je le faisais quand j'avais deux ou trois ans et retrouver un peu de ce mystère qui vous a envahi lors de ma conception, comme tu me l'écrivais si bien dans ce grand cri de tendresse et d'amour ! Papa, ne doute jamais plus de l'amour filial que j'éprouve pour toi. Avec maman, tu demeureras toujours le grand responsable de mon bonheur familial… N'aie aucune crainte! Je suivrai tes traces, puisque l'exemple que tu m'as donné m'indique admirablement bien la route à suivre. Je t'aime, papa !

*

- Tu entres dans le cortège des gens casés et heureux de vivre. Ou, plutôt, à tout le moins, de tous ceux qui se prétendent heureux! Quelle dérision! J'accepte, bon gré, mal gré, de jouer leur jeu, de poser mon pion sur l'échiquier du mariage, sans savoir d'aucune manière si ma vie n'est pas d'ores et déjà échec et mat !

- Ce matin, Bernard, tu t'engages dans un long couloir, sans connaître l'itinéraire et la durée du trajet. Quel en sera le cheminement ? Vers quel aboutissement ta vie te bouscule-t-elle ? Je me sens comme une brebis qu'on mène à son destin et qui n'a aucun droit de parole, sinon celui de souffrir en silence !

*

- Tout à l'heure, ma famille l'aura, son heure de gloire. Elle pourra savourer l'ivresse de me voir lier ma vie à Amélie Cantin, ma copine universitaire, Amélie, la douce et tendre fille encore et qui ne sait mot du vide qui hante ma vie, un vide profond, où se dessinent depuis tant d'années les déboires qui m'assaillent aujourd'hui et qui rongent mon âme...

*

Avant de passer sous le jet bienfaisant, il pensa à son père et à la phrase qu'il lui avait confiée, au cours de leur dernier voyage en Gaspésie:

"N'aie aucune crainte ! Je suivrai tes traces, puisque l'exemple que tu m'as donné m'indique admirablement bien la route à suivre. "

*

LIVRE DIXIÈME

La Chevauchée des pèlerins
(Tome 3 – Échec et mat)

*

3 juin 1960

- La vie a de ces coïncidences qui me font sourire, mais qui, aussi, me font frémir quelquefois. Les nouveaux marchés d'affaires nous demandent d'ouvrir une toute nouvelle section: la production de films de plastique ultra mince pour la fabrication de bandes magnétiques. Et moi, ce soir, si je me recueille doucement, il me semble que tous mes souvenirs vont se mettre en marche. Le ruban magnétique va en dérouler le film, comme à l'accoutumée, en y incrustant sa mémoire, comme si le magnétisme de ma vie m'attirait de plus en plus fort, alors qu'elle fera entendre de nouveau sa voix, avec la même mélodie, la même chanson triste, la même complainte inachevée...

*

- Cher journal, heureusement que tu es là pour servir d'exutoire à mes aspirations et à mes chimères. Comment les assouvir ? Tu vois, je ne sais qu'écrire! Ce n'est pas facile d'affronter le néant, les deux pieds enfoncés dans la réalité des jours. Pourrais-je trouver réponse à mes appels à vivre ailleurs que dans l'irrationnel des passions qui me brûlent le cœur...

Et pourtant, la vraie vérité, la simple vérité de l'être, c'est un droit sacré au plaisir et à la joie. Nos passions, après tout, peuvent mourir comme ça en peu de temps, voler dans l'infini de nos bonheurs, tout autour de nous, vibrer en musiques exaltées, avant de mourir comme des papillons égarés en plein hiver. Ah, si elles pouvaient nous frôler, sans happer notre souffle et nos paroles. Et pourtant, elles sont nos maîtres. Nous ne pouvons parler qu'en empruntant leur voix...

*

Il les regarda un long moment, avec l'air d'un homme perdu dans la profondeur de lui-même, comme si le chant qui allait en surgir serait transparent, tel un verre fragile, mais porteur d'un témoignage qui croyait encore au pouvoir envoûtant de l'amour.

*

Ouf, s'était-il dit intérieurement. C'est maintenant, Bernard, que tout commence. Ou, peut-être, qui sait, que tout finit, en glissant doucement l'anneau nuptial au doigt de son épouse.

*

20 juillet 1952

- Serait-il possible que l'amour aujourd'hui épouse le visage candide d'un enfant? Serait-il possible que la limpidité de son regard nous ravive le cœur, usé par de trop longues veilles à attendre que tout arrive ?

*

- Comme elles sont lumineuses, mes pensées en cet instant précis où je regarde fièrement mon fils dormir ! L'évanescence des années échappées de ma vie ne m'apparaît que plus précise aujourd'hui, en traits de souvenirs si beaux que je parviens même à en oublier les laideurs. Mon fils Estienne dort là, tout près…

*

- Maintenant, sa venue au monde transcende ma pensée et constitue désormais ma plus belle raison de vivre. Estienne m'invite à tourner les pages poussiéreuses de mon passé si proche et à regarder avec lui vers les jours à venir…

*

- Oui, c'est un beau jour aujourd'hui. Estienne a paru en pleine lumière. Estienne est né. Estienne ouvre les yeux, se rendort et rêve. Déjà, il a vingt ans. C'est un beau et grand jeune homme, fougueux, prêt à tout et, paradoxalement, ignorant encore que ce sont les aléas de la vie qui nous indiquent, à chaque pas que nous franchissons, qu'il nous faut être sûr de nous, quand on doute de tout et qu'il ne faut jamais laisser le plus petit regret du passé toucher à un seul cheveu du présent.

*

- Et puis, voilà que la trentaine sonne... Estienne est sûr de lui, possède l'oreille fine des musiciens et ne juge jamais les autres sur de faux critères. Il est rarement triste ou désespéré, car c'est un être épris d'idéal et d'humanisme.

*

20 juillet 1992. Estienne a quarante ans. C'est un homme mûr, calme, qui met beaucoup d'emphase à écouter ses voix intérieures, comme si sa vie toute entière devait s'en trouver transformée. Il aime la vie et veut bien partager ce goût avec les autres, comme si cette chevauchée d'un jeune pèlerin en quête de vie le remplissait de joie et apportait une réponse aux questions de son existence. Estienne est né aujourd'hui, heureux déjà avec la vie devant lui, une vie pleine d'allégresse, mais qui ne pourrait exister sans la mort au bout de la route...

*

- Oui, c'est bien ainsi. Dans toute vie, tu sais, il y a un commencement, un infini à parcourir et des pas importants à franchir.

*

- C'est Aimée et Eugène qui doivent être bien fiers de toi là-haut! Tu as réussi ta vie, Pierre ! Tu as réalisé tes rêves. Il te reste maintenant à en cueillir les fruits mûrs, à commencer par la quiétude de la maison paternelle.

*

- Tu sais, nous deux, nous sommes à l'image de deux vieilles meules de pierre qui ont tourné tant et tant qu'elles sont maintenant mariées à l'usure du temps.

*

- Mais l'éducation d'Estienne, c'est ma priorité. Tenez, il vient d'avoir treize ans et déjà, il s'avère être un musicien rempli de talent, qui possède toutes les aptitudes et les atouts réunis pour devenir un grand pianiste. Vous avez raison d'en être fiers, Bernard et vous. Votre fils, notre petit-fils aussi, devrais-je dire, est devenu un causeur raffiné et un jeune garçon plein d'avenir !

*

Mais, dès qu'il le pouvait, il partait très tôt dans la matinée pour effectuer de longues marches solitaires sur la grève. La mer, receleuse de bien des secrets, exerçait toujours une profonde fascination chez lui, depuis le jour où il avait lu le roman de Victor Hugo : Les travailleurs de la mer. Fasciné par cette lecture, il avait toujours désiré faire plus ample connaissance avec elle.

- Eh bien, voilà, Bernard, se dit-il. Profite pleinement de ce moment unique. La mer est là devant toi dans toute sa majestueuse immensité. Recueille-toi et laisse-toi vivre.

*

Comme tu le vois, quand le succès vient récompenser nos efforts, comme par magie, nos rêves se réalisent. Tu es un garçon doué d'une grande intelligence, Estienne. Tu es en droit d'attendre de fort belles choses de la vie qui te tend les bras.

*

-Aime-nous bien fort, Bernard. Je ne voudrais pas que tes nombreuses absences, tes longs séjours à l'étranger m'incitent à conclure, un jour, qu'il vaudrait peut-être mieux ne pas essayer de nous bercer d'illusions et de penser que tout est normal dans notre vie, dans la vie de notre fils et dans celle des membres de nos familles respectives. Si cela devait arriver, je crois que je n'aurais pas la force morale de remonter le courant...

*

À mon épouse, au frontispice d'une page blanche.

Ce matin, au détour de ton regard, j'ai cru croiser le bonheur, l'espace d'un instant. Il était là, limpide et transparent comme un pétale de rose qui m'offrait sa candeur, en prenant à témoin le soleil estival, pour qu'il l'abreuve et lui offre sa rosée matinale.

Ma si douce et tendre amie, j'ai lu quelque part que les secondes égrenées par le temps parviennent quelquefois à se figer en spasmes éternels, comme si la vie en prenait un bon coup et qu'elle pouvait en sentir les secousses en des frissons enfiévrés. Je sens qu'il me faut agir vite, car je ne peux plus retenir, sinon avec beaucoup de diplomatie, la musique de mes pas. Je sens qu'à tout prix, un jour ou l'autre, ils me conduiront sur des routes souffrantes. L'embâcle me guette et il commence à se faire tard. Tu as raison, Amélie, de croire que le courant est fort, car le tourbillon des affaires est puissant et vorace.

*

Avant mon départ, j'ai vu les eaux qui cheminaient vers le bonheur pour le faire miroiter dans tes yeux couleur de mer, Amélie, au point de mugir, en m'incitant à brandir mes étendards de liberté, de vie, d'amour, afin qu'ils submergent ton cœur... Se pourrait-il que le bonheur puisse renaître, comme ça, sans poser des questions ? Serait-il possible de le voir se tenir debout dans la lumière, en vision d'éternité, sorti du même moule où, ensemble, nous avons coulé les rayons d'or du soleil...Tu sais, celui qui perce les nuages, de façon si brillante, après les ondées estivales, un beau soleil infini, rare et précieux, capable de nous engouffrer tous les deux et nous conduire aux confins de la lumière.

*

Tout pourrait devenir réel. Entrés tous les deux dans une étoile, nous n'aurions plus d'ombre à cacher. Imagine! Ne plus faire d'ombre pour personne, ne plus cacher que nous voulons être heureux quand bon nous semble, dans l'instant du jour à saisir, ensemble, réunis et libres au pays des dieux.

*

Alors, les chagrins pourraient bien venir nous exhiber leur masque de tragédie. Nous, nous aurions bien envie de rire... Deux êtres, main dans la main, qui les affronteraient sans armes, sur le parvis marbré des rêves, au moment où l'obscurité tombe pour laisser place à la clarté de l'aurore.

*

Ainsi, tout pourrait continuer à reluire. Vois-tu, Amélie, je t'aime tant, malgré mes départs, mes arrivées et mes absences, que j'en meuble constamment ma vie. Sans toi, il n'y a pas de bonheur possible. Ce matin, il brillait dans tes yeux et, à jamais, je voudrais fixer cet instant dans l'éternité de nos rêves communs. Pour cela, douce et tendre Amélie, j'ai besoin que tu m'aimes pour qu'ensemble, nous puissions, avec notre fils Estienne, continuer à vivre notre histoire.

Je t'aime.

Bernard.

*

Les obsèques d'Yves Vermette venaient de prendre fin. Pierre Quesnel regarda s'éloigner son vieil ami. Encore une fois, une peine immense, indéfinissable, avait envahi son être tout entier. Une autre page importante de sa vie venait d'être tournée. Seuls demeuraient les souvenirs, désormais. Il sentit son cœur battre plus rapidement que d'habitude. Un grand poids l'accablait soudainement, logé au creux de sa poitrine, comme si toute la peine du monde venait d'y prendre place.

*

- Ah, il y a entre autres, une œuvre dont on parle beaucoup au collège. Tous mes confrères la dévorent, même si la traduction française n'existe pas encore. Il s'agit du roman d'un auteur américain, Jack Kerouac, intitulé : On the road. On dit de lui que c'est le grand manitou du courant beatnik et de la "beat generation" aux Etats-Unis et qui commence à faire son chemin partout dans le monde. Cet auteur n'a pas froid aux yeux et il n'hésite pas à donner de grands coups dans nos modes de vie. Il est très dérangeant, c'est le moins qu'on puisse dire. Moi, je rêve de vivre comme lui, avec l'aventure au bout de la route

Il avait souri à Michel Boisvert en prenant le livre, sans se douter que les idées libertaires de l'auteur allaient, d'une certaine façon, changer radicalement le cours de ses idées de jeune homme bien intégré dans un système de vie passablement douillet. Désormais, sans qu'il puisse faire quoi que ce soit, les choses ne seraient plus vraiment les mêmes et les événements se bousculeraient rapidement.

*

- Papa, dis-moi, où allons-nous avec la vision quasi démesurée que le monde politique et financier est en train de vivre ?

Un peu surpris par cette soudaine question, Bernard Quesnel regarda son fils avec étonnement. Puis, après un moment d'hésitation, il lui répondit :

- Estienne, cette belle théorie que tu élabores avec tant d'assurance, c'est plutôt, à mon avis, l'ouverture de notre civilisation vers l'ère de la modernité. C'est de cette façon que nous pouvons aller de l'avant et progresser.

- Décidément, papa, comme tu peux le constater, nos idées sont passablement divergentes. Mais nous pourrons toujours reprendre notre discussion plus tard, avait-il conclu, en lui adressant un regard plus qu'éloquent.

*

L'espace d'un instant, il crut apercevoir la vie d'Amélie qui coulait loin de lui, tel un cours d'eau tranquille, tandis que sombrait lentement son mariage qui, en fait, n'en avait jamais été un à ses yeux...

*

- Comme je les aime, tous les deux! Se pourrait-il que la grande tendresse qui loge en mon cœur soit comme un chant ignoré, un hymne déréglé à leurs yeux? Je voudrais que leur vie se fige en instants éternels, que leurs espoirs entendent cette musique, qui n'a qu'un nom: celui de l'amour.

*

- Dans deux ans, Estienne va entrer à l'université. Le temps passe si vite! Il nous a déjà appris qu'il désirait étudier dans le domaine des communications, ce qui déboucherait sur une carrière de journaliste, je crois bien.

- Et Bernard, comment réagit-il à ce choix?

- C'est lui qui m'en a glissé un mot. Quand je lui ai fait la même remarque, il m'a tout simplement répondu:

- C'est un choix de carrière qui me plaît. D'ailleurs, je songe sérieusement à restructurer le personnel de cadre de la compagnie et donner plus d'importance au poste de directeur des relations extérieures. Ce serait un travail rêvé pour Estienne.

*

"-Benvenudo en Mexico," monsieur Quesnel. *"Là où le paradis commence, là s'achève l'esclavage"*. C'est ma vieille mère qui me disait cela, ajouta Enrique. Avant de sortir, il lui adressa un geste des mains, les pouces dressés vers le haut, comme s'il voulait lui prouver qu'il sortirait gagnant de toute cette affaire. Bernard, hébété, le regarda partir, les deux mains appuyées sur le rebord du comptoir. Puis, il se regarda longuement dans la glace.

- Mon Dieu! Qu'est-ce qui m'arrive, qu'ai-je fait, songea- t-il, en se frottant le visage, comme s'il voulait effacer l'image que lui renvoyait le miroir.

- Reprends tes sens, Bernard. Après tout, ce n'est pas si terrible !

L'effet de la poudre blanche ne prit guère de temps à faire sentir ses bienfaits. Rassuré, Bernard sortit pour aller rejoindre son guide. Il lui fit remarquer délicatement que l'heure était passablement avancée et qu'il aimerait bien rentrer à l'hôtel.

- C'est très bien, monsieur Quesnel. Demain, je viendrai vous prendre pour vous conduire aux bureaux de la compagnie MexCorp. Vous verrez, c'est un édifice très imposant. Ne vous en faites pas, cela fait partie de ma charge. Vous verrez, mon remède fait des merveilles.

*

17 mai 1968

"Au large de nos paysages secrets, les sirènes de nos rêves veillent, apparences trompeuses aux univers jamais comblés."

228

Mexico commençait sa ronde de nuit, au moment où Bernard, la tête en fleurs, se glissait entre les draps, inconscient et comblé, comme si, soudainement, le paradis lui avait entrouvert une porte secrète.

*

En un éclair, Pierre Quesnel revivait ces instants où le destin de sa vie et de ses proches tenait en équilibre fragile, où il aurait suffi d'un mot, d'un geste, pour que ses rêves basculent. Non, il avait plutôt laissé la vie suivre son cours ordinaire, en plongeant tête première dans l'hyperactivité du travail et des affaires pour les réaliser.

*

- Quand on est jeune, docteur, on pense toujours que la vie n'aura jamais de fin. Et quand nos forces commencent à décliner, nous nous rendons compte que, lentement, elle nous fait signe de nous préparer à effectuer notre descente...

*

- Savez-vous, madame Laprise, depuis que je travaille avec vous au service des archives, j'ai l'étrange impression que plus on cherche quelqu'un dans des liasses de papiers et de dossiers, c'est exactement la meilleure manière de nous y prendre pour perdre sa trace. Ah, s'il était possible de pouvoir interroger des témoins de cette époque, ce serait tellement plus facile !

*

Après un long moment de silence recueilli, ponctué par le tic-tac de l'horloge elle demanda à Estienne de s'approcher davantage d'elle.

- Mon enfant, beaucoup de secrets peuvent parsemer nos vies et nous apprendre le silence comme un baume à appliquer sur des blessures affectives... Mais il se présente aussi des moments de grâce comme celui que je vis en ce moment, où on vient frapper à la porte de ma mémoire pour que mes souvenirs se livrent. Je n'ai plus beaucoup de choses à attendre de la vie. En ce sens, les secrets qui se cachent dans mon cœur n'ont plus beaucoup d'importance, sinon pour ceux qui resteront après moi. Votre visite, Estienne, c'est un beau cadeau pour mes vieux jours. Je vous attendais! Croyez-moi, des souvenirs, des secrets de vie et de mort, il y en a plein dans mon cœur, ma mémoire et ma prière...

*

- Ne dites plus rien. J'ai tout deviné, malgré mon grand âge: c'est la vie et les origines de votre arrière-grand-père que vous êtes venu chercher dans ma mémoire et dans mes secrets, n'est-ce pas, Estienne? J'ai tant prié pour que ce grand moment arrive et qu'enfin, je me délivre de ma promesse !

Sœur Marie-des-Saints-Anges enserra les mains d'Estienne dans ses paumes ridées par toute une vie de labeur et de services.

- Nous avons tous un infini à parcourir, Estienne ! Moi, mon fini terrestre achève et je suis bien heureuse ainsi ! Ce que je vais te confier loge en ma mémoire, depuis le mois de mai 1920, il y a maintenant cinquante ans. Ce jour-là, la température nous avait réchauffés beaucoup plus prématurément. J'étais occupée à fleurir les plates-bandes de notre petit jardin intérieur, quand l'une de mes compagnes vint m'annoncer que je devais me rendre au chevet de sœur Marie-de-la-Croix, alors âgée de quatre-vingt-huit ans. Elle avait manifesté le désir de me rencontrer. Sa santé s'était détériorée assez rapidement.

- Venez vite, m'avait-elle dit, elle est au plus mal !

- Lorsque j'ouvris la porte de sa chambre, elle me fit signe de m'approcher d'elle. C'est alors que, à travers ce qui lui restait de souffle de vie, elle me confia le secret qu'elle avait gardé jalousement durant toute sa vie. Jamais, je n'ai pu oublier ce moment qui s'est incrusté dans ma mémoire et ma prière:

- Sœur Marie, je m'en vais bientôt rejoindre mon Dieu que j'ai prié humblement durant toute ma vie, ainsi que les êtres que j'ai aimés le plus au monde! Mais je pars en laissant derrière moi d'autres êtres qui ignorent tout de l'amour qui déborde de mon cœur et que je voudrais leur donner. Les circonstances pénibles de ma vie m'ont empêché de le leur exprimer ouvertement. Je vous le confie, ce secret intime, à vous, ma confidente des jours sombres et des grands moments de joie que nous avons connus. Un jour, peut-être, pourrez-vous leur dire combien je les ai aimés.

- J'ai tellement prié, Estienne, qu'enfin, il est arrivé, ce grand moment de faire éclater la vérité qui s'est si longtemps dérobée à votre amour et à votre tendresse! Approche, mon cher enfant! Il n'y a plus aucun tabou qui tienne, maintenant !

*

- Bernard est toujours prêt à accorder plus d'importance à ses voyages qui, à ses yeux, sont toujours primordiaux pour la compagnie. Il a toujours une explication qui les justifie, une explication commode qui, le croit-il, fait autorité et n'admet pas de réplique. L'essentiel, l'amour, la vie de famille, mieux vaut ne pas y penser. C'est beaucoup mieux de cette façon.

*

- Une femme de ton calibre, mère de surcroît, doit mettre les bouchées doubles, si elle désire que sa propre existence et sa vie commun s'épanouissent comme un arbre qui porte des bourgeons et qui, obligatoirement, si on lui donne de l'eau et du soleil, va produire des fruits.

- Peu importe ta décision de retourner travailler comme avocate et juriste. Nous avons tous un rôle à jouer et il est important. De plus, il est amalgamé à un don extraordinaire qui s'appelle la liberté individuelle. C'est une grâce sublime, tu sais. Vous avez tous les atouts en main, Bernard, Estienne et toi pour être heureux. Mais n'oublie jamais, ma chère fille, ce que je vais te dire: c'est une chance incroyable et unique que de croire en l'Amour. Ta mère et moi, nous l'avons vécu pleinement. Si un jour, tu te rends compte qu'un ressort s'est brisé entre Bernard et toi, je vous en prie, ne continuez pas à jouer les bouffons. Cela n'en vaudrait pas le coup ...

*

Vingt-neuf août 1972

- À force d'entendre mon cœur battre, j'ai l'impression que je n'entends plus sa musique. Et pourtant, que de moments intenses d'émotion se succèdent et me donnent parfois le vertige! Ce soir, si je regarde, en arrière de ma vie, le chemin que j'ai parcouru, je ne peux que penser combien j'ai pu emmagasiner de peines, de joies, de chagrins de toutes sortes, combien j'ai dépensé mes forces vives à vouloir m'éparpiller, à chercher le pourquoi et l'essentiel dans le bruit, le brouhaha, le tumulte, combien aussi j'ai contribué par mes faits et gestes à tenter de comprendre...

*

- Je n'ai réussi qu'à fuir derrière une belle façade, un masque quotidien, pour tenter de faire oublier ma souffrance, mon être blessé dans ses amours et ses affections, dans sa sensibilité et sa tendresse. Et pourtant, j'aurais tellement eu besoin de me raconter à tout le monde ! Aujourd'hui, je tente de vivre au grand jour. J'essaie de ne pas outrepasser mes pouvoirs de dire et de faire, en fonction de ce que je suis et que je dois assumer. Mais j'avoue que je commence à trouver le jeu difficile et ses règles encore plus…

*

- Et voilà qu'Enrique a fait irruption dans ma vie. Il m'a regardé dans les yeux et j'ai cru y lire toute la tendresse du monde, celle que je cherche depuis si longtemps et qui me semble éloignée à un point tel que je ne sais pratiquement plus comment elle s'appelle. J'ai peur de moi, d'Enrique, de cette rencontre ! Et pourtant, je devine que la route pourrait être drôlement invitante à suivre. Je suis si loin de la vérité! Je l'entrevois et je sens qu'au moindre souffle, elle va s'échapper. J'ai crainte de l'obscurité et j'ai tellement besoin qu'on me guide pour marcher enfin en pleine lumière !

*

Âgé de 78 ans, il profitait de chaque minute de la vie qui l'entourait et Catherine ne s'en plaignait guère, en laissant se promener la poésie de l'amour, de la nature, de la tendresse pour les siens: une sorte de frémissement coloré par les belles images de sa vie. A chaque fois qu'elles revenaient habiter sa mémoire en surgissant de son âme, elle en demeurait éblouie.

*

22 juin 1975

À Catherine

Au moment où je m'apprête à confier ces mots d'amour au papier, la vie qui m'entoure n'est qu'un immense chant de louange à la beauté. Alors, comment ne pas penser à toi ! Toutes ces belles musiques de la nature m'indiquent le chemin pour arriver jusqu'à toi, jusqu'à ton cœur. J'ai tant traversé de pays étranges: travail, affections, épreuves, argent, affaires, qu'à chaque détour, je m'arrêtais, parce que, depuis toujours, tu habites ma vie comme une balise sur ma route, comme les mots d'une belle chanson, pleine de paroles prêtes à s'envoler pour aller crier au monde que je t'aime ...

*

Oui, je t'aime, douce compagne de vie, toi qui as si bellement su te tenir debout à mes côtés, en mêlant tes cheveux aux miens, en épousant la forme de mes mains et la couleur de mes yeux ! Ensemble, nous ne

233

formions qu'une ombre, puisque notre unité s'habillait des tendresses de l'amour !

L'amour, Catherine, peut-être ai-je négligé souvent de te le dire, c'est un sentiment unique, tout comme au sommet des hautes montagnes, entre ciel et terre, entre glace et roc, entre neige et brume, entre ombre et lumière le sommet et l'infini se rejoignent.

Je t'aime, Catherine. J'éprouve le besoin de te le dire, de te raconter. Dans tous les événements qui surviennent dans le cours d'une vie, tu sais, il y a toujours ce grand rêve qui nous habite: la perspective du paradis. Moi, je n'ai point eu besoin de chercher longtemps. Car vivre avec toi, c'est toujours une patiente aventure aux ailes de lumière. Je t'aime, ma si douce tendresse! Avec toi, la vie exhibe d'autres rayons que ceux que nous habitons. Notre amour a des clairs de soleil tellement intenses qu'il doit sembler bien étrange. Et nous deux, nous le percevons si fortement à l'orée de nos secrets vermeils, comme une envoûtante griserie à parfum de marée montante!

Je t'aime, Catherine! En ce jour béni où nous avons uni nos âmes et nos corps, tu m'as accepté dans ta vie et dans ta tendresse. Et cet amour dont tu m'as recouvert comme un voile, il est plus précieux que l'or le plus pur.

Un tel bonheur se savoure un peu à l'écart. Je t'écris que je t'aime, seul sur cette grève bénie, parce que c'est un rêve meilleur à parfum d'aurore, un beau rêve en nous, en regards de ciels bleus fragiles, mais si riche en aubes nouvelles. Catherine, l'Amour a toujours gardé ouvert le somptueux bal de nos deux vies. Vois, maintenant! Il n'en finit plus de tournoyer sans perdre haleine dans nos âmes recueillies...

Anse-aux-Peupliers, à la veille du solstice d'été, en ce pays de nos ancêtres, à relent d'intériorité et de vérité, tout près de la Crique-aux-Hérons, où tout a commencé pour toi.

234

Merci pour ta vie Catherine ! Dans le frémissement de mon âme, dans la paix de mon cœur, dans la pureté de ma tendresse, je t'aime !

Pierre

*

- Il y a de ces ondées de bonheur qui nous font chavirer l'âme de façon tellement bouleversante que seules les larmes peuvent les contenir. Merci, Pierre, mon cher compagnon de vie, merci du fond de mon cœur. Moi aussi, je t'aime... À la puissance de l'Amour !

En disant cela, elle avait blotti sa tête au creux de son épaule. Il comprit alors qu'elle avait lu sa lettre.

*

- Les rêves, c'est bien beau, ma petite fille ! Mais quand ils commencent à épouser le visage de la froideur et du calcul, ils deviennent tellement gênants qu'il faut alors songer sérieusement à les abandonner. Sinon, ils tuent l'amour et la tendresse...

*

- J'ai manqué le rendez-vous de mes amours, Amélie. Mon mariage n'est plus qu'une suite de cohabitations, d'habitudes et de convenances. Peut-être ai-je trop prétendu me cacher derrière mes responsabilités. Aujourd'hui, force m'est de constater que c'est par pur égoïsme que j'ai agi. Je n'ai réussi qu'à écrire ma vie au brouillon. Maintenant, je m'en rends bien compte.

*

- Mais aujourd'hui, j'ai l'impression qu'il me regarde sans me voir, qu'il m'entend sans m'écouter, en me poussant presque à me rendre compte qu'il est trop tard, que nous n'arrivons même plus à nous avouer que nous nous sommes trompés...

*

Bien installé sur la véranda de bois gris, Pierre sentait monte en lui toute la nostalgie et la déférence qui l'invitait à se rappeler, à se recueillir et à prier.

- Comme le temps a filé! Qu'est-ce qu'une vie finalement ? En feuilletant mes souvenirs d'outre mémoire, il me semble respirer encore leurs parfums et y retrouver tous ces visages familiers qui ont marqué ma vie…

*

- Et ça ressemble à quoi vos *"vieux souvenirs"*, comme vous dites ?

Pierre Quesnel regarda son petit-fils avec une profonde affection.

- Ça ressemble à la vie, Estienne ! Et quelle vie ! Toute entière bâtie de hardiesse, d'endurance, d'efforts et de fatigue. Quand je regarde ce pays qui m'a vu naître, je constate qu'un bien beau rêve s'est exprimé par nous, un rêve aux horizons clairs, où nous sommes demeurés ancrés et fidèles. Oh, ce ne fut pas toujours facile, cette vie prolongée dans les liens, les habitudes, les coutumes, le voisinage, les occupations et les travaux. Quand j'ai quitté la Gaspésie pour la ville, à dix-huit ans, j'avais promis à Augustin de ne jamais oublier nos pas d'enfance sur le sable du temps. Et maintenant que nous sommes tous les deux rendus au soir de notre vie, nous sommes confrontés à cette célébration respectueuse qui sertit si bien notre mémoire. Même si notre parcours a épousé des routes différentes, nous continuons encore à communier à la noblesse de nos gestes et, de plus en plus, nous tentons tant bien que mal de porter nos joies et nos peines avec dignité et respect…

Pierre Quesnel, le regard perdu par-delà l'horizon de la mer, s'arrêta de parler. Estienne avait bu ses paroles comme si leur sagesse prémonitoire venait corroborer, de façon presque définitive, sa décision bien arrêtée de retourner aux études.

*

- Où que tu sois, maintenant, Augustin, guide mes pas et aide-moi à me libérer de l'angoisse menaçante de la solitude. Promets-moi d'être là, simplement, quand j'éprouverai le besoin que tu me tiennes par la main pour partir en paix…

*

- Dis-moi, papa, pourquoi l'argent revêt-il une telle importance dans ta vie ? Pourquoi cette course irrésistible à la poursuite d'un hypothétique bonheur, alors que tous les ingrédients sont réunis pour que nous puissions être heureux avec toi, maman et moi. À quoi servent de si nombreux voyages, le cercle de tes amis d'affaires, les cigares Davidoff, les eaux-de- vie de luxe, si ce n'est qu'à la crainte de te heurter aux angles durs de la vie et d'avoir la possibilité de te cacher derrière leurs façades artificielles ?

*

Tout ce que je te demande, c'est de pourvoir à mes dépenses, un peu comme si je te demandais ma part d'héritage. D'ailleurs, à ce sujet, je n'ai rien à te reprocher. Tu as toujours su nous procurer l'aisance pécuniaire plus que suffisante, sans que nous soyons obligés de faire le moindre effort, maman et moi.

*

- Ne compte pas sur moi pour aller me renfermer au dixième étage de ton édifice du centre-ville. Cette décision est maintenant très claire dans mon esprit. Le monde des affaires ne m'intéresse pas du tout. Tout ça, l'économie, les finances, les contrats, les voyages incessants, le domaine boursier, tout ce monde qui est en train de te détruire en détruisant aussi la vie de maman, c'est du vent, papa, c'est un immense mirage où tu te perds et qui t'engloutira un jour, j'en suis sûr! Moi, je suis simplement Estienne, ton fils, mais un fils avec sa vie à lui, avec ses rêves à lui, avec ses dons à lui! Ce que je veux d'abord, moi, avant tout, c'est simplement VIVRE !

*

L'argent qu'on accumule ne revêt aucune valeur primordiale pour moi. La vie, c'est autre chose. La vie, c'est d'abord savoir aimer. Et il y a tant de visages que l'amour peut épouser. Pas vrai, papa ? Toi, tu as choisi librement la voie de la réussite et de l'argent. Moi, mon désir est beaucoup plus simple: vivre, aimer et puisqu'il le faut bien, mourir un jour. Tu sais, l'océan de la vie n'est pas si grand, la route n'est pas si longue et la vie peut parfois être si brève, après tout !

*

- Après tout, partir pour aller étudier, ce n'est pas la fin de tout mais plutôt un recommencement, en jetant par-dessus bord tout ce qui s'appelle vanité et souci de bien paraître.

*

Depuis longtemps, il avait appris qu'une souffrance ne pouvait rester cachée bien longtemps avant de suppurer. À tout prix, il fallait alors en livrer le mal qui s'y rattachait, comme si, en y cherchant la vérité, on parviendrait à l'éradiquer.

*

- Mon cher Bernard, je t'ai déjà confié que si, un jour, tu avais de la peine, je serais toujours là pour te conter une histoire. Mais, ce soir, c'est l'inverse qui se produit. Ton tour est venu de me raconter ton histoire. N'aie aucune crainte. Ça fait belle lurette que nous avons tout deviné, Mélanie et moi. Et d'après ce que nous en savons, il s'agit d'une bien belle histoire ...

*

1968 – Quelque part dans ma vie, après les grandes contestations étudiantes...

Depuis que Simon a fait son entrée dans ma solitude sereine et occupe mes pensées, je ne puis me retrouver. Je ne suis plus le même. Et j'ai tellement peur de ce bonheur que je touche presque du doigt. C'est lui que j'attendais depuis toujours ... C'est lui qui habitait mes rêves les plus intimes. Et tout au long de l'été, au cours de mes randonnées solitaires sur la grève de l'Anse-aux-Peupliers, ou dans la solitude omniprésente de mes voyages d'affaires, dans un élan profond du cœur, c'est lui qui m'accompagnait en me parlant tout bas... Que de fois je lui ai parlé à mi-voix, tellement sa présence devenait réelle aux limites de mon ombre. Il me prenait par la main, parce que mon, cœur le demandait, au détour des routes fières...Que de fois, j'ai pris mes rêves pour des réalités, à croire que je pouvais accumuler les meurtrissures au cœur, sans impunité aucune. Oui, que de fois !
.

*

Ah, s'il était possible d'interdire à la vie de nous bousculer, ce serait si facile: vivre au centre, illuminer d'espoir le hasard de nos rencontres, combler nos désirs au-delà du courage et pouvoir arrêter la cavalcade de l'amour, quelle belle ligne de vie ce serait ! J'aurais aimé que le soleil puisse jouer sur ma destinée, en m'étourdissant de sa lumière. Je n'aurais pu savoir alors, les saisons froides de la tristesse...J'aurais voulu que ma vie se raconte, telle une belle histoire que nulle cassure ne serait venue atteindre.

Aujourd'hui, la lumière vacille en mon cœur essoufflé. J'y ai enfermé l'oubli des grands chagrins. Il a tellement jalonné sa tendresse au front libre comme l'air! Que de fragilités blanches comme aurore mon cœur a étreint, avant de les laisser s'envoler, diaphanes, au vent du soir ! À fleur de vie, la page est tournée et, désormais, je retrouve ma solitude souffrante !

Quand tu as fait irruption dans ma vie, après tes escapades autour du monde, je n'ai presque pas reconnu le Simon Corriveau de mes années de collège…Alors, sans ambages, sans embarras, nous avons entamé l'amour comme on entame une miche de pain, dans la lumière limpide de septembre. Comme deux oiseaux retrouvés, nos cris aigus s'étaient confondus. Doucement, en un même élan, attendris et fiévreux, nous avons aussi épousé la fleur pour l'ombre... Comme j'aurais souhaité que ma vie s'arrête à cette heure précise, qu'elle s'engouffre, tel un coup de vent subit et s'incruste à jamais dans mon âme. Mon rêve beau, celui qui s'abritait au fond de moi, ce grand rêve nostalgique, s'il avait été possible qu'il devienne réalité et perdure dans le temps, j'aurais connu un bonheur serein, comme une traînée de lumière éblouissante, un ruissellement d'étoiles. Mais l'horloge des jours n'arrête jamais son pendule.

*

Simon n'est point revenu en ma demeure intérieure. Il ne vient plus s'asseoir à ma vie et rire aux éclats. Il n'occupe plus mon espace. Mats il s'est emparé de mon souvenir et a fait main basse sur ma tendresse Mes aurores ne revêtiront plus l'incandescence des matins clairs. Désormais, notre vie s'éparpille. Simon s'oriente vers l'inconnu, alors que mon manipulateur a emmêlé les ficelles. Je suis un pantin désarticulé. Où va ma vie ?

*

Février 1970 - à mon bureau de la Compagnie.

Je viens de lire le journal quotidien. Un fait divers laconique a attiré mon attention:

Avalanche meurtrière en montagne

À Val d'Isère, en France, une importante avalanche s'est produite, il y a trois jours, et a entraîné, dans sa descente vertigineuse, une équipe de skieurs de montagne, en vacances dans les Alpes françaises. Tout espoir est disparu de retrouver des survivants possibles.

Parmi les personnes qui manquent à l'appel figurent les noms de trois Canadiens: Marc Veilleux de Québec, Louis Beaudoin de La Tuque et Simon Corriveau, autrefois de Montréal, mais travaillant depuis de nombreuses années pour une firme française...

*

Oui, ce soir, je pleure ... Je hais les départs ... Je les déteste ... Maintenant, quelque part, au fond de moi, c'est le tien que je vis, Simon, comme une grande trouée d'espoir. Dorénavant, c'est en pleine lumière que je pourrai t'aimer, sans heurts, sans tracas, sans poser de questions. C'est une certitude précise. J'émergerai de la pénombre pour arriver jusqu'à toi. Ainsi, lorsque la nuit rendra son aurore vieille et rose comme un soleil couchant, je m'en irai tout seul au bord du ciel immense et je tenterai de me souvenir ou l'infini commence... Alors, il n'y aura plus de départ possible. À mon arrivée au pays de la tendresse, tu seras là à m'attendre ...

*

L'air sec durcissait la lumière et fatiguait passablement les yeux embués de larmes de Bernard Quesnel, au moment où il s'apprêtait à franchir les grilles du cimetière de la Côte-des-Neiges, en laissant derrière lui les souvenirs enfouis de son vénéré père. Pierre Quesnel n'était plus. Il reposait désormais en terre bénie, auprès de Catherine Saint-Pierre, au terme d'une vie teintée de départs impromptus, d'arrivées à bon port, de tempêtes émotionnelles, de sentiments embusqués profondément dans la noblesse de sa vie, comme un indicible secret dont la cohérence avait réussi à lui dessiner une bien belle histoire d'amour.

*

- Il me semble que c'est moi qui suis mort aujourd'hui. Mort en automne, comme un cri lancé à contrevent, un cri strident qui fait frémir le cœur ! Et l'azur est si désert de ses couleurs ! Que sont-ils donc devenus, ces grands frissons qui m'habitaient, en m'apprenant à me tenir debout et à décoder mes mirages ? Se pourrait-il que mon cargo commence à se fracasser sur des récifs planétaires, parce qu'hier, je n'en pouvais plus, qu'aujourd'hui, je n'en peux plus et que demain, je n'en pourrai plus ?

*

- Dis-moi, Georges, mon vieil ami, mon confident des premières heures, mon seul frère maintenant, comment est-il le chant que réverbère la mort quand elle enlève ses voiles et fait sonner le premier appel ?

*

Pendant un court moment, Bernard Quesnel regarda cet homme aux cheveux blancs qui avait exercé une si grande influence dans sa vie. Incapable de lui répondre quoi que ce soit, en pleurant doucement, il se jeta dans les bras de ce septuagénaire qui avait bercé ses rêves d'enfant et qui, à cette heure précise où le deuil prenait une triple place dans son cœur défait, à nouveau, il lui tendait sa grandeur d'âme, dans un geste magnanime pour combler un tant soit peu ses absences.

*

"Tout cela me semble si loin maintenant que je ne sais plus si on peut entendre les chants de départ avant d'avoir vécu intensément l'arrivée, au bout de la course tracée d'avance.

J'ai pieusement recueilli tes jeunes ans, je t'ai raconté de bien belles histoires inventées de toutes pièces, ne serait-ce que pour entendre la musique de ton, rire pur comme un cristal. Je t'ai suivi tout au long de tes études sérieuses, fier de toi, de ce que tu devenais: un homme sûr de lui, le fils bien-aimé de Pierre.

Maintenant, face à toi, face à la peine que te cause le départ de ton père et qui courbe un peu plus tes épaules, je t'avoue que ton deuil n'est rien, comparé à la hantise au noir qui voile ta vie depuis si longtemps... Dis-moi, Bernard, faut-il absolument que tu passes par le creuset de l'obscurité amère et des brumes affolantes pour découvrir la beauté et la clarté sereine du soleil quand il perce les voiles de l'aurore ?

Depuis que l'amour est né en toi, ta voix s'est blessée à vif. Ton ennemi, c'est toi! C'est là que se situe ton combat. Et maintenant, tu voudrais te taire et ne plus te battre ! Alors, dis-moi, quelle route nouvelle devras-tu parcourir pour que ta vie reprenne son cours normal, pour que tu puisses mordre à nouveau dans les miches dorées du bonheur et de la lumière dense ? Comme tu dois en avoir marre d'être un pleureur de vie, mon cher petit ! Qu'attends-tu pour les savourer à nouveau ?"

*

Avant de donner suite à ma requête, oncle Georges, je voudrais vous remettre ce cahier que je considère comme l'objet le plus précieux que je puisse posséder. C'est le meilleur confident et ami qui soit passé dans ma vie. Déjà, vous avez pu constater brièvement la teneur de son contenu. C'est mon âme qui s'y trouve enfermée. A tour de rôle, j'aimerais que vous puissiez en prendre connaissance, en une prière commune, avant que ne se dévoilent à nu de grands pans de mon âme.

*

Bien des choses et des événements vécus vous apparaîtront alors sous un jour nouveau. Je vous en prie, ne cessez jamais de m'aimer. J'ai tellement besoin votre compréhension pour continuer ma route ! Par la suite, si vous le jugez encore à propos, vous me ferez part de votre décision de venir ou non habiter chez moi.

Bernard lui tendit le précieux document. Puis il ajouta, comme s'il se parlait à lui-même: *Faut-il que je vous aime pour poser un pareil geste! Qu'est-ce qu'on ne ferait pas pour pouvoir arriver à se décadenasser le cœur*, s'empressa-t-il d'ajouter, en lui tendant la clé. Et puis, si jamais le pire devait m'arriver, promettez-moi de le remettre à mon fils Estienne. Avec un peu de chance et beaucoup d'amour, peut-être parviendrez-vous à le retrouver, quelque part au bout du monde ! Moi, je dois avouer que je n'y suis pas encore arrivé !

*

"Aux heures de gloire infinie, sans se lasser, la mer roule ses vagues majestueuses à perte de vue et fait danser l'argent de la lumière. C'est déjà Matines. Et nous venons à peine de quitter nos rêves, sous l'effet de la clarté de cette aurore de mai. Dans les échos du matin, les oiseaux frénétiques n'ont de cesse d'en appeler à l'amour...

*

Ton souvenir est présent au creux de mes songes. Ton rire câlin m'envoûte encore. Ma pensée s'imbibe aux effluves du passé et me ramène le temps en musiques vermeilles. Qu'il était doux ce temps des retrouvailles et des jeux où tu faisais, enfant, tes escapades limpides, ivre de liberté pure, à respirer l'instant où perçait le bonheur !

*

Aux méandres des sentiers baignés de lumière et de silence, nous avons fait route ensemble. Nous avons goûté au chagrin et j'aurais tant aimé te raconter l'enchantement des nuits de lune... Où sont-ils, à présent, ces instants merveilleux, envolés si tôt dans la nuit du souvenir. Sont-ils quelque part accrochés aux battures fouettées par la mer? Ont-ils pris la route de l'aventure, le soleil bien haut au mât d'artimon? Reviendront-ils me raconter leur langoureuse histoire et faire reluire, en mon cœur vieilli, quelques rares moments de jeunesse folle ?

*

Peut-être qu'ils ne voudront plus hanter mes insomnies... Peut-être qu'ils seront, au creux de ma détresse et de ma souffrance, un baume guérisseur, capable de transformer mes douleurs en ferment d'éternité. Car ils sont mouvants les souvenirs, comme le sable des dunes où nous avions écrit nos noms. Le lendemain, tout était redevenu lisse. Nos espoirs, nos défaites, nos déboires, tout avait été revu et corrigé par la mer... Elle ne se lasse jamais de rouler comme un mouvement perpétuel, à l'image de notre recherche intérieure, notre soif d'infini et d'absolu, nos rêves de cavalcade à même l'essentiel, à même le cœur de la vie à retrouver...

*

Nous avons risqué nos vies communes au creux de la lumière pour que chaque parcelle de la puissance insoupçonnée qu'elle renferme puisse inonder nos âmes assoiffées. Nous avons voulu vivre l'instant unique où le temps recueilli sourit au cœur qui l'implore. Mais, malheureusement, nous avions oublié que dans cette grande liturgie du recommencement, l'amour avait poussé son germe vers le soleil. À ce moment précis, il portait encore fièrement le nom de tendresse..."

*

Ce soir-là, Bernard Quesnel était encore seul, comme à l'habitude. Seul avec ses pensées les plus secrètes, seul avec son amertume, son angoisse et sa douleur. Non. Il avait une autre mission à accomplir, une sorte de rituel, une presque liturgie du temps perdu à retrouver. Ce soir, il prendrait son bâton de pèlerin pour parcourir la route amère du souvenir.

*

Ce soir, c'est autre chose... C'est le bilan de sa vie qui occupe ses pensées intérieures. Amélie, c'était chose du passé. Un coup de vent subit, le temps de quelques saisons, le temps si court d'une naissance, celle de leur fils Estienne, le temps d'un recueillement amoureux qui fut trop éphémère. Il était l'étoile montante des affaires. Et il s'était donné allègrement en pâture, au milieu de cette jungle inhumaine. Trop jeune et inexpérimenté pour prévoir les coups, la vie s'était chargée de lui dresser les barreaux d'une cage dorée où il se sentait maintenant prisonnier et impuissant.

*

En un rituel accoutumé désormais, Bernard Quesnel se pencha pour renifler ce long fil rectiligne semblable à de la neige. Mais, en même temps, il eut le temps de lire rapidement, comme il l'avait fait si souvent au cours de ses longues réunions exécutives, la pensée écrite sur la minuscule carte:

"Au large de nos paysage secrets, les sirènes de nos rêves veillent, apparences trompeuses aux univers jamais comblés..."

*

Maintenant, l'heure de la vérité avait sonné pour lui. Ce soir, pour la première fois de sa vie, il allait renverser le miroir pour regarder la face cachée de Bernard Quesnel, dans toute sa nudité, dans toute sa pauvreté ...

*

"...Mais, malheureusement, nous avions oublié que dans cette grande liturgie du recommencement, l'amour avait poussé son germe vers le soleil et qu'à ce moment précis, il portait encore fièrement le nom de tendresse."

Il avait écrit ces dernières phrases dans son journal, quelques années auparavant, au cours d'un grand moment de solitude, après le départ d'Estienne pour une destination inconnue, avec, comme unique point de repère, une adresse de poste restante et un compte bancaire en Suisse. Elles portaient, en guise d'en-tête :

À toi, Estienne, ténébreux pèlerin de l'absolu

*

"Cette nuit, à Bagdad, les bombardements des Forces de la Coalition des Nations-Unies se sont poursuivis de plus belle. En dernière heure, on apprend qu'une ambulance de la Croix-Rouge internationale s'est fait coincer au milieu d'un feu nourri d'obus et de roquettes. Deux jeunes médecins de l'organisation Médecins sans Frontières ont été tués sur le coup. L'un d'eux, Estienne Quesnel, est originaire du Canada. Il venait tout juste d'être affecté à une division de cette organisation humanitaire, apprend- t-on de source sûre."

*

Bernard Quesnel était assis dans son fauteuil, le dos tourné, face à la fenêtre. Elle se rapprocha délicatement de son patron. Elle constata avec stupéfaction qu'il ne respirait plus. Les yeux fermés, la tête légèrement inclinée sur sa poitrine, il tenait une feuille dans sa main droite, où il avait écrit :

"Estienne, mon enfant, mon amour, ma tendresse perdue, pourrais-je, un jour, chevaucher à tes côtés, en cavalcade vrombissante, à la recherche de la vie à retrouver ? "

*

- Nous avions tout pour être heureux ... Mais, Pierre, Bernard et Estienne ont chevauché côte à côte durant toute leur vie, sans jamais réussir à se rejoindre, pèlerins éperdus, à la recherche d'un bonheur inaccessible.

Georges Quintal se rapprocha d'Amélie et lui passa le bras autour des épaules.

- Nous passons, Georges, c'est vrai ! Chaque jour creuse davantage le sillon de nos vies. Comme tout est éphémère ! Mais, dis-moi, meurt-on jamais ? C'est plutôt la vie qui nous reprend, qui navigue de nouveau, quand nous arrivons encore à pouvoir tenir la barre !

247

*

Quelques jours plus tard, en compagnie de ses deux vieux amis, Amélie vint déposer en terre la petite urne contenant les cendres du journal intime de Bernard Quesnel.

- Comme le vent, la vague ou l'oubli, Bernard, emporte ton secret avec toi. Dans vos chevauchées à trois, à même l'Essentiel, ne nous oubliez pas. Tu sais, mon tendre amour, finalement, ne sommes-nous pas nés pour regarder ensemble les mêmes étoiles ?

*

LIVRE ONZIÈME

Cantilènes et chants de mer – poèmes-2005

Que sont-ils devenus, ces cantilènes et chants de mer que nous chantions enfants ? La mer les aurait-elle repris en guise de dures représailles ? Où sont-ils à présent ces instants merveilleux, envolés dans les pages closes de la nuit du souvenir ?

*

"Pénètre en toi... Écoute... Ils s'accrochent encore aux battures fouettées par la mer, ils errent comme des étoiles fêlées sur des routes d'aventures sans issue, très loin de la côte, à la merci des éléments, du calme plat ou du soleil qui tue... Un beau jour, ils reviendront te raconter leurs fantastiques histoires et faire reluire en ton cœur transi, les feux de ta jeunesse folle...

*

Mais ils t'aimeront assez, au point de ne plus revenir hanter tes insomnies. Et puis, d'îles lointaines, ignorées, ils ramèneront dans leurs paroles nouvelles, un baume guérisseur, un secret recueilli d'un chaman ermite, une parabole transformante de chagrins en ferments d'éternité ...

*

Ils sont si étranges et mouvants les rêves à moitié bus, sur des lèvres déformées par des sourires contraints. Ils sont lisses, comme le sable où tu laisses l'empreinte de tes pas, en ce matin éclaboussé de lumière, comme si tu voulais les purifier à jamais dans l'innocence des sources salines..."

*

Désormais, l'heure se tait en ma tête, je marche seulement, je me dérobe à mes mots d'âme, comme si j'avais peur qu'ils sourdent à l'improviste… Mais l'heure du soleil est exquise et le moment arrêté, là, est tellement unique ! J'ai ta main sur mon cœur, entre mon souffle et mon sang...

*

Maintenant, l'heure est claire dans ma tête, Je me rappelle tes murmures, lancés dans le vent: belle mouette grise… *"Si tu y crois de toute ton âme, si tu te libères enfin de tes gémissements, tu pourras les chanter de nouveau tes chants et cantilènes.*

Et tu apercevras alors ton nom inscrit dans la mémoire de la mer..."

*

C'est un petit havre de silence et de paix qui cueille l'été en bouquets de fleurs jolies, gorgées de soleil, en évoquant ses histoires de mer à n'en plus finir. L'aube s'y abrite et s'étire. L'été s'émerveille dans son calme diurne. Et ses notes de quiétude se marient à la mer au gré du vent, en gonflant ses voiles comme de blanches gorges de femmes…

*

Le temps me rit et me gagne et le manège des jours n'a de cesse de tournoyer en cavalcade bruyante. Ses chevaux défilent comme on entonne un chant d'amour, lourd de l'héritage à porter au-delà des frontières de la vie… Doucement, le jour tombe… Le petit havre s'endort en clapotis caressants aux flancs des barques. C'est le crépuscule qui s'ouvre tout fin prêt à chuchoter ses secrets… Et moi, humble passager des nuits pâles, surgi de l'ombre naissante, j'apporte avec moi les lumières de la nuit.

Aux heures infinies du matin, la mer scintille la lumière... C'est l'heure exquise où tout se tait encore... L'aube prie, invitante, les bras ouverts, comme une paix diffuse. Que de fois, nous avons cheminé ensemble sur ces lagunes grises, en échangeant nos regards complices! Tout s'éveillait en nos consciences et prenait pays en nous...

*

Été, mot magique, fier d'allure, au cœur de la vie évanescente... Le temps s'effiloche, malgré la lumière qui palpite et le jour qui s'enfièvre de chaleur... La mer est au rendez-vous des rêves parcourus, la mer gracieuse, terrible, attirante, charmeuse... Et je regarde... Lentement d'abord, comme on admire un tableau de maître. Et puis, je m'approche. Au seuil de ma prière, elle s'habille de brèves complaintes, et lyre ses mélopées : *"Il est pour toi ce refrain frondeur... Chante avec moi, mon gars... Le temps s'enfuit si vite quand il déploie ses ailes ! "*

*

"Chante, mon gars," me répète la mer inlassablement. Et moi, comblé et fier, j'aime davantage, encore et toujours... Alors, les mains jointes, j'écoute avec ravissement le pieux recueillement de sa prière inachevée en la vie à faire...

*

Geshpeg, pays du bout du monde, terre de naissances, et de grandes découvertes... pays à l'âme mouillée, enchaînée à tes rives, dont tu partages les refuges, pays de terre et de large confondus dans une enfance bordée d'histoire, terre de clartés souveraines, de brises poussiéreuses d'embruns, de vagues et d'écumes aux colères renfrognées sur tes falaises séculaires...

Et pourtant, terre de Gaspésie, à la figure de proue si vieille encore, le voici venu ton aujourd'hui, inoubliable pays nôtre, patrie de plaines, de vallons et de montagnes, terre de souvenances, partagée entre l'ombre et l'éclat de ton Histoire, voici la fin de tes exils déchirants, de tes soifs impossibles, de l'éclatement de tes libertés... Oui, le temps est venu des retrouvailles avec tes enfants... Vois, terre bénie, le brouillard se lève. Ce pays aimé depuis tant d'aurores, c'est maintenant qu'il nous faut le rebâtir ensemble. Le temps presse. Il est à refaire ce pays, en toute liberté, comme un bel acte d'amour, un soir de lumière intense... De nombreuses mains pourront s'élever, pour clamer que le temps est revenu au beau sur ces landes bénies de Gaspésie.

Avec certitude, nous saurons, au fond de notre patriotisme, que le temps est arrivé de donner une forme définitive à nos rêves de liberté souveraine…

*

D'entrée de jeu, je te le dis, j'ai recours au pays qui dort en toi... Car, vois-tu, j'ose encore le croire, ce pays, à l'horizon des jours, Moi, ce soir, je te parle pour vivre, Je te conduis doucement, avec des mots simples, j'ai recours à toi, parce que je l'aime, ce pays encore improvisé, où tout est à naître…

*

C'est un pays ouvert au monde, aux frontières du possible, un pays-patience, varié et variable, distance multipliée, infinitude blanche, femme, fille, fils, pain, aventure sans fin…

Le pays se chante maintenant. Il laisse entendre sa voix au nom même du travail à faire, à traverser, à porter, à dire, à justifier, à comprendre...

*

Au déclin de mon âge, En un instant sacré d'espoir, Le pays s'avance en moi Un pays d'un temps autre…

Pour un peu, je le rencontre et je l'apprivoise, pour mieux lui apprendre l'amour... Nous avons assez pleuré. Regarde ! Le temps vire au beau, en pays neuf…Et tout doucement, il nous invite à danser…

*

En mémoire de moi, le jour se tait et n'a plus d'importance... Temps de vie, d'aimer, de mort, difficile, tragique, muet, lointain... Et pourtant, il y a tant de solitude, d'incompréhension, de préjugés, de difficiles naissances, d'idéologies, de voix dans le désert, de blessures déchirées, de libertés illusoires, comme un temps arrêté, un matin de silence…

*

Et pourtant, Il y a tant d'enfance qui coule en nos veines, Il y a tant à retenir, avant d'endormir nos consciences, Il y a tant d'hivers que nos cœurs se fendillent, l'espace d'un cri... Et moi, repu ou fatigué, je tente en vain l'amour dans l'aire de tes bras... Je suis en éveil et tes seins grapillent mes semences fragiles... Je suis présence à tes nuits, dans l'ombre éphémère de nos corps découverts...

*

Je suis le peu d'espace qui sépare nos âmes, entre cris et blessures...

*

Je suis tout de toi, en sursis de mon être. Je suis un temps, un cri, un visage, un temps libre, une mémoire, un masque... Je suis de non silence, d'impossible évasion, d'impatience à rebours, d'aubes retrouvées, de matins absolus, d'existence et de vide, de fureurs enfiévrées, de hautes jouissances et de promesses béantes... Mes songes sont fous de toi et mes silences ont peur... Mes musiques battent leur présence dans mes mains qui voyagent ton corps...

*

Une morsure d'été, un parfum d'automne, un silence d'hiver... Temps de vie, temps d'aimer, temps de mourir... Trois pas, trois montées, trois victoires... Il y a tant à aimer, mon ami, ma sœur, mon frère…

*

Et puis, en fin de parcours, j'inviterai l'été à venir me rejoindre… Alors, à pleins poumons, je chanterai la mer, une cantilène au coin du cœur…

*

"Souviens-toi de ce que je vais te raconter. Dis-le à qui veut bien l'entendre : les bagages que l'on transporte avec soi dans notre vie ne sont pas tous attachés à nos ailes, mais bien plus à notre cœur."

*

C'est bien de se recueillir quand on entre ainsi dans l'histoire ! C'est comme si on pénétrait sur la pointe des pieds dans la douceur d'une prière. Tu sais, mon enfant, -tu permets que je t'appelle mon enfant, n'est-ce pas - les histoires d'amour comme cet épique chant de mer, c'est en chuchotant à voix basse qu'il faut les raconter. Elles sont remplies à craquer de tendresse, de l'aube jusqu'au couchant, à tel point que les galets gris, les soirs de lune, n'en finissent plus de rappeler leur odyssée aux marées en feu !

*

Ah, comme il devait être fier, vaillant, présomptueux et invincible d'allure, le découvreur Cartier, en longeant ainsi mes côtes avaleuses de mer, tout en tenant d'une main ferme le flambeau de la culture française qu'il portait en terre de Canada et de Québec !

*

Quel beau Magnificat je chante, maintenant que la vie renaît aux vents de l'Histoire... Et comme la GASPÉSIE est flamboyante et fière, quand elle se lève ainsi, géante et droite, juste et fidèle...

*

"Depuis plusieurs générations, ils étaient là dans ce canton. Vivre et mourir, c'était la loi des gens habitant Forillon. Barques de pêche en été, hache et godin durant l'hiver, bonheur et joie bien partagées, c'était un peu leur univers."

*

"Larges horizons, solennelles étendues, l'immensité des ondes sans repos. Combien de fois, ma pensée éperdue, s'est élancée au-delà de tes flots. Combien de fois, des nuits où tu t'élèves, quand jusqu'aux cieux, tu portes ta fureur, je suis venu contempler sur tes grèves, de tes efforts, l'immense et sombre horreur."

*

Elle est inachevée, ma chanson de peine... Elle tinte ses chagrins et ses cris suffoqués au fond de l'être...

Elle contemple la mort, ma chanson de complainte infinie... Et ses croix de pierre prient encore, quand les tiédeurs brumeuses de l'aube retirent leurs bures de prière... Elle nous chante toujours qu'il nous faut vivre, malgré tout, envers tout, contre tout...

*

Vieux loup de mer, tout au long de tes voyages de rêve, les as-tu rencontrées, les puissantes vagues frémissantes ? Les as-tu aperçues, les splendeurs de la mer, si vaste à naviguer ? Promets-moi de ne jamais entraver la marche des étoiles de mer. Vois, bientôt, elles toucheront l'azur, en nous faisant comprendre de ne jamais céder à la fascination du gouffre...

*

Un jour, parmi tant d'autres, il me faudra continuer ma route… Qui me conduira au pays des splendeurs de la mer, où se mire l'éternité du ciel ? Je t'en prie encore, ne marche pas sur les étoiles de mer, Car elles prient pour nous… Regarde comme ils sont magnifiques ces êtres de lumière aux branches si fragiles, offerts ainsi à l'humanité vivante, dans les mains de la mer ! Ils sont si beaux à regarder vivre, ces fragments d'éternité...

*

J'ai vu s'écrire le temps de l'amour, sur les registres infinis de mes mots. D'un seul élan de cœur, sa lumière a jailli, au rendez-vous du soleil qui me venait de votre sourire… Je suis venu cueillir votre âme et vous m'avez laissé entrer à la source de votre tendresse…

*

Telle est ma vie, mon idéal, ma victoire et mon cœur de poète : Un jour, un rythme, un temps inexorable, Mais un cœur qui bat encore… Ce matin, marqué de vos empreintes, il prend la route de la pleine mer…Au fond de mes silences, il est encore si chaud de votre présence…

*

Quand les marées et les varechs s'épousent, j'ouvre ma vie aux fleurs de ton nom… Mes mains retrouvent alors leurs prières, multipliées en leurs attentes, quand tombe la nuit…

*

Tout s'évapore à présent. Même les brumes récalcitrantes rejoignent leurs ombres. Et la marée se délivre du rivage… Elle a tellement soif de mer à boire !

*

Et puis, j'irai trouver, dans mon île jolie, un coin secret, pour nous accueillir tous les deux, un coin de rêve, où, de mes mains, je construirai le plus beau port d'attache qui soit... J'y mettrai la vie comme pilier, pour retenir les plus fantastiques vaisseaux à y accoster... J'y sèmerai le vent en brise jolie, afin qu'il gonfle les voiles, blanches comme un matin d'aurore... Alors, tu pourras venir y joindre ta vie... Et moi, je te dirai que je t'aime...

*

... Les matins blêmes sont parfois nécessaires, pour que l'infini de l'aurore nous apparaisse, en robe de resplendissante lumière...

*

Il en est de nos âges comme de nos souvenirs. Il suffit de nous les remettre en mémoire, pour que la vie fuse et vibre comme un printemps pressé de s'éclater, tellement il n'en peut plus d'attendre...

*

L'heure fermentée des rêves saigne nos amitiés et nos vies s'enchevêtrent... Je suis seul et mes pensées me regardent... À l'encre des mots sur le papier, les arbres s'écument de vent... Le soleil joue à cache-cache avec ses lourds nuages... Et l'inconstance des êtres s'écrit, en sourires inconnus, en lumières retrouvées, sur ma page blanche...

*

Oh, la belle histoire ! Il était une fois, un secret... Un secret d'enfant... Comme elle a vécu, mon enfance, sur les longs chemins absolus et foulés de mon âge... Et c'est un jour d'été qu'elle est venue me rencontrer de nouveau...

Moi, brusquement, comme une douleur que l'on tait parce qu'elle est rapide, j'ai reçu un grand coup, au plein creux de la vie ...

*

Quand nos libertés s'apprivoisent et se débarrassent de leurs angoisses tenues en bandoulière, c'est la paix qui s'installe alors et coule comme un long fleuve tranquille...

*

Elle a eu long cours, Notre lente traversée des âges... Et son périple démesuré en a bravé des bourrasques, où nos mystères se sont entrecroisés, dans la plénitude et le caprice de nos routes errantes...

*

C'étaient des mers immenses... Mers de lumière douce, de tendresse endormie, où les voiles solitaires se gonflent en pensant à l'aventure... Malgré tout, les étoiles nous font encore signe, au détour de nos deux âmes...

*

À la croisée des jours, encore et toujours, la mer houle ses grèves... Entre naissance et mort, rien n'a changé... Le sang coule encore en mes veines inquiètes... Du lit de vie, jusqu'à l'absence de mon corps, mes silences à mi-temps s'écriront en souffles fourbus, avant que la vie ne s'arrête...

*

La nuit appelle son silence... De longs voiles d'obscurité et de brouillard tenace étalent leurs indifférences en ma prière éclatée...

Il est là, ce pays de toi... Son regard a la force puissante de fleuves constellés d'étoiles et sa voix devient lumière, un sextant au cœur...

*

En nos aubes naissantes, tout redeviendra pur, radieux et resplendissant, en miracles d'aurore... Alors, de longs silences éloquents avaleront notre passé… La brume se lèvera, en nuages de déroute. Ce sera alors soleil en nos vies majuscules…

*

En d'incertains séjours, à mi-temps de mon âge, mes gestes parleront de toi, mon infinie tendresse !

*

"Ne me dérangez pas", dit Dieu… *"Maintenant, je voyage le monde qui ne m'attend pas…"*

*

"Qu'allons-nous faire," dit l'homme ? *"Nos croyances n'ont plus de port d'attache. La mer ne vague plus en nous et ses courants sont contraires… Il ne nous reste plus que de grands cris persistants pour que nous puissions nous permettre l'aube… Je vous en prie, ne dormez plus !"*

*

Je m'ouvre à toi, en sursis de mon être. Ma quête s'impossible en ses feintes de vie… Il n'y a jamais de certitudes… Mais de semblables désirs qui meurent dans l'incertain de la nuit…

*

Plus mer que ciel, je ne sais plus le quoi ni le comment. Tout se diffuse en mon corps salé et ma vie écume mes épaves vitales, qui se tordent sous le soleil… Immobile, je suis mouillé en terre aride, à l'orée du désir de nuits éclatées à en perdre pied et mémoire… Ce qui est brisé n'a plus d'importance…

*

J'entends encore le nom des étoiles que tu retrouves, à contre vie, sur des mers d'infini, des mers ouvertes quand tombe l'amour, emportées

261

dans ses départs, ou jaillissant du fond de ses vagues, comme autant de musiques accordées au vent, dans le fracas incessant d'absolues présences et de mains tendues, en instances de voyages...

Tu demeures poème qui naît toujours, où tout s'amalgame en une image retrouvée de deux vagues intérieures, entre sables et dunes, entre pierres et coquillages...

*

Nous sommes deux ombres en silence... Nos regards se perdent, entre nos cris retenus, dans l'alchimie des heures...

*

Ce soir, entre mes aubes enserrées et le couchant du pays de cet autre moi chanté malgré tout, j'ai besoin de musiques où naissent les images... Car mes blues chantés, en mi bémols harmoniques, se ponctuent de vertiges et se redistribuent au clavier blanc de la bouche avide du piano, en saignant de mes doigts sensibles...

Car, voyez-vous, à fleur de mes paumes, en mes nuits de septembre, ils résonnent encore d'espoir, mes blues en fin de mots, comme des semences fragiles de paroles...

*

LIVRE DOUZIÈME

Le vieil homme de la colline – récits – 2006

*

Quand la mer rejette sur le rivage les épaves ballottées par les grands vents, l'écume des vagues et le sel, elles se retrouvent entremêlées de varechs séchés à la ligne des marées qui les ramasse en un geste d'accueil et de lumière. Un beau jour, quelqu'un passe, se penche, en saisit un morceau. Et, dans un éclair, il devine l'œuvre d'art qui s'y cache.

Souvent, comme des bois d'épave, nos vies voguent sur des mers houleuses. Et puis, lassées dc peines ct de deuils, elles crient au secours. Quelqu'un se présente alors à la ligne des âges. D'un simple coup d'âme, il se rend compte de la beauté de l'être en détresse et qui ne demande qu'à se dévoiler pour réapprendre à se tenir debout.

*

C'est surtout compliqué de se souvenir parfois. Naître baladin du temps, c'est accepter que notre excursion de vie puisse exercer ses circonvolutions au pays inconnu de notre mémoire. Et là, notre sensibilité tente bien souvent de s'y repaître. Ou bien, à tout le moins, de s'y arrêter un tantinet, le temps de s'installer aux premières loges, quand l'esprit humain s'ouvre à la vie. C'est là qu'il se trouve, se perd, se retrouve, se dérobe ... Tout cela dans un chassé-croisé perpétuel, de l'aube de vie jusqu'au crépuscule de la mort.

*

L'esprit humain, dans sa liberté parfois contradictoire, entre ses aliénations ct ses moments de grâce, s'élève parfois si haut qu'il transcende au-delà des images réelles. Souventes fois, aussi, l'ordre naturel des êtres et des choses s'en trouve perturbé quelque peu. L'être humain se perd alors dans ses rêves et ses souvenirs, en uni dédale multiforme, un pays où le temps n'a plus d'emprise.

*

- C'est bien difficile, tu sais, de larguer les amarres et quitter le quai. Il y a de ces départs qui font grand plaisir, tandis que d'autres tuent ... Ah, l'équilibre n'est guère aisé, crois-moi. La nature, j'essaie de la connaître davantage, jour après jour. Elle me donne de ces leçons qui me laissent tellement pantois! Elle aussi, elle est éperdue d'aventures et laisse le temps glisser sur elle, fluide, comme si de rien n'était ...

*

Elle est bien mystérieuse la farandole des contacts humains, où l'être se marie aux symboles et aux sentiments profonds qui animent constamment son âme: une pensée qui prend le temps de s'habiller aux grandes passions du cœur ...

*

- Mon choix de vivre ici, face aux horizons qui changent selon le grain du temps, c'est un peu égoïste de ma part. Je n'ai pu résister à cette intarissable soif dc liberté pure. C'est un grand privilège de voir la mer, les immenses espaces, les grands champs ondulés dc la plaine et les arbres à flanc de montagnes, les sentiers endormis dans le secret de leur silence ...

*

- Quand le temps s'arrête, on réussit parfois à y retrouver la beauté sereine des moments tendres, la renaissance d'instants fragiles et purs, qui fleurissent encore au fronton de nos espérances inscrites dans la grande courbe de la vie.

*

Les routes de l'amour sont si mystérieuses dans le cours de la vie humaine ... Sagesse, spiritualité, besoin de croire en quelqu'un ou en quelque chose, tout converge et nous invite à nous laisser pacifier l'âme.

*

La tendresse au long des jours, l'amour et la vie dans nos faits et gestes quotidiens, ce sont autant de petits clins d'œil de l'âme... C'est aussi ce genre de musique que je tente d'écouter, chaque fois qu'un nouveau matin fait irruption dans ma vie.

*

- Il y a si loin de la coupe aux lèvres, Jérôme. Même le hasard ne veut plus venir à mon secours. Pourtant, il était beau et alléchant ce temps pour Céline et moi. Nous aimions tellement voir scintiller les reflets dorés du vin dans nos coupes entrecroisées. Sans vergogne, nous vivions ce printemps de nos vies, en respirant l'air de nos vingt ans...

*

- En fait, Jérôme, t'ai-je déjà parlé de l'influence que la mer a exercée sur moi ? Ah, la mer ! Je suis né sur ses rives. À souhait, elle a pu imprimer à jamais son attrait sur mon jeune cœur, avant qu'il ne connaisse l'euphorie de la grande ville...

*

- Harry, mon ami, pourquoi ces larmes refoulées ? Regarde-moi attentivement.]'ai mémoire vivante de l'amour et de la paix en mes étendards de vie. Mes sirènes palpitent de musiques, de chants ensorceleurs et d'échos fluides. Est-ce que tu veux que je les envoie habiter tes rêves enclos, à demi nus, où le mensonge à toi-même a assez duré ? Tu dois retrouver ton calme et ta propre paix. Et tout cela passe par la lumière) ta propre lumière...

*

- Que sont donc devenues tes ravissantes pensées magiques., celles qui couraient comme un cheval blanc à la crinière fantastique sur une lagune de sable fragile. . . Oublie un instant ta croix des affaires que tu as suspendue aux gratte-ciels de ta forêt urbaine. C'est: une ville seule, désertée et muette que tu habites actuellement ...

*

"Je suis la voix de ton cœur. Tout à l'heure, au bord de la mer, sa voix t'a murmuré : "Il en faut du courage, mon ami, pour arrêter de se mentir et accepter de se pardonner. C'est ça, retrouver la lumière ! "

Alors, tu comprends que !'espérance, quand elle arrête de briller dans les yeux et le cœur d'un être, c'est un peu ardu à comprendre. Parler d'espoir, est-ce encore possible aujourd'hui ? Il y a tant et tant de gens qui remettent: leur vie en question ... Ce n'est guère facile de ne plus se mentir, de pardonner, de croire et d'espérer..."

*

- La vie s'écrit en trempant sa plume dans de nombreux coups d'âme, guidée par une main invisible, mais que tu dois sentir constamment: à portée de cœur. Elle revêt le signe de la fidélité et de la sollicitude pour l'être humain en quête de vie.

*

Et puis, aujourd'hui, malgré tout, elle considérait que ses pensées s'habillaient encore de luminosité, quand il lui arrivait ainsi de jeter un regard en arrière sur son parcours de vie. Il avait constamment vogué, guidé sur une mer d'étoiles qui lui retenaient le cœur entre les côtes, avant qu'il ne se taise. Beaucoup d'années évanescentes s'étaient évanouies en traits de souvenirs si beaux qu'il lui avait été presque facile d'en oublier les laideurs passagères.

*

Puis, en lui demandant de regarder par la fenêtre, elle lui avait fait remarquer la beauté du pays qui s'étendait devant ses yeux.

- Tu vois comme c'est beau ! Ça, c'est ton pays, Frédéric. N'oublie jamais cela, mon petit garçon ...

*

- Eh bien, Étienne, ce rappel de souvenirs t'a drôlement secoué, à ce que je constate. Tu sais, la route de la sagesse passe par là. Un jour tu comprendras tout cela. Il est parfois long et ardu le cheminement qui nous rapproche des êtres.

*

- On dirait que parfois, le temps fait une halte pour mieux nous permettre de le jauger. Aujourd'hui, la grisaille s'est installée avec ses nuages dépressionnaires. Il ne faut jamais se lasser de chercher l'Essentiel sur les routes de nos vies. C'est ainsi qu'on débouche, un jour, en pleine lumière.

*

"Les mots, les vrais, les beaux, ce sont autant de couleurs, de notes, de pas, de gestes, sur la palette de l'expression humaine. Ils décrivent l'être, disent ses saisons, ses âges, ses états d'âme, ses idées, ses pensées... En somme, c'est l'extraordinaire relation entre leurs musiques et leurs harmonies qui chantent dans la poésie des jours ... Et quand on les regarde de près, lors de nos rendez-vous de lecture, ils nous chuchotent tout bas, en demi-teintes, les secrets de vie qu'ils recèlent et qu'ils veulent bien nous partager ... "

*

"Vous n'avez rien bousculé. Vous avez accompli votre tâche sans heurts, en me laissant comprendre toute l'ampleur de votre message : rester jeune, c'est vouloir vivre l'essence de vos rêves intimes, à la clarté de l'espérance en demain."

Oui, je suis heureux ... Et plus j'y pense, plus je constate que le bonheur, le vrai, celui qui donne tout son sens à notre vie, il ne se trouve pas imprimé sur un billet de cent dollars. Il est totalement gratuit. C'est une force qui nous incite à partager avec les autres, un peu comme une chanson véhicule son message de réflexion, face à la vie, à la joie, à l'amour, mais aussi au chagrin. C'est avant tout une question de liberté. Elle nous aide à découvrir les différentes facettes de notre vie et des expériences qui la composent.

Ah, le bonheur ! Quelle superbe entité de l'être ! C'est là que s'incarnent la détermination et le dépassement de soi. En compagnie de ces deux valeurs intrinsèques, nous parvenons un jour à transcender nos propres limites. Elles nous permettent, à travers nos humbles réussites, d'en tirer d'éloquentes leçons de vie.

*

Le rêve, c'est bien connu, permet à l'être humain de se tenir debout. Il l'aide à se rendre plus loin encore, à atteindre des horizons insoupçonnés... Car, nous ne devenons vraiment libres que lorsque le bonheur de vivre nous permet de définir clairement nos limites, les frontières jusqu'où nous pouvons nous rendre et que nous arrivons à dépasser.

*

L'amitié, c'est un équilibre qui se réalise à travers nous. Plus nous avançons en âge, plus nous ressentons le besoin vital d'entrer de plein pied dans des expériences nouvelles. Nous réalisons que nous ne sommes pas des cas uniques sur la planète et qu'il ne sert à rien de vouloir nous y isoler.

*

La vie, c'est un prêt. Pour en fixer les intérêts, il faut que l'on apprenne à délimiter les buts à atteindre, sans brimer notre liberté d'être et d'aimer. Ce que l'on véhicule, nos valeurs, notre culture, tout cela influe, de façon tangible, sur nos manières de définir la perfection et de la vivre pleinement.

*

Nous sommes tous de la race des êtres épris d'idéal, de noblesse et d'intelligence. La liberté que véhicule le bonheur de vivre nous permet de nous rendre compte de son impact sur nos prises de décisions. Ce qui est possible devient important: être en paix avec soi-même et les autres.

*

"Rester jeune, c'est vouloir vivre l'essence de ses rêves intimes à la clarté de l'espérance en demain. Ne ferme jamais la porte de la connaissance. Ce faisant, tu ouvriras toute grande celle de l'ignorance..."

*

Il est bien compliqué de comprendre comment la jeunesse évolue actuellement, ses préoccupations, ses richesses, ses doutes. Mais il est bien exaltant de penser aussi à ses grandes possibilités. En fait, à tout ce qu'il s'agit d'exploiter à bon escient. Notre liberté de pensée a de ces exigences difficiles à comprendre. Et notre propre recherche de la vérité s'avère parfois bien ardue...

*

Sur les chemins de notre vie, dans l'immense caravane humaine, nous serons presque tous, tour à tour, l'un de ces cavaliers chevauchant à pleine allure ou mal pris dans une embardée quelconque. A tour de rôle, nous aurons besoin que quelqu'un vienne à notre rencontre dans cette aventure où il n'est permis à personne d'ignorer que nous n'allons pas seuls.

*

Dans notre monde actuel, l'adolescent se perçoit souvent comme une machine fabriquée en série, d'après un prototype. Au départ, chacun d'eux représente une combinaison différente d'éléments modelés par des influences diverses. Il possède des manettes particulières de commande et il obéit à un mécanisme propre. Alors, qu'est-ce que notre monde ou notre milieu social fait ou ambitionne de mettre en branle pour maintenir cette mécanique psychologique en équilibre stable.

*

Vouloir pénétrer à l'intérieur du mystère que recèle l'âme d'un être humain, c'est un constat bien mystérieux et fragile. Cela demande du temps et du silence ...

*

- Ah, la mer ! Elle occupe une place prépondérante dans ma vie. Chaque voyage que j'ai effectué sur ses grèves m'a incrusté en mémoire un je-ne-sais-quoi de mystérieux, une espèce de sentiment inaltérable qui pénètre les émotions et les charge de plénitude ...

*

- Sur l'un des rayons de ma bibliothèque, il y a une sculpture de bois qui représente un oiseau stylisé. Prends-la dans tes mains et observe-la attentivement ... Cet oiseau a déjà été une épave. La mer l'avait rejetée au milieu des varechs séchés, des plumes d'oiseaux, des galets étourdis par les ressacs. En somme, il gisait au milieu de la marée ramassée, humble morceau de bois tordu par le sel, l'eau et le vent. Mais ce qui était le plus fascinant, le plus, c'est qu'il recélait dans ses fibres, les plus beaux souvenirs des voyages qu'il avait effectués à la crête des vagues.

*

Lorsque je l'ai ramassé, je l'ai regardé durant un long moment. Avec fascination d'abord, mais avec une presque envie qu'il me raconte ses aventures. Comme par enchantement, ce jour-là, la rner exerçait son envoûtement de façon presque indécente. J'avais l'impression qu'elle voulait m'apprendre, une fois de plus, que le mystère qu'elle recèle ressemble étrangement aux raz de marée qui submergent parfois l'âme humaine. Ce bel oiseau, je n'ai eu qu'à le libérer de son écorce d'épave de mer. Mais, extirper la peine d'un cœur humain, ça, c'est une tout autre chose...

*

Dans toute vie, quand les silences alternent avec les bruits qui blessent, quand les prières nous semblent vides de toute signification, quand nos pas ne laissent plus d'empreintes parce que nous marchons sur nos ombres, alors, tout devient confus, tout s'entrechoque et se brise.

*

- Dis-moi, mon vieil ami, est-il encore possible d'aimer intensément à la puissance redoublée de nos âmes et d'écouter ses moments clairs naître à la nuance des mots, pour ensuite s'en aller s'exhaler sur les ailes du vent ? Elles sont tellement envoûtantes, ces pensées de vie, de rêves et d'amour, emballés dans leur musique. Mais elles sont aussi très lourdes de leurs mystérieux silences, il faut en convenir.

*

Il en va ainsi de l'amitié et de l'amour. Les chemins qu'ils empruntent nous semblent parfois si étonnants. Mais, lorsqu'on y regarde de plus près, on découvre qu'au pays de l'être humain, tout est possible, Nos chemins de liberté passent par le silence. Ils deviennent vie et explosent comme lumière ...

*

Aux sources du bonheur, il existe des affections qui se rencontrent en cascades d'eau vive et qui transportent la vie en rayonnements intenses. Tout est là en toi, prêt à jaillir, même si les voiles du chagrin camouflent momentanément la route où nous cheminons.

*

Qu'est-ce que la Vie, sinon un souffle envahissant, une renaissance de tous les instants, qui submerge tout, dans un immense élan de joie, une espérance d'aimer à visage fidèle, un serment de paix et de bonheur ! La Vie, c'est un bel oiseau blanc, aux ailes largement déployées dans l'azur des matins clairs.

*

Au fond, c'est simple ... Comme la marée ramasse avec respect ce que le flux de la vague lui apporte, penche-toi et regarde. Alors; tu verras que dans les courbures des épaves burinées par tant de périples marins, elles aussi ont souffert des brûlures du soleil et du vent. Mais, ô merveille, elles laissent déjà deviner l'œuvre d'art qui n'attend qu'à être dévoilée par les mains d'un artiste créateur. Il en va ainsi de l'Amour ! Va, n'aie plus peur ! Il t'attend quelque part et il désire qu'en sa compagnie, tu deviennes l'œuvre d'art qui se cache dans ton cœur si rempli de tendresse... Je vois déjà ton sourire. Il est plein de promesses.

*

- Aimer, c'est pouvoir comprendre le sens qu'il faut donner au don de soi. C'est lui accorder toute l'importance qu'il est en droit de recevoir en échange ... Et son importance se fait surtout sentir lorsque la vie nous offre son pouvoir de création, son pouvoir d'exister, d'aimer et de comprendre.

- Tu me demandes où en est ma vie? C'est une question à laquelle j'aimerais bien pouvoir répondre. Au large de mes paysages secrets, ses sirènes m'ont envoûté, le temps d'une unique rencontre. Et aujourd'hui, alors que l'heure des confidences est venue, je les sens veiller. À fleur de vie et d'amitié purificatrice, je prends de plus en plus conscience que notre rencontre, à la ligne des marées, retrouve sa fugue oubliée dans le temps...

*

On ne manipule pas les souvenirs sans une certaine précaution. Ils peuvent si facilement se briser sous nos doigts malhabiles...

*

- C'est vrai, c'est terrible de douleur, une déchirure. Ce n'est pas incisif comme une coupure. Non ! Une déchirure, ça écorche, ça brûle, ça saigne et ça laisse de bien belles cicatrices. Alors, imagine, Étienne, une vie écorchée, déchirée et qui n'en peut plus d'écouter ses complaintes, tristes comme des musiques d'automne, perdues au fond de ses rêves brisés...

*

"J'ai beau fermer les yeux, regarder intensément mes propres obscurités, mes propres défaites, mes propres douleurs. Je crois que je ne parviendrai jamais à imaginer l'ampleur que pourrait revêtir au creux de mon âme le cristal vivifiant de la vie retrouvée. Que de morts j'ai dû distribuer en moi pour échapper ainsi à la lumière ! Et pourtant) je sens bien qu'elle scintille à fleur d'aurore, non loin de cette nuit obscure où je chemine..."

*

- Qu'en est-il de naître, d'aimer et de mourir ? Souvent, la vie est à peine entamée, les fruits mûrs n'ont pas encore été croqués. Épris de pureté à n'en plus finir, il nous faut terminer notre chant, sans avoir pu le déposer encore, en toute quiétude, dans la chaleur d'une présence ...

*

La solitude ressemble étrangement à une ombre qui mugit, entre deux battements de cœur, entre la perte du regard dans un indéfinissable espace, où des fleurs avides de soleil tentent de comprendre ce qui leur arrive et pourquoi la lumière n'est plus au rendez-vous... Un mugissement d'ombre, la solitude! Comme elle est belle, n'est-ce pas cette image...

*

Quand l'amour revêt le visage de la certitude, il marche à grandes enjambées en laissant des traces à suivre, fidèles comme des ombres qui connaissent ses secrets. Décidément, nous avons tant à apprendre encore...

*

- En ce moment, au front de mes confidences de vieil homme, mon lointain brille proche dans ma mémoire vive. Je réalise avec beaucoup de fierté que c'est en sa compagnie que j'ai tenté humblement dc chanter cc pays dc Gaspésie que j'aime tant. J'ai voulu dire combien c'est important d'y aimer, d'y vivre et d'y mourir. Tout ce que j'ai pu réaliser pour que notre culture puisse se perpétuer et fleurir davantage, je l'ai accompli avec une grande et légitime fierté au cœur, fondamentalement affecté par mon passé, dont je porte en moi, sciemment ou inconsciemment, les traces indélébiles ...

*

- Quel beau privilège que celui de pouvoir s'arrêter et rendre grâce pour ce bel aujourd'hui ! L'air est pur et beau. Nos visages s'éclairent dans la lueur éclatante de cette magnifique fin de jour. Il n'y a plus de mots quand nos yeux se ferment et s'habillent de la douceur des souvenirs. Toute peine se tait. Tout bonheur s'irradie. Nous sentons suinter l'onction à l'orée du bonheur ...

*

- Remercier quelqu'un, c'est toujours difficile. Nos élans de cœur perdent leurs moyens. Pourtant, c'est si simple de laisser jaillir nos symphonies en de grandioses mouvements de reconnaissance. Étienne, tu es venu à ma rencontre dans la douce chaleur de l'été. Et jour après jour, nous avons laissé libre cours à nos réflexions réciproques. Et ce rappel de mes souvenirs recommence sans cesse à vibrer en cadence au piano noble de ma mémoire ...

*

"La vie, ça ressemble à un beau pays chargé d'histoire ... Dans mon cas, à chaque fois que j'entends l'offrande des mots s'ouvrir à mon cœur de poète, sa voix s'habille d'un reflet gracieux, suave, comme si mon paysage de vie se remplissait d'été et voulait se raconter à tout prix ..."

*

Tout s'éclate dans la paix du soir. Chaque parcelle de la nature s'harmonise en de pieuses notes. La forêt fait entendre ses cors, l'air son violon, l'océan sa contrebasse et le ciel son violoncelle... Tout ce mystère est si limpide! Le cosmos demeure toujours inviolé. Car ce soir, Dieu écoute de la musique...

Tout remue, tremble, vibre, chante et danse, comme si je devenais un éternel musicien au cœur de l'orchestre et de la vie... Ma musique intérieure se laisse découvrir. J'entends les harmonies sacrées de toutes les personnes rencontrées dans ma vie. Dans son rythme, ô merveille unique, bat également l'appel de leurs prières...

*

Écrire, livrer notre pensée au fil du cœur, accepter le partage avec ce lecteur inconnu qui a tant besoin de nous et qui, à sa manière ramasse les fruits abondants de l'amour ... Ils ne demandent que le temps d'une récolte ...

*

C'est ainsi, la Vie... Nous partageons sans cesse nos joies, nos peines, nos secrets. Et c'est bien. Par contre, quelquefois, nous parvenons quand même à toucher l'azur. Alors, nous comprenons un peu mieux ce qui nous tourmente quand s'ouvre tout grand le livre révélateur de la solitude.

*

"Il en va ainsi de la vie. Qui d'entre nous, un jour ou l'autre, n'a pas songé un instant à l'immortalité, à un monde sans âge, sans frontières, aux souvenirs vivants dans la mémoire humaine. Tiens, ouvre ce livre, écoute ton cœur et tes souvenirs. Enseigner la sagesse de la vie, cela ressemble beaucoup à un ferment indiscutable de résurrection dans la pâte humaine ... "

*

- Vous savez, monsieur Jérôme, éduquer, instruire, guider, c'est d'abord faire acte d'humilité ct d'amour. Puis laisser doucement parler ses voix intérieures pour qu'elles se transposent ensuite dans le cœur des enfants. C'est là une bien grande mission, dont l'univers s'ennoblit d'immenses richesses: les sentiments d'abord, mais surtout un grand héritage à transmettre sans délai.

*

- Je crois que je n'ai guère de mérite après tout. En éduquant, j'ai transmis aux enfants le chant de force de ma captivante Gaspésie, perdue dans les brumes du nord mais toujours drapée des voiles de nos légendes et de nos traditions. Elles constituent les notes de sérénité dont nous avons tant besoin, en ces temps de grisaille et de questionnements de toutes sortes.

*

- À votre humble manière, monsieur Jérôme, vous avez été le chantre d'une contrée lointaine, battue par les vents de la mer et de l'histoire. Dans le cœur des enfants, vous avez laissé d'incroyables impressions, vibrantes en appels réitérés de la terre où ils ont vu le jour. Votre regard neuf les a chantés, modulés, rythmés, à travers une vision spontanée, issue de la méditation et de la simplicité de vos gestes. Puis, vous les avez inscrits dans le vrai silence de l'esprit, dépouillé de tout bavardage inutile.

*

- N'oubliez pas : entre ciel et terre, il nous est toujours possible de franchir les barrières de l'espace et du temps, tout en restant suspendus à nos rêves. L'important, c'est qu'ils ne perdent jamais leur candeur d'autrefois...

*

"Que faut-il donner pour comprendre le mécanisme du bonheur et le rendre accessible ? Pas grand-chose : juste un peu d'amour, un brin de sagesse et de liberté confiante. Puis, emballer le tout dans un immense baluchon d'espérance."

*

Oui, je suis Poésie... Oui, je veux conquérir le monde afin de mieux le rebâtir ensuite... Je suis une femme libre, nue dans mes pensées, mais si présente dans mes gestes... Je suis libération de paroles vivantes. Dans mes élans créateurs, à travers mes lèvres et ma chair nue, je chante mon pays à tue-tête, un pays rêvé, un pays à faire, un pays qui foisonne et s'éclate dans le réel des jours, dans la lueur magique des mots...

Je suis Femme-Poésie depuis la nuit des temps, digne, mais sans prétention ... Ma vie n'est que chants lyriques, mots irisés de lueurs d'aubes anciennes ... Et leurs dessins, écrits dans le temps, promènent leurs passions, en reflets de diamants dans nos regards avides...

*

À travers mes passages voilés, ma vie se lit dans un respect réciproque, même si mes avenues sont parfois incompréhensibles, même si, après tant d'années, ma raison d'être t'échappe encore... On me dit poète ... Comme pourraient l'être un vieil homme au seuil de la sagesse, un soleil de pénombre, un poème griffonné par hasard, une pensée illuminatrice, un te1nps de soupir, un chant dans le vent, une mélodie d'oiseau, un matin de printemps, un secret écouté religieusement, une symphonie nouvelle un jardin intérieur, un exquis parfum qui oint la tête, une fragrance de fleur en orgie de lumière... Je suis la Poésie livrée pour vous...

*

Viens, entre dans mon âme, ma belle et tendre amie d'aurore... Déposes-y l'amour en une chaude caresse... Le temps presse, vois-tu et les années passent si vite !

*

Point par point, ma vie se mesure et frémit encore, en une vie, une route de sagesse, une colline, un au revoir...

*

- Je garde la conviction profonde que vous êtes habité par cette vertu essentielle qu'on appelle la sagesse de vivre. Elle est omniprésente dans vos propos et vos confidences. Elle suinte de votre cœur et jaillit ensuite comme une source d'eau pure et désaltérante.

*

- En fait, tout simplement, vous m'avez appris que la sagesse passe par cette route qui nous permet de comprendre la grandeur de l'âme humaine, dans ses défaites comme dans ses victoires…

*

LIVRE QUATORZIÈME

Le petit garçon qui cherchait son âme – roman – 2007

*

-

"Quand je n'étais qu'une masse informe, tes yeux me voyaient, et sur ton livre étaient tous inscrits les jours qui étaient déjà fixés avant qu'aucun eux n'existe."

Extrait - Psaume 139

*

Nicolas Racine fonçait tête baissée dans sa vie bourdonnante. Il était conscient que les pages tournaient déjà très rapidement et que ses lignes tracées étaient remplies d'une intense lumière. Avec une naïveté presque déconcertante, il pensait qu'il lui suffisait simplement de croire en la vie pour que la réussite et l'amour prennent la route du même rendez-vous.

*

- Vous comprenez, monsieur Racine, que ce sont des jeunes gens dynamiques et volontaires comme vous que notre compagnie recherche. Si vous le voulez, avec vos compétences, je puis vous assurer que vous allez pouvoir gravir très rapidement les échelons de notre organisation. L'informatique, vous vous en doutez bien, c'est le monde de demain.

*

- Votre nouvelle charge vous amènera à vous déplacer d'un océan à l'autre. A titre d'adjoint, vous serez appelé à rencontrer le personnel qui œuvre dans nos magasins et nos vastes entrepôts. Êtes-vous prêt à assumer ces nouvelles responsabilités, même si elles devront obligatoirement perturber votre vie familiale ?

*

Au moment où il vit Élaine Ramsey se pointer dans sa direction, après avoir obtenu son breuvage, il comprit que le moment était venu de faire plus ample connaissance. Avec détermination, il s'avança d'un pas ferme, presque sûr de lui.

- Mon nom est Nicolas Racine. Et je termine bientôt mes études d'ingénieur. Enfin !

- Élaine Ramsey, enchaîna-t-elle, tout en observant la finesse mêlée de force qui se dégageait de la main qu'elle venait de serrer. Je complète ma maîtrise en administration des affaires.

*

- Décidément, il n'est jamais bon d'aller trop vite en affaires. Prendre le temps. Voilà une stratégie sûre.

Avant de s'asseoir, d'un élégant geste de la main, Élaine Ramsey releva une mèche blonde rebelle et le gratifia d'un lumineux sourire.

*

- Tu sais, souvent, on perd du temps à vouloir expliquer l'essentiel de l'amour, quand il opère son intrusion. L'important, c'est de ne pas perdre la tête. Il est tellement relié en nous de façon intime, qu'il serait bien prétentieux de notre part de vouloir en fixer les frontières ou les balises.

*

- Dire je t'aime peut paraître aisé et facile. Mais, parfois, pour pouvoir l'exprimer, nous nous croyons obligés de prendre de grandes précautions et de longs détours. Nous nous aimons, n'est-ce pas un sentiment extraordinaire !

285

*

La nuit commençait à déployer ses ombres, témoin silencieux de ce pouvoir mystérieux de l'amour qui s'enracinait profondément dans ces deux êtres, plein de son mystère, comme une aube naissante en cette fin de jour.

*

- Oh, simplement que si on sait la regarder honnêtement, la vie se laisse caresser, en fusant de partout. Et son mystère se révèle parfois bien limpide, à qui veut le constater.

- Oui, tu as raison. La vie, le travail, le bonheur, tout cela constitue un bien bel idéal à atteindre, à condition que tout tourne rondement. Actuellement, je crois bien que c'est notre cas, si j'en juge par la vitesse avec laquelle nous évoluons, toi et moi.

*

- En revenant à la maison, tu m'as posé une question. Elle mérite une réponse sensée et sérieuse, et j'aimerais y répondre. Donner la vie à un enfant, il n'y a rien de plus beau et légitime, cela va de soi. Mais as-tu pensé aux conséquences que cela occasionnerait pour l'essor que nous voulons donner à nos professions respectives ?

Nous avons placé la barre bien haute, toi et moi. En trois ans, nous avons franchi des pas de géant dans la montée des affaires des deux compagnies qui nous font confiance. Alors, tu comprends. La venue d'un enfant viendrait drôlement bousculer les données établies. C'est même impensable d'y songer.

*

- C'est vrai que notre vol est vertigineux. En effet, notre façon de vivre ne nous permet pas encore ce genre d'exercice, lui avait-elle dit avec franchise. À bien y penser, je crois que tu as raison. Un enfant, ça dérange, ça contrecarre, ça exige beaucoup. Mais... ça aime tellement aussi! Il ne faudrait pas qu'on oublie ce précepte, tu sais.

*

- Pourrions- nous aimer un enfant comme il convient, si le destin nous en chargeait ? Avec nos vies occupées à cent pour cent, je ne saurais rien garantir à ce sujet. Alors, tu comprends que... enfin... C'est l'évidence même. Tout bouleverser de nouveau et changer notre rêve de vie ou, encore, garder le *"statu quo"* et laisser la vie suivre son cours? Je ne sais plus.

*

- J'ai la nette impression que nous connaissons un bonheur de vivre qui n'est pas banal, même si notre rythme de vie est passablement accéléré. Tout ce que je souhaite, c'est qu'il dure indéfiniment. Il y a un proverbe qui dit: *"C'est trop beau pour être vrai."* Il va sûrement arriver quelque chose Nicolas, dis-moi, serait-ce qu'un bonheur comme celui que nous connaissons, en de pareils moments, ne possède qu'une durée limitée? Se pourrait-il que notre beau rêve se terminera peut-être bientôt ?

- Oh, tu sais, le bonheur, c'est un mot tellement galvaudé de nos jours. Au risque d'utiliser une formule connue, nous en sommes un peu, beaucoup, les responsables. Je crois qu'en naissant, involontairement peut-être, nous en acceptons les données, à notre manière. Et ce pacte de vie que nous signons, il n'en tient qu'à nous d'en devenir les artisans.

*

- Ah, ma chère petite ! Ma tendre amie ! Ne doute jamais de moi, je t'en prie ! Je t'aime tant moi aussi que, si un tel malheur m'arrivait, je crois que je n'y survivrais pas...

*

Visiblement, quelque chose tracassait Élaine. Un indéfinissable malaise l'habitait depuis quelque temps. Elle ne parvenait pas à l'identifier. Cela lui apparaissait comme une espèce d'appréhension étrange que son organisme se transformait littéralement. De plus en plus, une certitude absolue s'était installée dans sa tête. Une nouvelle vie naissait en elle et elle risquait fort de bousculer étrangement sa vie et celle de Nicolas.

*

- Heureusement que les enfants sont là, lui dit alors Isabelle. C'est le plus beau cadeau que la vie pouvait me faire. Je me considère comme une épouse comblée et heureuse. Tout ce que je souhaite, c'est que notre bonheur familial puisse continuer ainsi. Mes enfants sont en bonne santé. Tout va bien à l'école et... en amour aussi, ajouta-t-elle, un brin de sourire dans les yeux.

*

- Isabelle, si je vous pose ces questions, c'est pour comprendre un peu plus la complexité de ce dossier. Votre expérience de la maternité n'est pas banale ...

*

- Eh bien, je dirais presque qu'un sixième sens se met en branle, quand la conception s'opère en nous. Nous développons une sensibilité accrue à tous les petits riens de la vie. Tout se passe comme si, soudainement, nous devenions conscientes qu'un mystère commence à naître et que nous devrons y accorder désormais toute notre attention, notre tendresse et notre vie.

*

- Où en sommes-nous rendus, mon Dieu, dans notre relation de couple? Qu'avons-nous accompli de vraiment nécessaire dans notre vie jusqu'à maintenant, Nicolas et moi ? Nous n'avons pas encore pris un temps d'arrêt pour en dresser le bilan. J'ai l'impression que nous tournons sur un manège incessant, qui répète toujours les mêmes rengaines. Nos vies sont égoïstes, imbues d'elles-mêmes, axées sur des valeurs que nous avons jugées non négociables. Et pourtant, la naissance d'un enfant, sans contredit, c'est le plus beau mystère qui existe et qui ne demande qu'à faire éclater la vie en pleine lumière.

*

- Au tout début de notre relation, nous étions déjà largement convaincus que nos carrières prendraient un essor considérable. Dans ce cas, la venue d'un enfant au sein de notre couple devenait impensable. Nous avons donc décidé de ne pas en avoir, qu'un tel événement dans notre vie perturberait nos plans et notre démarche commune.

*

- Nous avons fait preuve d'un sacré égoïsme, tous les deux. Un égoïsme voulu, étudié et savamment dosé. Et aujourd'hui, nous croyons ou, du moins, nous avons l'impression que nous avons gagné notre gageure de vie: l'aisance financière, nous avons réuni tous les ingrédients qui rendent les gens apparemment heureux. Mais ce n'est pas le cas actuellement ... Du moins, en ce qui me concerne.

*

- Merci infiniment. À présent, il me semble que je sais un peu plus où je me dirige. Vous savez, résoudre un épineux contrat d'assurance, cela ne constitue pas un problème pour moi. Mais pouvoir gérer adéquatement ses propres angoisses, ça, c'est autre chose. Votre aide m'éclaire énormément, docteur Racine.

*

- Ma rencontre avec Nicolas, l'homme qui partage ma vie a été presque providentielle. Tous deux, nous étions sur la même longueur d'ondes. Alors épouser ses foulées devint très facile pour moi. Je n'attendais pas autre chose de la vie, qu'une rapide montée dans le monde des affaires.

Nous y sommes presque arrivés, à présent. Et pour ce faire, nous avions conclu un pacte tacite: ne pas avoir d'enfants ...

*

- Cependant, si vous deviez en arriver à penser à un avortement comme solution dans votre cas, croyez bien qu'une décision aussi sérieuse peut entraîner de lourdes conséquences. On ne peut traiter cette question à la légère. Mais, cependant, la liberté du choix vous appartient. Personne ne peut intervenir dans votre décision. Tout ce que nous pouvons faire, c'est vous conseiller le mieux possible.

*

"On ne peut traiter cette question à la légère. Mais, cependant, la liberté du choix vous appartient."

"La liberté du choix vous appartient." Ah, si seulement Nicolas pouvait comprendre, là tout de suite, que cette étincelle de vie en moi a des ailes, qu'elle peut voler, toute blanche, comme si le ciel s'habillait du plus beau rêve du monde... Mais, ce que j'appréhende, c'est plutôt une vague de dépit, une grande déception, qui risque d'entacher l'amour qui nous unit. Comme j'aimerais qu'il le sache déjà, que le temps fasse un saut en avant et redevienne au beau fixe !

*

- Je me sens comme un miroir qui réfléchit les réflexions du médecin. C'est étonnant ce que les mots et les idées peuvent revêtir de force, quand ils le veulent et susciter nos réactions les plus profondes, se dit-elle. Puis, tout doucement, elle ajouta, comme si elle s'adressait tout bonnement à son enfant en devenir:

- C'est quand même dommage que nous ne puissions jamais envisager les choses de la vie avec certitude. En fait, nous ne l'avons jamais. Oui, jamais on ne sait ni où ni quand les choses se terminent. Tout n'est qu'une question de volonté réciproque. Ou d'amour peut-être... Qui pourrait bien le savoir ?

*

- Il est là. Il vit et communique avec moi. Comment alors ne pas être bouleversée par un tel mystère, se dit-elle, en s'essuyant les yeux. Le seul fait de lire le mot avortement me donne envie de vomir. Je crois que jamais je ne pourrai m'y résoudre, même si tel était le désir de Nicolas. Je connais tellement ses prises de position à ce sujet. Qu'adviendra-t-il alors de nous deux, de nos rêves communs, de notre amour ?

*

Lorsque Nicolas entra dans l'ascenseur pour descendre à la salle à manger, il aperçut un petit garçon blondinet d'environ six ans, accompagné d'un adulte qu'il jugea vraisemblablement être son père. Le garçonnet l'avait accueilli avec un éclatant sourire, comme seuls les bambins de cet âge en sont capables. Surpris et à la fois amusé de cet accueil si lumineux, il lui rendit la politesse avec beaucoup de douceur. Lorsque l'ascenseur s'arrêta, l'enfant lui envoya un salut de la main, avant de filer vers la sortie.   Étonné par cette rencontre fortuite, Nicolas prit le temps de regarder dans sa direction, tout en se disant :

- C'est étrange, cette rencontre...

*

"Comme ça tourne en coup de vent, le bonheur," pensait Élaine. "Un jour, c'est l'amour. Et, le lendemain, c'est l'estime de soi qui en prend pour son rhume, quand surviennent des événements inopinés... "

*

- C'est la même histoire qui se continue toujours. Oui, la même histoire. Même si nos deux vies ne constituent qu'un va-et-vient continuel, Nicolas accorde de plus en plus d'importance aux voyages.

Quant à moi, je n'ai pas le loisir de trouver des moments qui justifient une telle fébrilité dans nos rapports de couple. Y aurait-il vraiment place pour une vie de famille potable, au milieu de ce brouhaha de nos vies ? L'essentiel, l'amour, est-ce que ce serait mieux que l'on arrête carrément d'y penser ? Ce serait peut-être beaucoup mieux ainsi.

- Non, ce n'est pas de cette façon que l'on va résoudre le problème... heu ... ou plutôt cette situation, se dit-elle. La vérité n'admet pas de réplique. Mais on tente bien souvent de la nier.

*

- Comme nous sommes heureux, lorsque nous nous retrouvons dans la chaleur de cette maison, n'est-ce pas, Élaine? Déjà, nos souvenirs s'y installent.

- Oui, tu as raison, Nicolas. Mais, tu sais, il faut faire attention que tout ce beau bonheur, comme tu l'affirmes, ne s'envole trop vite. Quelquefois, il arrive que la vie exige de nous que l'on en tourne les pages assez abruptement...

*

- Ne t'en fais pas, Nicolas. C'est un phénomène propre aux femmes enceintes que celui-là. Il faudra bien que tu t'y habitues désormais ...

*

- Nicolas, tu sais combien je t'aime. N'en doute jamais... Mais, au début de notre rencontre, alors que nos carrières respectives prenaient leur essor, nous avons placé la barre bien haute tous les deux. Mais, seulement, voilà... Même le plus beau contrat mutuel du monde, l'entente réciproque la mieux ficelée peut révéler parfois une faille qui vient contrecarrer nos projets. En ce qui nous concerne, la faille s'est produite au cours de mon voyage à Paris, il y a quelques mois. Je me suis trompée lourdement. C'est ma faute. J'éprouvais tellement le désir de te serrer dans mes bras ! Je le sais et je te le répète, j'ai été imprudente ... D'une certaine façon, je n'ai pas respecté notre pacte.

*

Depuis deux jours, il tentait, tant bien que mal, d'assumer cette co-responsabilité avec courage. Mais il avait plutôt conscience de ressembler étrangement à un coureur de marathon en fin de parcours, qui voudrait bien s'arrêter, mais qui savait fort pertinemment que, s'il prenait, ne serait-ce que le moindre moment de repos, il lui serait bien difficile de repartir.

*

- Et pourtant, j'aurais toutes les raisons de me réjouir, de me rapprocher davantage de cette femme extraordinaire qui partage tout avec tant d'amour. Que se passe-t-il donc pour que la vie me noue si soudainement le cœur ? Ma vie... Je ne pourrais si bien dire, maintenant. Et celle de cet enfant, est-ce que tu y as pensé ? Ou bien, Nicolas, serait-ce plutôt que tu songes à l'éliminer de la course, qu'un avortement propre, aseptisé, exécuté dans les règles et accepté mutuellement viendrait clore le débat, que tout redeviendrait comme avant ?

*

Soudainement, il repensa alors au rêve qu'il avait fait la nuit précédente. L'enfant blondinet aperçu dans l'ascenseur de son hôtel de Vancouver et dont le sourire énigmatique l'avait si fortement impressionné était revenu le hanter. Mais cette fois, au lieu de lui sourire gentiment, l'enfant lui avait carrément tourné le dos, comme si toute communication était devenue impossible entre eux.

*

- Et si ce rêve revêtait l'image inconsciente de ce que je suis en train de vivre maintenant ? Oui, l'image d'un homme à qui la vie sourit

293

abondamment, qui navigue vers le bonheur, sans aucun nuage à l'horizon, un monde tenu bien en mains. Puis, tout à coup, sans avertissement préalable, le rêve se serait trans- formé subitement, comme un ciel se couvre de nuages, comme l'image d'un homme qui pénètre dans un monde inconnu, où toute communication est inexistante ...

*

- Et si c'était moi, cet enfant ? Ce serait tellement dérisoire si je refusais ce constat pourtant si évident... Nous progressons parfois si lentement quand il s'agit de notre propre conscience. Nous laissons les événements nous guider, tout en voulant récupérer ce qu'il y a de bien et de bon dans les êtres que nous côtoyons quotidiennement. Et... souvent, nous agissons avec tellement d'égoïsme et de désinvolture. Tout nous semble permis. Nous n'avons plus conscience que nous faisons tous partie d'un même voyage. Nous refusons d'accomplir, chacun à notre manière, une partie du chef d'œuvre que nous sommes appelés à devenir, entre vivre et mourir...

*

À cet instant précis, il aurait voulu figer ce moment dans le temps et l'espace, sans se formaliser de graves questions existentielles. En somme, être heureux, tout simplement. Plus rien n'avait d'importance à ses yeux...

*

- Quand la vie décide de venir perturber nos consciences, elle n'y va pas de main morte. Que notre rêve d'espérance de vie et de carrière avorte, lui, passe encore. Mais que l'enfant que nous avons conçu dans un acte d'amour profond puisse être empêché de naître, ça, c'est une toute autre histoire...

*

- Regarde, Nicolas, tout cela, c'est vivant... C'est extraordinaire, n'est-ce pas ! Tout est promesse et vie. C'est merveilleux ! Et bien malin qui pourrait tenter de deviner le mystère profond qui se déroule dans les racines de chaque plant. Dans quelques semaines, nous aurons de magnifiques fleurs à admirer. Tout ce qu'elles demandent, c'est de l'eau et de la lumière...

*

Maintenant, l'heure de la vérité toute nue sonnait pour cet homme, assis là près de lui.

- Papa, je ... enfin, elle te l'a sans doute appris. Élaine attend un enfant. D'une certaine manière, c'est un événement inattendu, une surprise de taille. Nous avions pourtant tout prévu. Tout semblait réglé comme on ajuste fidèlement une horloge. Et... voilà que cet enfant ... enfin, ce début de grossesse vient tout remettre en question. Notre vie est perturbée. Il nous faudra planifier à nouveau, pour que notre situation redevienne comme avant...

*

- Nicolas, permets-moi d'apporter une légère correction. Tu as dit : Élaine attend un enfant. Ce n'est pas tout à fait juste. Tous les deux, vous attendez un enfant. Concevoir un enfant, c'est se commettre en un acte d'amour réciproque, comme une communion intime de deux êtres qui cheminent ensemble vers un idéal de vie à atteindre. Ce n'est pas un plan d'affaires que l'on signe ou un acte isolé que l'on pose pour assouvir une quelconque envie ou un désir passager. Un enfant qui demande à naître, c'est un ferment d'amour qui scelle la vie et lui permet de s'épanouir pleinement. Voilà pour la leçon de morale.

*

- Vous avez le choix : d'un côté, une vie à venir et à combler. De l'autre, une vie à continuer, une existence commune à poursuivre par les mêmes chemins, en accomplissant les mêmes tâches, en côtoyant les mêmes personnes, les mêmes visages, en entendant les mêmes propos s'échanger dans d'interminables discussions d'affaires. Et vous vous en sortirez, à chaque jour, un peu plus morts de vivre déjà. Nicolas, la vie vaut bien plus que cela! Et la petite Élaine a tant besoin de toi !

*

- Tout a si soudainement basculé, Élaine... Je ne sais vraiment plus où j'en suis. Fort heureusement, mon entretien avec mon père s'est avéré très positif. C'est un homme d'une grande sagesse. Je suis bien chanceux qu'il soit encore là pour me conseiller. En sa compagnie, il me semble que tout est si facile et limpide.

*

- Nicolas, dis-moi franchement, est-ce si difficile de dire oui à la vie ? Tu sais, l'avortement, c'est une solution que nous devons envisager sérieusement. Mais, en même temps, c'est une question tellement remplie de doute et d'incertitude! Plus j'y pense, plus je sens mon esprit s'obscurcir et se torturer, à la seule pensée que je serai responsable de la décision prise, au détriment de l'enfant en toi. Alors, tu comprends qu'il me faut du temps ...

*

- Nicolas, c'est indéniable que tu sois très concerné par cette question et que tu exiges du temps pour réfléchir. Mais c'est moi, Élaine Ramsey, c'est moi, dans mon être total, présent et futur, qui est ici drôlement concernée. Il s'agit de mon corps, de mon âme et de mon existence. C'est de tout cela dont il est question, quand nous parlons d'avortement. C'est moi qui devrai encourir tout ce qui, en principe, pourrait nous relier à la naissance de notre enfant. Quant à l'autre solution, eh bien, je vais t'emprunter les mots que tu m'as dit tout à l'heure, Nicolas, il me faut du temps, moi aussi. Quant à toi, il ne faudrait surtout pas que tu oublies que c'est aussi ton enfant...

*

- Si seulement il m'était donné de contempler uniquement la vie devant moi, comme un marin qui voit venir le naufrage pour mieux pouvoir l'éviter ... Allons ... Le découragement n'a jamais rien réglé. Accroche-toi, Élaine. Te voilà en face de toi-même, de ta conscience et de la vie qui bat en toi. Il n'y a pas beaucoup de place pour les compromis qui blessent et qui tuent...

*

- Tu vas peut-être penser que je me sens indispensable. Mais, tu sais, c'est aussi difficile pour moi. Je suis responsable à part égale de tout ce qui nous arrive. Élaine, qu'adviendra-t-il de cet enfant ? Nos deux vies sont entièrement vouées aux affaires et tout retour en arrière est devenu presque impossible. La présence d'un père et d'une mère dans la vie et le développement d'un enfant, c'est un facteur essentiel et indéniable. La solution de l'avortement je la vois comme une possibilité. Mais, en y réfléchissant, je puis t'assurer qu'à chaque fois, j'ai senti mon cœur se partager en deux, se briser en quelque sorte. Cependant, comprenons-nous bien: j'ai dit : comme une possibilité et non comme une solution irrévocable...

*

- Oui, tu as raison. Un enfant a besoin de la présence de ses parents. C'est bien là le nœud de l'histoire. Tout est si bouleversé soudainement. Une telle décision doit d'abord pouvoir se justifier vis-à-vis de nous-mêmes, pour que la paix s'installe, une fois le fait accompli ou le geste achevé. Soulager notre conscience, ce n'est guère facile, surtout quand il faut analyser nos sentiments ou, plutôt, les refouler... Refuser de devenir père et mère, renoncer, en somme, à une vie de famille normale, fondée sur l'amour, c'est faire preuve d'un sacré égoïsme. Et lui, l'amour, il ne demande pas la permission pour tuer la vie en nous…

*

- Il commence à se faire tard … Si nous remettions cette discussion à demain. Tu dois être passablement fatiguée!

-Non, Nicolas! Pas demain! Il nous faut prendre une décision dès ce soir! Nous avons déjà trop attendu! L'avortement, ce n'est pas aussi simple qu'un jeu! Même si, à tes yeux, cela pourrait peut-être y ressembler... C'est très facile, un avortement. Un mauvais moment à passer et hop ! Tout est accompli. Plus rien … Plus de trace de ce qui fut... Le vide complet... En informatique, on appelle cette fonction: DELETE, tu connais ? Au risque de me répéter, je me considère comme une femme libre de mes actes. Je suis libre de disposer de mon corps comme je l'entends. Le temps est maintenant venu de prendre une décision. En ce moment précis, je sens que mon corps, est en communication intense avec mon esprit et celui de l'enfant que je porte.

*

- Oui, c'est vrai. C'est vrai que tu es une femme courageuse, Élaine Ramsey. De tout mon cœur, je remercie le Ciel de t'avoir placée sur ma route. Et plus particulièrement ce soir. Je comprends encore davantage la pureté qui se dégage de tes sentiments et de ton amour pour moi. Oui, je suis un homme égoïste. Je l'ai été dans mes choix de vie. Et je t'ai volontairement entraînée aussi sur les mêmes routes... Je l'ai été dans mes gestes et encore plus dans mes pensées, lorsque tu m'as appris que nous attendions un enfant. Et cet égoïsme à visage mesquin, je l'ai fait valoir quand j'ai cru que la solution de l'avortement viendrait tout régler, comme s'il s'agissait simplement de claquer les doigts. Comme j'ai été bête !

*

- La route de Damas... Tu connais ? Depuis quelques jours, je lutte en vain. Je combats pour ne pas être terrassé dans mes valeurs. Et maintenant, elles m'apparaissent plus qu'incertaines. J'ai tellement peur de te perdre, Élaine ! Sans faire de bruit, tu as accepté mes données de vie. Et, dans un immense élan d'amour, tu es maintenant en mesure de les transmettre à cet être qui vit en toi, sans vouloir le rejeter, comme moi je désirais le faire. Pour donner la vie, tu es prête à sacrifier ta carrière. Comment ai-je pu penser le contraire ?

*

Soudainement, comme une ondée qui survient sans crier gare, au moment où elle alla prendre place dans sa voiture, elle se remémora ses réflexions de la veille, après avoir embrassé son fils de six ans, en lui souhaitant bonne nuit.

- Comme les années passent ... Déjà six ans, en effet...

*

C'était en juin '99. On ne peut oublier un moment de rêve qui devient réel et qui révèle son propre mystère en pleine lumière de la vie qui commence. Une seule zone d'ombre était venue entacher cet instant immuable de bonheur. Nicolas, l'homme de sa vie, l'homme qu'elle aimait, n'était pas là pour se tenir à ses côtés et partager avec elle ce moment inoubliable. À présent, elle se souvenait... Six ans, c'est une première tranche de vie, comme une page où l'on écrit ses pensées les plus secrètes. Au moment précis où elle avait tenu son petit garçon dans ses bras, elle lui avait murmuré doucement, comme on chuchote un secret:

- Tout ce que je te souhaite, mon petit enfant, c'est que ce jour s'inscrive dans ta mémoire et ton âme comme le moment le plus merveilleux de ta vie !

*

- Et Rémi, qu'est-ce qu'il dit, lui ?

Amusé, mais le regard un peu plus questionneur que d'habitude, le jeune garçon, observa un temps d'arrêt stratégique avant de répondre. Il observa la mine rieuse de cette femme qu'il aimait beaucoup. Il porta ensuite son regard vers Rémi, son ourson de peluche, devenu son inséparable compagnon, son confident secret, la voix de sa conscience.

- Je... ne... sais pas, madame Julie. Des fois, je lui demande quoi faire. Il me répond. Et il ne se trompe jamais. C'est bien drôle, des fois.

*

Jérôme prêta alors une oreille attentive aux propos du reporter du journal télévisé. *"Notre reportage d'aujourd'hui porte sur un sujet toujours très actuel dans la métropole. Surtout en ce mois d'octobre, où la température de la nuit commence à devenir passablement plus froide et humide. Il s'agit du monde étrange des sans-abri, des itinérants, comme nous les dénommons souvent. Notre reporter, Nick Lambert, a rencontré l'un d'eux. Nous vous présentons donc le résultat de sa recherche. "*

*

La caméra laissait voir l'image d'une rue délabrée et sombre. Puis, tout à coup, en un contraste frappant, un banc de parc, à l'ombre des grands arbres. Un vieil homme ressemblant à un itinérant, la barbe longue et les cheveux en broussaille y était assis, vêtu d'un vieux paletot. En un lent travelling avant, la caméra s'approcha et le journaliste Nick Lambert, le micro bien en main, avait pris place près du vieillard.

- Bonjour monsieur... Mon nom est Nick Lambert. Je suis journaliste pour la télévision. Accepteriez-vous de répondre à quelques simples questions ?

*

Lentement, le vieillard releva la tête en lui jetant un regard étrange. Tous ses gestes semblaient pénibles. Avant de répondre à son interlocuteur, il appuya doucement son dos voûté au dossier recourbé du banc. Intrigué par la lenteur de ses gestes, Nick Lambert l'observait avec intérêt. Son attention était surtout attirée par les mains de l'homme. Celui-ci n'avait de cesse de les frotter l'une contre l'autre, comme s'il voulait les réchauffer.

- Je vois que vous vous réchauffez les mains. Vous devez avoir un peu froid ?

*

- Que voulez-vous savoir au juste ? Non, je ne me réchauffe pas les mains. Je les garde en état d'alerte, c'est différent. Les mains, c'est comme le cœur. Un bon jour, ils s'arrêtent : l'un de battre, les autres d'aimer... Vous devez convenir avec moi que ce n'est pas de tout repos, des mains qui n'aiment plus ou bien qui ne parlent plus quand on les donne ou qu'on les croise. C'est tellement triste des mains qui s'ouvrent et donnent l'impression d'être vides... Moi, les miennes, quand je les frotte ainsi, c'est afin de les garder bien vivantes. C'est à peu près tout ce qui me reste, l'agilité de mes doigts. Ainsi, quand je les regarde, il me semble que ma vie devient moins triste... moins dure...

*

- Ce que je voudrais savoir, comme vous le dites, c'est que vous me parliez un peu de votre vie, votre parcours, enfin ce qui vous a amené à devenir itinérant ou sans-abri. C'est bien le cas, n'est-ce pas ? Vous me semblez un homme au discours passablement bien articulé, si j'en crois ce que vous venez de me dire. Ai-je raison ?

*

L'homme fouillait maintenant dans la poche de son paletot. L'instant d'après, il en ressortit un petit flacon. Puis, comme s'il s'agissait d'un geste bien normal pour lui, il dévissa le bouchon. Avant de porter la bouteille à ses lèvres, il s'adressa au journaliste.

*

- Vous permettez, monsieur. C'est mon carburant, vous comprenez. Si je veux répondre à votre question, il me faut mettre de l'essence. C'est bien important. Sans ce rituel, je ne sais pas si j'aurai le courage de retourner en arrière. Il y a des jours où cela me semble très difficile. Il porta la bouteille ses lèvres. D'une seule lampée, il en ingurgita le contenu. Puis, en s'essuyant du revers de sa manche, il poursuivit dans la même veine.

- Oui, difficile... Ou plutôt, difficile parce que trop douloureux. Jeune homme, ce que je vais vous confier, ce n'est pas une bien belle histoire... Voyez où cela m'a conduit. Et pourtant, elle aurait tellement pu le devenir ! Si seulement...

*

Il s'arrêta momentanément de parler. Puis, les mains jointes, la tête penchée, il continua son dialogue, en ouvrant largement les fenêtres de sa mémoire.

*

- Ah, le mois d'octobre... C'est un beau mois. Mais, pour moi, il signifie le commencement de la misère, les files d'attente et la dure réalité des nuits des refuges, où la souffrance côtoie la folie et la déchéance humaine...

*

- Alors, pourquoi avoir choisi ce genre de vie ? Avez-vous toujours été un être itinérant comme on est porté à le croire ou que vous l'êtes devenu par accident, peut-être ?

*

- Tout à l'heure, vous m'avez affirmé que je vous semblais articulé dans mes propos. Vous avez un peu raison. Je n'ai pas choisi de devenir clochard. On ne fait pas ce genre de choix délibérément. Les circonstances de la vie nous y amènent parfois, sans que l'on puisse s'y objecter de la moindre façon. Les lignes convergentes qui jalonnent notre destin sont déjà tracées quand on ouvre les yeux pour la première fois. Bien malin qui pourrait en changer l'ordre. Dans mon cas, une série de malencontreuses orientations aura suffi à en faire basculer le fragile équilibre...

- Qu'entendez-vous par malencontreuses orientations ?

- Oh, ce n'est qu'une façon comme une autre de décrire mon cheminement. Ma mère m'a élevé seule. Je suis d'origine polonaise. Je n'ai jamais connu mon père. Ila quitté ma mère alors que j'étais en bas âge. Notre vie ne fut guère facile, croyez-moi. Quand on commence à connaître le chagrin tout enfant, cela laisse des marques indélébiles. Mais le courage à toute épreuve de cette femme extraordinaire nous a permis de mener quand même une vie simple. Malgré tout, elle tenait à ce que je fasse des études. La musique m'attirait beaucoup. Alors, en travaillant durant de longues heures, elle parvint à me payer des cours spécialisés en violon, l'instrument que je préférais par-dessus tout. Un jour, voyant que je progressais rapidement, elle m'avoua` :

- Mon fils, lorsque tu termineras ton cours de musique, moi, je vais te faire un cadeau royal, je te le promets.

*

À l'évocation de ce souvenir, le vieillard se frotta de nouveau les mains, avant de poursuivre:

- Le jour tant attendu du concert de clôture arriva. Dans la salle de concert de l'école de musique, discrète, humble, comme à son habitude, elle m'écoutait, jouer le Caprice de Paganini pour elle. Ce jour-là, c'était son jour de gloire. Elle en avait rêvé depuis si longtemps! Il constituait, en quelque sorte, le couronnement de sa vie. De retour à la maison, elle me regarda d'une façon particulièrement intense. Puis, d'une voix tremblante d'émotion, elle me déclara :

- Je t'avais promis de te faire un cadeau royal si tu obtenais ton diplôme en musique et en violon. Eh bien, je crois que ce moment est venu. Je dois accomplir ma promesse. Attends-moi un moment.

*

Le vieil homme s'arrêta de nouveau, le temps de toussoter un peu. Puis, il reprit:

- Elle entra dans sa chambre. Je l'entendis ouvrir le grand coffre qui m'était toujours apparu bien mystérieux, puisqu'il lui venait de sa famille. Toujours fermé à clef, je n'en connaissais nullement le contenu.

*

De plus en plus intrigué, Nick Lambert écoutait, avec une attention soutenue, toute question lui apparaissant désormais inutile.

- Elle revint de la chambre, portant précieusement dans ses bras un vieil étui de violon. Son sourire éloquent se passait alors de commentaires. Elle me le tendit tout simplement en ajoutant:

- Le voilà, ce cadeau royal, Tomasz. C'est pour toi qu'il a traversé le temps. Il appartient à ma famille depuis de lointaines générations. C'est mon grand-père qui me l'a légué. Ouvre l'étui... C'est un violon signé Vuillaume 1897. C'est un instrument authentique du célèbre luthier français. Avec cet instrument, les portes du conservatoire vont s'ouvrir devant toi. C'est, en quelque sorte, ta carte de visite et l'héritage que je te lègue... Prends-en un soin jaloux. Et fais-moi la promesse solennelle que tu vas consacrer ta vie à la musique qui l'habite. Oui, ce violon possède une âme tellement précieuse qu'elle attend beaucoup de toi. Une âme, tu sais, ça vibre, ça bat comme un cœur et ça peut tellement devenir triste, si on arrête d'en prendre soin. Mais, par le biais de la musique, par sa beauté, Tomasz, ton violon la conservera, j'en suis sûre...

*

L'homme prit un temps d'arrêt, avant de poursuivre. Puis, lentement, il reprit ses propos.

- Après le décès de ma mère, les événements se sont bousculés. J'ai fait le conservatoire de musique. Par la suite, j'ai été engagé comme violoniste au sein d'une formation symphonique...

*

De nouveau, il s'arrêta de parler, hésitant à poursuivre sur sa lancée. La suite lui semblait bien pénible.

- Qu'est-il arrivé ensuite, monsieur Tomasz ?

- Les derniers jours de novembre étaient arrivés. Nous venions de donner le dernier volet de notre concert d'automne. D'un commun accord, mes amis et moi, avions convenus de fêter un peu plus que d'habitude, la fin de nos activités de l'automne et le grand succès remporté par le concert Mendelssohn. Réunis autour de grands pichets de bière, nous n'avions pas vu le temps passer, occupés que nous étions à rire et à festoyer. Nous étions jeunes et pleins de vie. Alors, lorsque le tenancier nous signifia qu'il fallait partir, la fiesta musicale se continua sur le trottoir. Mon *"Vuillaume"* sous le menton, l'archet allait et venait à un rythme endiablé. Tout à coup, la gigue aidant, je fis un faux pas et glissai sur une plaque de glace noire. En tombant, sans avoir pu, en aucune façon le protéger, j'ai écrasé mon violon en morceaux sous mon poids.

*

Le vieil homme, visiblement très ému au rappel de ce déchirant souvenir, ne pouvait plus parler. Il s'essuya les yeux de ses longs doigts. Puis, prenant son courage à deux mains, il finit par articuler:

- J'ai écrasé cet instrument magnifique, comprenez-vous ! Je lui ai enlevé sa vie propre, sa musique et sa raison d'être par mon étourderie, par une grave erreur de jeunesse... Ce jour-là, mon violon a perdu son âme... Et moi, je n'ai pu accomplir la promesse que j'avais faite à ma mère d'en devenir le dépositaire. Complètement ébranlé, étourdi par cette malencontreuse chute, je me rappelle en avoir ramassé les morceaux un à un, en les enfermant dans le vieil étui. Mes amis, eux, ne sachant que dire, m'avaient déjà tourné le dos...

*

Le vieillard se redressa et inspira profondément.

- Ce soir-là, dans mon modeste appartement de trois pièces, j'ai ouvert la porte du petit meuble contenant quelques bouteilles. Au hasard, j'ai saisi un flacon de rhum... Je crois bien qu'au moment où je l'ai porté à mes lèvres, moi aussi, j'ai perdu mon âme, cette nuit-là...

*

Le regard dans le vague, l'itinérant cessa soudainement de parler. Désormais, tout semblait dit, comme une histoire qui s'évanouit…

*

Les yeux fixés sur l'écran du téléviseur, Jérôme semblait hypnotisé par ce qu'il venait d'entendre. Durant le visionnement de l'émission, il avait tenu son ourson Rémi contre lui, en l'entourant de ses deux bras, comme s'il voulait le protéger.

- Rémi, monsieur Tomasz, tu l'as entendu toi aussi. Il a dit qu'il a perdu son âme. Oui, il l'a dit. Tu l'as entendu, n'est-ce pas ? L'enfant regardait fixement son ami de peluche, aux yeux vides d'expression, comme s'il eût voulu qu'il lui réponde.

*

Quant à Jérôme, il était allé chercher son sac d'écolier et en avait tiré un dessin qu'il avait exécuté pour elle: une maison avec des arbres, un tout petit soleil et des enfants qui jouent. Mais, tout en retrait, assis sur un petit banc, un enfant seul.

- Jérôme, pourquoi il est seul, le petit garçon sur le banc ?

- Bien, maman, le petit garçon, il est comme moi. Il est seul pour jouer. Et il n'a pas beaucoup d'amis. Et lui, là, il n'a pas de Rémi pour parler avec, comme moi. Mais, tu sais, je ne pense pas qu'il est triste, le petit garçon. Ça fait que...

*

En signe d'évidence, Jérôme plongea son regard dans celui de sa mère en haussant les épaules. Puis, en saisissant son animal de peluche, il vint s'asseoir en face d'elle. Alors, en encadrant son visage avec ses deux mains, à brûle-pourpoint, il lui confia :

- Maman, moi là, des fois, je me sens triste un peu ... Il hésita un court instant. Moi là, quand je suis triste, est-ce que c'est parce que je l'ai perdue moi aussi, mon âme? Maman, c'est quoi, une âme ?

*

- Mais voyons, Jérôme, que signifie cette réflexion ? Où as-tu entendu cela ?

- J'ai entendu un vieux monsieur tout à l'heure, à la télévision. Il a raconté qu'un soir il a cassé son violon en glissant sur le trottoir et qu'il avait perdu son âme. Il était triste parce qu'il ne pouvait plus jouer. Et le pire, maman, c'est que le monsieur aussi il a perdu la sienne. C'est ce qu'il a dit.

- Jérôme, un petit garçon plein de vie et intelligent comme toi ne peut pas perdre son âme, voyons ! Ton père et moi, nous t'aimons trop pour laisser quiconque te faire de la peine Ne t'en fais pas. Elle est là, bien au chaud, dans ton cœur et dans ta tête. Voilà pourquoi tu ne peux la perdre sans raison.

*

Mais elle avait beau se le répéter, elle n'arrivait quand même pas à s'en convaincre profondément. Cette réflexion lancée par son fils la faisait rentrer en elle-même, presque contre son gré, comme si la vie lui demandait soudainement des comptes.

- Pourquoi cela m'interroge-t-il aussi étrangement? Venant d'un enfant modèle comme Jérôme, je me sens plutôt soulagée de la justesse de sa pensée. Cette réflexion a surgi spontanément, sans calcul... Mais, enfin ... Se pourrait-il que... durant tout ce temps où nous avons tellement discuté et tergiversé au sujet de sa venue au monde, sans en avoir pleinement conscience, Jérôme en ait subi les contrecoups ?

*

- Maman, est-ce que tu veux que je te raconte mon rêve ? C'est un drôle de rêve, par exemple.

- Oui, je veux bien, Jérôme.

- Là, mon rêve, il commence comme ça…

*

- Tu sais, dans mon dessin, là, il y a un grand champ. Mais là, dans mon rêve, c'est le même champ. Il est tout jaune, plein de fleurs jaunes.

- Puis, qu'y a-t-il, à part le champ de fleurs jaunes? C'est très beau, Jérôme, un champ de fleurs de canola.

- Oui, c'est ça, maman. Oui, ce sont des fleurs de canola.

- Comment as-tu deviné?

- Je ne sais trop. C'est toi qui m'as mis sur la piste en me disant que le champ de ton rêve ressemblait à ceux que l'on apercevait, de temps à autre, le long de la route menant à Notre-Dame de la Rive.

- Je te l'ai bien dit, hein, Rémi ! Les mamans, elles connaissent toutes les affaires, reprit-il, à l'adresse de l'ourson.

- Continue, Jérôme. J'ai bien hâte de connaître la suite.

*

- Là, dans le grand champ jaune, il y avait un petit garçon, comme moi. Et là, plus il courait, plus il riait de toutes ses forces. Et ses bras ouverts touchaient les fleurs jaunes. Puis, des fois, on ne le voyait quasiment pas, parce que les fleurs, bien, elles étaient plus hautes que lui...

*

- Quand il a fini de courir, le petit garçon, il a vu une grande image de son père au bout du champ. Pas une vraie image là, mais une ...

- Une apparition ?

- C'est quoi, maman, une apparition?

- Bien, heu, c'est une sorte d'illusion, une image que l'on voit dans nos rêves.

- Là, je crois bien que c'était ça. Une image, comme une apparition. Mais moi, maman, dans mon rêve, l'image, là, c'était l'image de papa.

- Es-tu bien sûr, Jérôme, que c'était l'image de papa ?

- Oui, maman. Puis, derrière l'image ... heu ... l'apparition, j'ai vu une belle lumière blanche... J'ai continué à courir ...heu ... je veux dire le petit garçon a continué à courir. Puis, là, l'image et la lumière sont partis, tout deux ensemble. Là, mon rêve a fini. Maman, j'ai demandé à

309

Rémi pourquoi la lumière blanche est partie aussi vite. Y m'a répondu qu'une lumière comme celle-là, c'est bien dur à comprendre.

*

- Pour tout vous dire, le comportement de Jérôme m'inquiète drôlement. Au point de vue santé physique, tout va bien. Mais depuis un certain temps, ses réflexions me laissent songeuse. Tenez, à titre d'exemple, hier, pendant que vous prépariez le repas du soir, il m'a dit qu'il avait regardé un reportage à la télévision. Après le repas, en me montrant un dessin qu'il avait fait à l'école, il m'a d'abord expliqué ce qu'il signifiait. Ensuite, il m'a raconté que le journaliste interviewait un clochard qui avait, semble-t-il, cassé son violon et qui affirmait avoir perdu son âme du même coup. Enfin, une histoire de ce genre. Puis, tout à coup, à brûle-pourpoint, il m'a demandé :

- Moi là, quand je suis triste, est-ce que c'est parce que je l'ai perdue moi aussi, mon âme ?

*

- C'est quoi, maman, *"l'été des Indiens"* ?

- C'est une période de l'automne particulièrement clémente, comme aujourd'hui. Il paraît que les Indiens en profitaient pour chasser et amasser des provisions pour l'hiver. Alors, quand il fait chaud à cette période-ci, on dit volontiers que nous sommes en plein *"été des Indiens"*. En donnant cette explication à son fils, une idée subite traversa son esprit. C'était une occasion rêvée pour elle de faire un test.

- Dis-moi, Jérôme ... Pourquoi me demandes-tu pas à Rémi ? Il t'expliquera davantage ce que veut dire *"l'été des Indiens"*.

- Rémi, il ne répond pas à une question comme ça. Rémi, il ne répond qu'à des questions...

Avant de terminer sa phrase, l'enfant se mit à courir car il avait aperçu des coquillages blancs à la ligne des marées.

- Souvent, Rémi, maman me raconte des histoires avant que je m'endorme. Puis, des fois, elle chante aussi. C'est une vieille berceuse de Mozart.

- *Oui, je sais. Elle nous l'a déjà dit. Une vieille berceuse de Mozart.*

- Rémi, c'est qui, Mozart ?

- *Mozart, comment te dire? c'était un génie de la musique. À quatre ans, donc plus jeune que toi, il composait déjà des œuvres.*

- Ah ! Et la vieille berceuse, c'est lui qui l'a composée ?

- *Oui, c'est lui qui l'a écrite.*

- Tu sais, Rémi, maman aussi m'a expliqué cela, comme tu viens de me le dire. Mais, des fois, aussi, maman me récite des comptines. Aimerais-tu ça, si je lui demandais de me raconter une comptine quand elle va monter ?

- *Jérôme, je te l'ai déjà dit, c'est toi qui dois décider. Moi, je ne suis là que pour te conseiller...*

*

- Jérôme, les mamans, non seulement peuvent raconter des histoires et chanter des berceuses, mais, elles sont aussi capables de réciter des comptines. Tu sais, tout ce qu'on apprend dans notre vie, ça nous aide à grandir et ça rend notre intelligence encore plus développée. C'est pour cela que tu vas à l'école.

*

- Maman, moi, là, est-ce que j'en ai une, une âme ?

En entendant cette réflexion, elle sentit un léger pincement au cœur.

- Mais bien sûr, Jérôme. Je te l'ai déjà dit. Elle est blanche et pure comme de la lumière ... Une belle âme de petit garçon intelligent et espiègle. Rassure-toi et ne pense plus à ce genre de choses. Le temps viendra assez vite pour toutes ces questions sérieuses, crois-moi.

*

- Rémi, qu'est-ce qu'elle a voulu dire, maman ? Je suis trop jeune pour comprendre?

- Hum ... Bien... Euh ... Je suis un peu embarrassé par ta question. Par contre, je sais fort bien que tu es un garçon d'une vive intelligence. Ta mère vient tout juste de te l'affirmer. Ton esprit grandit avec toi. Je peux donc t'affirmer que tu es très doué. Encore mieux, tu es plus développé, plus mature que la normalité des enfants de ton âge. Tu poses des questions de petit garçon curieux. Alors, tu comprends... Répondre, c'est parfois difficile pour moi: Je dirais même que c'est un peu ... beaucoup... compliqué, quelquefois. Tu sais, je ne suis que la voix de ta conscience. C'est toi qui me guides.

*

Rémi cessa momentanément de parler. Alors, le garçonnet en profita pour enchaîner:

- Tu trouves que je pose des questions embêtantes de petit garçon trop curieux dans sa conscience, Rémi?

- Non, Jérôme. Ce ne sont pas des questions qui m'embêtent. Tu sais, moi, ça fait longtemps que j'ai tout compris. Non, ce qui me tracasse, c'est la façon dont je dois t'expliquer les choses, disons plus subtiles...

- C'est quoi, des choses subtiles, Rémi ?

- Des choses subtiles, Jérôme, ce sont des choses compliquées, difficiles à comprendre. Tiens, à titre d'exemple: quand ta maman a récité la comptine tout à l'heure, est-ce que tu t'es rendu compte qu'elle s'était organisée pour que sois gagnant ?

- Non, je ne m'en suis pas aperçu.

Tu vois. Même avec ton intelligence, la subtilité de son stratagème t'a échappé. Mais, tu sais, Jérôme, une maman laisse toujours son fils gagner, même si cela s'avère parfois impossible. Mais, il arrive aussi qu'elle le laisse perdre quelquefois. C'est comme ça qu'on apprend la différence entre la victoire et la défaite. Même si, souvent, la défaite peut nous sembler difficile à accepter.

*

- Rémi, est-ce que je peux te poser une question ... heu ... subtile, une question qui est compliquée et difficile, comme tu viens de m'expliquer ?

- *Bien sûr, Jérôme. Je tenterai d'y répondre.*

- Moi, je voudrais bien savoir si j'ai une âme ?

- *Eh bien, tu as raison. Elle est subtile, ta question ! Sois certain, Jérôme, tous les êtres humains, les papas, les mamans, les enfants, chacun d'eux possède une âme. En fait, chaque personne possède une âme. Ta maman vient de te l'affirmer tout à l'heure.*

- C'est drôle, hein, Rémi ! Mais moi, là, bien, je pense que j'ai perdu la mienne. Des fois, quand je suis triste, je pense que oùi...

*

- Se pourrait-il que le temps commence à faire son œuvre dans nos vies ? Ou bien, serait-ce plutôt l'absence de temps, l'absence de l'ardeur réciproque, où l'habitude commence à s'installer ? La vie de Nicolas et la mienne ne constituent désormais qu'une série de tâches ajoutées les unes aux autres, de même que les nombreuses et inévitables obligations sociales. Et l'argent... Toujours plus d'argent.

- Ah, si seulement, j'entendais enfin Nicolas me dire: *"Élaine, personnellement, je ne suis pas pressé. Nous avons le temps"*... Faire l'amour, alors, dire oui à la vie tout simplement, cette belle vie qui, aussi, consiste à réussir bien sûr, mais encore plus à vivre en famille. Comme nous sommes loin de cet idéal. Il me semble que nous nous perdons de plus en plus dans ce labyrinthe moderne que nous avons conçu...

*

L'attention du garçonnet était attirée ailleurs. Il s'était rapproché de la grande fenêtre pour observer sérieusement un homme courbé, à la chevelure hirsute, portant un long manteau. De l'autre côté de la rue, il se dirigeait lentement vers un banc de rue situé entre deux édifices. Alors, les yeux grands ouverts, plus que surexcité, il cria presque à sa gouvernante, assise non loin de lui:

- Regardez ! Regardez ! C'est lui, là-bas, madame Racicot, l'homme que j'ai vu à la télé! Vous savez, là, l'homme qui a raconté qu'il avait perdu son âme. C'est lui, j'en suis sûr! Tu en es sûr, toi aussi, hein, Rémi? Tu le vois toi aussi, n'est-ce pas ? Ce disant, l'enfant avait saisi l'ourson de peluche pour le hisser vers la fenêtre. Surprise par le ton de voix fébrile emprunté par l'enfant, elle regarda alors dans la direction indiquée.

- Mais, non ! Tu te trompes, Jérôme ! Ce doit sûrement être un vieillard du quartier qui veut se reposer un moment.

- Mais, c'est lui ! J'en suis sûr ! Il porte le même manteau !

- C'est un pauvre homme, Jérôme. Oublie ça au plus vite.

- Madame Julie, il est pauvre, c'est certain. Mais, s'il est pauvre comme ça, c'est peut-être parce qu'il l'a perdue pour vrai son âme... Et peut-être qu'il cherche pour la retrouver ?

*

- Il est chanceux, Augustin. Son père lui a dit des belles affaires.

- Des belles affaires, dis-tu ? Lesquelles, d'après toi, Jérôme ?

- Bien, des affaires comme les mots croire... Et il lui a dit que ses rêves étaient bien importants. Mais le plus beau, là, maman, c'est quand la mer lui a dit qu'elle chantait pour lui, parce que son père lui avait demandé de le faire.

L'enfant observa une pause. Puis, au bout d'un moment, il reprit :

- Moi, là, maman, j'aimerais ça que papa demande à la mer, tu sais, la mer, là, celle qui passe devant la maison, à Notre-Dame de la Rive, de me chanter des belles affaires de même. Mais, peut-être qu'Augustin, dans le conte, il ne cherchait pas son âme, lui ...

*

- C'est vrai, hein, Rémi, que c'était beau, le conte du petit garçon et son gros coquillage.

- *Oui. Si on veut. N'oublie pas, Jérôme. Il existe tout de même plusieurs façons d'expliquer les choses.*

- Là, Rémi, je ne comprends pas trop ce que tu veux dire.

- *Ce que je veux dire, c'est le mot croire. C'est ce mot qui t'a Je plus frappé. C'est un mot de vie. Et la vie, c'est important, Jérôme. Dans l'histoire que ta maman t'a racontée, ce mot est revenu à plusieurs reprises. Le mot âme aussi. On dirait presque que ces deux mots réunis n'enforment qu'un : croire-âme. Qu'en penses-tu. Est-ce que tu comprends un peu plus ce que je veux dire, maintenant ?*

- Tout cela est bien compliqué, Rémi. D'habitude, je te comprends tout de suite ...

- *Écoute-moi bien, Jérôme. Ce n'est pas par hasard qu'aujourd'hui, tu as aperçu le vieux clochard qui a raconté son histoire au reporter de la télévision, cette histoire qui t'as tellement impressionné. Sois sûr d'une chose : lui, il ne pourra pas envoyer la mer pour te parler dans un coquillage. Mais il t'a bel et bien indiqué le quartier où il se tient d'habitude. À sa manière, il te donne le sens de l'expression du conte de ta mère: croire-âme. Moi, je crois que tu dois continuer à la chercher.*

- Rémi, es-tu bien sûr que je l'ai perdue ?

- Bien, je crois que oui. Rappelle-toi ce que la mer a dit au petit Augustin : "Quand la vie nous ouvre ses portes, il ne faut guère hésiter. Il faut y entrer et croire." Peut-être que tu vas encore me dire que c'est difficile à comprendre. Même si tu n'as que six ans, tu peux comprendre cela, je te le répète... "croire que tout est possible." Maintenant, je commence à être fatigué. Et toi, tu dois te rendre à l'école, demain. Allons, il nous faut dormir à présent.

*

- Ce qui me chicote le plus, c'est cette réflexion qui revient constamment et qui semble préoccuper Jérôme au plus haut point la recherche de son âme. On dirait que cela hante son esprit. Si c'était le cas, je crois bien qu'alors, nous aurions un joli problème à régler et un poids affectif très lourd à supporter ... Demain, en reconduisant Jérôme à l'école, je vais faire un petit test. Peut-être que cela m'aidera alors à rassembler des éléments de réponse...

*

- Dis-moi, Jérôme, est-ce que tu en as, des amis ? Je veux dire... des petits compagnons et compagnes, à ton école ? Tu ne m'en as jamais parlé.

- Bien, heu... oui... enfin ... quelques-uns ...

- Comment s'appellent-ils ?

- Il y a Edgar, Antoine et Annabelle. Les autres enfants, ils ne me parlent presque pas. Ils disent que je pose trop souvent des questions compliquées.

*

- Bonsoir, madame Bisaillon. Vous êtes l'institutrice de mon petit garçon. Je suis la maman de Jérôme Racine. Mon nom est Élaine Ramsey.

- Bonsoir, madame Ramsey. Je suis bien heureuse de vous rencontrer. Ah, ce cher petit Jérôme ! Quel enfant attachant et intelligent !

- Bien, heu ... Je vous remercie de ce compliment. Mais, vous savez, Jérôme aussi vous estime beaucoup. Il semble que vous répondez à ses nombreuses questions et il apprécie beaucoup cela, m'a-t-il dit.

Ce disant, elle avait constaté rapidement que son fils avait bien raison d'avoir été impressionné par les yeux de cette femme. Elle possédait, en effet, un regard noir, profond, habitué à scruter les gens. Un regard qui questionnait constamment, comme s'il avait été conditionné à fouiller l'âme des enfants qu'on lui confiait.

*

- Vous savez, madame Ramsey, je ne vous apprends rien en vous affirmant que votre petit garçon est doué d'une intelligence qui se situe au-delà de la moyenne. Son quotient intellectuel, d'après nos tests d'aptitudes, se situe à un niveau supérieur aux autres enfants. Vous comprendrez que les questions qu'il pose sont donc extrêmement sérieuses pour un enfant de cet âge. Ce qui me surprend et que je considère comme un fait curieux, elles convergent toujours vers un point commun regroupant la vie, l'existence, l'âme... Tenez, à titre d'exemple, l'autre jour, je leur ai mentionné un vieux proverbe : *"Les yeux sont le miroir de l'âme."* Eh bien, sans préavis, sa question a fusé:

- Madame Bisaillon, c'est quoi, une âme ? Alors, tous ses camarades l'ont regardé et lui ont rétorqué:

- Ah, Jérôme, tes questions sont toujours trop compliquées.

- Oui, je sais. Il m'en a parlé, avait-elle ajouté, le cœur alourdi par ce que l'institutrice venait de lui révéler. Pensez- vous qu'il agit ainsi pour attirer votre attention ?

 - Non, je ne crois pas, madame Ramsey. Le malaise de Jérôme me semble plus profond, plus intérieur, si j'ose m'exprimer ainsi. Je m'en suis rendu compte quand j'ai conversé avec lui, après la classe. Doucement, je lui ai demandé pourquoi il posait ce genre de questions, beaucoup trop sérieuses pour son âge. Alors, il a baissé la tête, sans répondre. J'ai respecté son silence. C'est si fragile, un enfant de cet âge, que le moindre choc peut facilement aggraver les choses, vous savez. Au bout d'un moment, je lui ai demandé s'il avait de la peine. Il m'a alors affirmé que oui, en hochant la tête. Puis, tout à coup, il m'a regardé en pleurant et il m'a avoué:

- Madame Bisaillon, moi, là, je pense que je l'ai perdue mon âme. Puis, je veux la retrouver. Mais, je ne sais pas comment faire…

*

Alors, je me suis assise à côté de lui. Tout doucement, en passant mon bras autour de ses épaules, je lui ai répondu : Jérôme, une âme d'enfant, c'est tellement beau, c'est tellement pur que moi, madame Bisaillon, là, je puis t'affirmer que tu ne l'as pas perdue, la tienne. Elle est là, à l'intérieur de toi, là, bien nichée dans ton cœur. Alors, il s'est essuyé les yeux. Puis, il m'a gentiment remercié, en ajoutant:

- Rémi, lui, il m'a dit que je l'avais perdue, mais qu'il va m'aider pour que je la retrouve. Je lui ai demandé qui était Rémi. Il m'a répondu que c'était son ourson de peluche.

*

- Au fait, je crois qu'il est important de vous mentionner que la petite Annabelle, de même qu'Edgar et Antoine sont trois enfants qui ont de légers troubles d'apprentissage. Jérôme les aide énormément dans leur apprentissage. Il n'y a que lui dans la classe qui accepte de faire équipe avec eux. Croyez-moi, votre fils très généreux et bon. Je suis sûre, qu'en votre compagnie, avec tout l'amour que vous lui vouez, il va se retrouver rapidement. Bon courage, madame...

*

- Rentre vite au pays et à la maison, Nicolas. Ton fils et moi, nous avons absolument besoin de ta présence et de ton amour. D'un commun accord, nous avons choisi qu'il naisse en bannissant définitivement de notre esprit la ténébreuse idée d'un possible avortement. Mais, nous en sommes rendus à un point crucial de sa jeune vie. Nous ne pouvons permettre que son âme avorte, avant qu'elle puisse ouvrir ses ailes à la vie. Les deux vont de pair... Rentre au pays au plus vite, je t'en prie. Le temps presse.

*

- Tu sais, je me sens tellement coupable, tu ne peux t'imaginer comment. Tu as vraiment raison de me reprocher mes longues absences. Oui, je suis coupable, Élaine ... Et, de plus en plus, cette culpabilité se donne presque des airs de remords, quand je pense à tout l'amour que tu ressens pour moi et à ce merveilleux soleil que constitue la présence de Jérôme dans notre vie. Je connais si peu cette lumière pure qu'il dégage. Je suis absent de sa vie, en quelque sorte.

*

- Jérôme, prends ton temps et mange un peu moins vite. Tu parles tellement que grand-père n'a presque pas le temps de respirer ...

- Mais, maman, ça fait si longtemps que je n'ai pas vu grand-papa d'aussi proche. J'ai beaucoup d'affaires à lui dire ...

- Oui, tu as raison. Moi aussi, Jérôme, j'ai beaucoup d'affaires à te dire. Mais, gardons-en un peu pour demain. La température devrait être idéale, selon les prévisions. Alors, nous allons faire une excursion d'hommes, tous les deux.

*

- Oh, il y a bien encore des gens qu'on dit marginaux qui trouvent encore refuge au Carré Viger, avant l'arrivée des grands froids.

- C'est quoi, des gens marginaux, grand-papa ?

- Ce sont des gens démunis, pauvres et délaissés, qui n'ont pas d'endroit où loger et manger. Alors, souvent, ils se regroupent dans les parcs publics comme celui-ci, ou encore là où c'est possible.

- Pourquoi ils sont comme ça, les marginaux ?

- Souvent, mon petit Jérôme, ces personnes ont subi un accident, un choc qui leur a blessé profondément le corps et l'âme. La vie ne signifie plus rien pour eux. Tu sais, ce sont des gens qui ont bien besoin de notre aide.

- Grand-papa, comment on fait pour savoir si notre âme est blessée ou bien perdue ? Les gens marginaux, comment ils l'ont su ?

- Oh, c'est une question un peu embêtante, Jérôme. Je pense bien que ce n'est pas évident pour personne. Je serais porté à dire que c'est perdre le contrôle de soi, perdre l'amour qu'on porte dans son cœur. Pour un petit garçon comme toi, c'est très sérieux, Jérôme, ce que tu me demandes.

- Grand-papa, moi, là, des fois, je pense que j'ai perdu la mienne ... J'ai demandé à madame Racicot, puis à maman et aussi à madame Bisaillon. Mais elles m'ont répondu qu'un petit garçon comme moi, bien, ça ne pouvait pas perdre son âme, parce qu'elle était pure et belle. Mais moi, là, grand- papa, je ne sais plus. Des fois, là, quand je suis triste, je pense que je l'ai perdue. Mais, je ne sais pas pourquoi. Toi, grand-papa, est-ce que tu pourrais m'aider à la retrouver ? Je ne veux plus être triste, puis poser des questions compliquées...

*

- Jérôme, ta mère et les autres dames ont raison. Ton âme est blanche comme les flocons de neige qui tombent du ciel en forme d'étoiles. Et tu sais ce que ça contient, une étoile ? De la lumière, beaucoup de lumière. Elle est donc ensoleillée et elle brille comme de l'or. On ne peut pas perdre une âme aussi belle ! Ne t'en fais donc plus avec toute cette histoire. Regarde ! Il fait beau et nous avons le parc presque pour nous deux.

*

- Tiens, je crois que nous serons bien à l'aise ici, pour prendre notre petit goûter. Est-ce que c'est à ton goût ou préfères-tu qu'on aille s'installer ailleurs ?

Jérôme ne répondit pas tout de suite... Depuis sa sortie du hall d'exposition, il n'avait eu de cesse de regarder partout autour de lui, comme s'il voulait à tout prix observer les gens et les lieux, en les photographiant dans sa tête.

- Jérôme, hou, hou... Est-ce que cette table fait ton affaire ?

- Heu, oui, oui, on va être bien, ici, grand-papa.

*

Distrait et pour cause, il se garda bien de lui mentionner que, non loin d'eux, près de l'un des blocs de ciment du Carré Viger, il venait d'apercevoir le vieil homme du programme télévisé, le vieil homme au violon cassé, celui qu'il voulait rencontrer à tout prix, parce que, lui aussi, il avait perdu son âme...

*

- Grand-père, pourquoi la vie, là, bien, elle nous a beaucoup gâtés, puis qu'elle n'a pas gâté le vieux monsieur qui est assis là-bas. Regarde, là, près du mur de ciment. Il a un manteau noir tout usé. Puis, il a l'air fatigué. On dirait qu'il a perdu son âme.

- Hum ! J'avoue que c'est plutôt compliqué de répondre à ta question. Souviens-toi de ce que je t'ai expliqué tout à l'heure et ça devrait suffire.

- Rémi, lui, quand je lui pose des questions comme ça, il me dit que ça le déconcerte.

- Rémi, c'est l'un de tes amis de l'école ?

- Non. Rémi, c'est lui... Tiens ...

En disant cela, il ouvrit son sac et saisit son ourson de peluche, en l'exhibant bien à sa vue.

*

- Grand-père, si tu voulais, là, bien, j'aimerais ça aller donner ce qui reste de nos victuailles au vieux monsieur. Il n'a pas dîné, lui.

- Je ne sais trop ... Je pense que... Enfin, je crois que c'est une bonne idée. Tiens, je vais placer tout ce qui reste dans ce sac de plastique. Attends un petit moment. Mais, je vais y aller avec toi. Tu lui remettras le sac. Je vais te surveiller. Sois prudent quand même ...

*

Jérôme prit le sac, après Lorsque le vieil homme le vit s'approcher de lui, il releva la tête avec étonnement. Rendu tout près de lui, Jérôme le salua poliment en lui disant :

- Bonjour, monsieur. Je suis avec mon grand-père, là. On a pensé venir vous donner des pommes, un sandwich et du jus. Puis, aussi, je voulais vous dire que je vous ai vu à la télé. Est-ce que c'est vrai que vous avez cassé votre violon, puis que vous avez perdu son âme, puis la vôtre aussi ? Parce que moi, là, bien, je pense que j'ai perdu la mienne aussi.

*

L'homme ne disait rien. Mais, il le fixait profondément. On avait l'impression que l'enfant venait de rouvrir une vieille blessure. Il finit par lui répondre :

- Merci, mon petit garçon. J'apprécie ton geste de bonté. Comment est-ce que tu t'appelles?

- Jérôme. Et j'ai six ans.

- Tu es un grand garçon sérieux, Jérôme. Moi, je m'appelle Tomasz.

*

-Moi, là, monsieur Tomasz, j'aimerais beaucoup revenir vous voir. Et là, je vais m'asseoir avec vous pour parler. Je voudrais tellement que vous me disiez comment faire pour la retrouver. Je ne veux plus être triste ...

- Jérôme, un petit garçon comme toi, qui pose un geste de bonté, en m'apportant des pommes, ne peut pas avoir perdu son âme. C'est impossible ... Mais, si tu veux, tu peux venir m'en parler. En attendant, va retrouver ton grand-père. Dis-lui merci pour moi. Un grand-père, c'est une vraie chance et un grand bonheur d'en avoir un. Profites-en pleinement, Jérôme. Et merci encore ...

*

- Élaine, je ne sais vraiment pas si je devrais aborder ce sujet avec vous. Je me sens mal à l'aise. Mais, je prends comme acquis que nos confidences mutuelles des années passées nous ont bien servis, n'est-ce pas? En aucune façon, ce soir, je ne voudrais faire preuve d'un manque de délicatesse ou d'ingérence dans vos affaires de famille. Ma venue à Montréal n'est pas fortuite. Vous savez combien je vous apprécie,

323

Élaine. Votre courage, votre compréhension et l'amour inconditionnel dont vous gratifiez mon fils, malgré son appétit dévorant pour les affaires et ses interminables voyages, me comblent de fierté. Mais, Nicolas est absent de vos vies, Jérôme et toi. Ça, c'est un fait indéniable. Il est absent de votre amour et absent de la vie de son fils. Et ça, c'est impardonnable ...

*

- J'aime profondément votre fils, Élaine. Et ce qu'il m'a révélé aujourd'hui me cause un questionnement intense. Peu après notre arrivée au Carré Viger, nous avons marché, çà et là, dans les allées, sans but précis. Je lui avais promis un épais tapis de feuilles mortes. Tout y était. Tout à coup, nous avons aperçu quelques personnes démunies, assises près du muret de ciment de l'un des îlots de verdure. Je lui ai alors indiqué que c'étaient des marginaux qui venaient s'y réfugier avant l'arrivée du froid. Je te fais grâce de tous les détails. Mais c'est à ce moment que ses questions ont commencé à fuser.

*

- Ce qui m'a le plus troublé, c'est au moment où il m'a affirmé qu'il pensait avoir perdu son âme. Il m'a alors confié en avoir parlé avec Rémi, son ourson de peluche, son ami imaginaire. Vous savez, dans une telle situation, il ne faut surtout pas céder à la panique. Jérôme est un garçon en bonne santé physique. Ce dont il a besoin, c'est de retrouver son âme d'enfant. Il n'a pas tort, vous savez, en pensant qu'il l'a perdue. Une tâche immense vous attend. Votre fils cherche son âme. Mais le mien, mon fils Nicolas, il est en train de perdre la sienne ! Et il n'y a que votre amour qui peut nous les ramener tous les deux. Ne flanchez surtout pas. Nous avons tellement besoin de votre aide et de votre tendresse !

*

324

- J'ai l'impression que ma vie ressemble à une phrase interrompue, dont l'achèvement ne serait qu'une étape sur un chemin inconnu, une courbe de vie que Nicolas a empruntée. Ou, plutôt, que nous avons résolument adoptée tous les deux. Maintenant, l'ambition nous a rejoint, nous défait et nous tue lentement. Je suis forcée de constater que l'angoisse commence à ronger nos âmes, comme une rouille qui perce. Quand on regarde la pureté qui se lit dans les yeux de Jérôme, tout cela nous saute aux yeux. Non ... Lorsque Nicolas reviendra, nous devrons dresser un sérieux bilan de vie, avant de tout perdre ...

*

D'après elle, Nicolas vivait presque hors de la réalité du temps et de leur réalité familiale et que leur vie s'écoulait, étrangère et monocorde. La belle mélodie du début commençait à laisser entendre des fausses notes. Ce n'était plus du sable fin qui leur filait entre les doigts, mais un courant puissant qu'il leur fallait à tout prix endiguer.

*

- Voilà, Nicolas. Tu es seul en face de toi-même, seul au-dessus des nuages. C'est bien, n'est-ce pas? Depuis toujours, c'est ce que tu désires : être au-dessus de tout... Mais, ta famille, dans tout ce fatras d'affaires, dans ce monde de coude à coude, d'affrontement et de bousculades, où est-elle ? Aurais-tu manqué son rendez-vous, par hasard ? Ta réussite professionnelle est indéniable. Mais, sois réaliste et lucide: elle a aussi toutes les apparences d'un bel échec. À cause de tes longues absences, ton amour pour Élaine n'habite plus à la même enseigne. Tout au plus, elle cohabite, avec convenances, dans deux demeures à votre mesure. Quant à ton fils, il s'éloigne de toi de plus en plus. À un point tel que, bientôt, il se détournera, quand tu voudras le prendre dans tes bras, pendant qu'il en est encore temps.

*

- La vie aussi épouse ses turbulences et ses perturbations, au moment où on s'y attend le moins. Je crois, non, je suis plutôt convaincu qu'Élaine et Jérôme ne méritent pas cette solitude que je leur ai imposée. Pas plus que moi, d'ailleurs. Maintenant que tout est en place en Chine, que je reviens chez nous, le temps est venu de faire le grand ménage.

*

 - Tu vois, hein, Rémi. Mon père, là, il est très content d'être avec nous. Puis, nous aussi.

- *C'est évident, Jérôme. Quand un père rentre à la maison après s'être absenté durant une longue période, c'est toujours plaisant et fort agréable. Et, de plus, il t'a apporté un beau cadeau.*

- Oui ... enfin ... oui ... Tu as raison, Rémi.

- *Jérôme, il y a quelque temps, tu m'as demandé s'il était possible que tu aies perdu ton âme. Je t'ai répondu que ta question me déconcertait, autrement dit m'embêtait, que je devais y penser sérieusement. Ce soir, je peux te donner mon avis. Alors, écoute bien ce que ta conscience me dicte de te dire :*

Rémi s'arrêta de parler. Jérôme eut l'impression que tout s'arrêtait aussi dans sa tête. Puis, en un éclair, il entendit de nouveau la voix de Rémi.

*

- *Je crois que tu es beaucoup trop petit encore pour comprendre ce qu'est une âme de petit garçon. Mais, je crois aussi que tout ce que tu sens tourner dans ta pensée, tout ce questionnement intérieur a commencé quand tu étais encore dans le ventre de ta mère. Tu n'as pas perdu ton âme à ce moment, Jérôme. Mais, tu aurais pu la perdre. C'est bien différent. C'est l'amour qui t'as sauvé. Mais, aujourd'hui, le fonctionnement de votre vie familiale menace de nouveau vos âmes, la tienne, celle de ta mère Élaine et de ton père Nicolas. Mais, rassure-toi*

... Fort heureusement, il y a de la lumière dans tes rêves et il semble bien que tu coures pour l'atteindre...

*

- Mais, comment je vais faire, Rémi ? Tu dis que je suis trop petit pour comprendre tout cela ?

- *Tu es encore trop jeune pour comprendre, c'est bien vrai. Mais, rassure-toi, tes parents ont tout compris, eux. Et ils veillent. Tu saisis un peu plus, maintenant ? Quand tu as entendu le vieux monsieur du parc raconter son histoire à la télé, cela a agi sur toi comme un élément déclencheur, autrement dit, une clé qui ouvre une porte. Ai-je raison ?*

- Oui, Rémi. Toi, là, on dirait que tu devines toutes les affaires…

*

- *Il y a quelques jours, tu as rencontré, le vieux monsieur au Carré Viger. Il s'y trouve encore. Alors, il faut que tu sois courageux et que tu ailles le rencontrer à nouveau. Lui, il te dira pourquoi il recherche toujours son chemin. Il te dira aussi qu'en ce qui te concerne, ce n'est pas la même chose, que c'est une toute autre histoire...*

- Comment ça, Rémi, une toute autre histoire ?

- *Jérôme, est-ce qu'il t'est arrivé de penser que tes parents sont peut-être aussi en train de chercher leur vraie raison de vivre, une partie de leur âme, en quelque sorte ?*

-Non, Rémi, je n'y ai pas pensé. Je suis peut-être trop petit, comme tu dis, pour penser à ça.

*

- *Oui, évidemment. Mais, un petit garçon de ton âge, c'est pur, blanc comme une lumière éclatante. Et cette lumière, eh bien, c'est celle qui brille à l'intérieur de toi: Élaine et Nicolas vont en avoir grandement besoin, tu sais, pour retrouver leur équilibre et te retrouver, toi... leur petit Jérôme...*

- Pourquoi, Rémi ?

- *Dans leur vie, tu occupes la place la plus importante, parce qu'ils t'aiment profondément. Voilà pourquoi tu dois les aider. Avec la lumière de ton âme, bien sûr...*

- Mais, comment faire?

- *Il te faut revoir le vieil homme. Ne t'en fais pas ... Je serai là pour te guider. Quand tu te rendras au bureau de ta mère, demain, en sortant de l'école, nous en profiterons pour nous rendre tous les deux au Carré Viger. Nous ne pouvons plus attendre. Bientôt, le vieux monsieur n'ira plus à cet endroit, à cause du froid.*

*

- J'ai un peu peur, Rémi ! Je suis un petit garçon, moi ! C'est toi qui l'as dit !

- *Non, ne crains rien. Je serai là avec toi. Tu peux me faire confiance. Après tout, ne suis-je pas la voix de ta propre conscience ?*

- C'est quoi, Rémi, *"une propre conscience ?"*

*

- *Une propre conscience, c'est une voix qui parle à notre âme, Jérôme. C'est une partie de sa lumière. Alors, notre conscience, quand on le veut, bien, elle parfume notre âme. Est-ce que tu comprends mieux maintenant ?*

- Oui, un peu mieux. Je te remercie, Rémi.

*

- *La vie, c'est toi qui me l'as appris, Nicolas, c'est de savoir, jour après jour, se tenir côte à côte, avec une passion toujours égale, mais que* nous devons sans cesse renouveler avec courage et noblesse. Je t'ai raconté en détail les bouleversements affectifs de notre fils. Ils ont surgi au grand jour pendant ton absence. Tout tourne autour de deux pôles : la recherche de son âme qu'il croit avoir perdue et ce fameux Rémi qui, il semble bien, répond à ses questions et lui dicte la conduite à adopter.

*

- Tout est de ma faute... Ce n'est pas toi qui rentrais du travail, exténuée, le front chargé de soucis, en prétextant une quelconque réunion, pour s'excuser d'avoir encore manqué le repas du soir ... Ce n'est pas toi qui ne prêtais pas attention à Jérôme, trop préoccupée à compiler ses bilans et ses victoires ... Non, Élaine, ce n'est pas toi qui t'es cachée derrière ses responsabilités parentales, derrière la satisfaction apportée par de gros chèques de paie. Non. Tout cela, c'était moi et mon égoïsme !

*

Au moment où il ouvrit son sac, il entendit la voix étouffée de Rémi :

- *Voilà, Jérôme ! L'heure de vérité vient de sonner pour toi.*

- Attends, Rémi, je vais te sortir de mon sac ...

Il s'exécuta sans tarder. Bien en place sous son bras, Rémi put alors continuer la conversation qu'il venait d'amorcer.

- *Mettons-nous en route vers le Carré. Tu connais le trajet, Jérôme, n'est-ce pas ?*

- Euh, enfin, oui. Je crois que je me souviens, Rémi.

*

- *Bon. À la bonne heure. Ah, la vie, c'est parfois bien déroutant, Jérôme. Quand ton père a rencontré ta mère, la première fois, à l'université, cela se passa devant une machine distributrice Tu te*

329

souviens n'est-ce pas. C'est elle qui te l'a raconté. Et voilà qu'aujourd'hui, la vie nous fait encore le même clin d'œil, dans les mêmes circonstances, un peu ... beaucoup, comme si cela avait été programmé d'avance. C'est un peu grâce à cette machine distributrice si nous pouvons sortir de cet édifice et nous mettre en route. Nous n'avons guère de temps.

*

- Regarde, Rémi, dit-il, surexcité... Il... Il est là...

-*Oui, je le vois. Avance vers lui, Jérôme. Dis-lui bonjour poliment. Tu verras, tout s'enchaînera presque magiquement. Quant à moi, mon cher petit garçon, le temps est venu de me taire définitivement. C'est à toi seul, dorénavant, qu'il appartient d'écouter ce que ta conscience te dira de faire. C'est toi qui dois parler maintenant. Moi, mon rôle s'arrête ici même.*

- Rémi, j'ai... j'ai un peu peur, tu sais...

- *Allons, allons ! Ne crains rien ! Ne t'ai-je pas dit que tout irait bien ? Vas-y ! Fonce ! La vie t'appartient désormais. Tu ne vas quand même pas te dérober, alors que tu touches pratiquement au but ! Il te faut faire face. Aie confiance, Jérôme ! Tu es tout près de la vérité et elle te tend les bras. Adieu ! Je suis tellement fier d'avoir été ton ami !*

*

En rassemblant tout son courage, il s'avança, déterminé comme jamais à parler au vieil homme. Lorsqu'il se trouva à quelques pas devant lui, il lui dit aussitôt :

- Bonjour, monsieur Tomasz ! Est-ce que... vous me reconnaissez ? C'est moi, Jérôme, le...

- Jérôme ? Attends un peu ! Oui, je me souviens ! Il y a une semaine, c'est toi que m'a apporté des provisions. C'est bien ça ? C'est bien toi qui m'as demandé comment faire pour retrouver ton âme ? C'est bien cela, n'est-ce pas? Dis-moi, est-ce que tu la cherches encore ?

- Euh, oui... Mais, peut-être que vous ne savez pas comment je dois faire pour la retrouver, lui répondit-il, en s'approchant de lui.

*

Le vieil homme fixa alors son regard bleu sur l'enfant.

- Viens t'asseoir, Jérôme. N'aie pas peur. Je ne te ferai aucun mal. Comment le pourrais-je? Une âme d'enfant comme la tienne, on ne peut pas la perdre. C'est beaucoup trop précieux, trop fragile. Moi, c'est différent. J'ai perdu la mienne par ma faute, parce que j'ai fui mes responsabilités, j'ai gâché ma vie, j'ai manqué de courage et de fermeté. Je n'ai plus de raison de vivre. D'ailleurs, tu sais déjà tout cela.

*

- Si je te comprends bien, mon enfant, ta vie est bouleversée, comme le fut la mienne, il y a déjà de nombreuses années ... Mais, moi, je suis seul... Seul avec ma peine et ma vie, dégradée par la solitude. Toi, tu as la chance d'avoir un grand-père, si je me souviens bien. Tu as sans doute aussi un papa et une maman qui t'aiment énormément. Tu n'auras donc pas de difficultés à tout remettre en ordre.

- Mais, moi, là, ce que je veux vous dire, monsieur Tomasz, c'est que mon père et ma mère, bien, je pense qu'eux aussi, ils cherchent leurs âmes. Je pense aussi que leur vie est un peu *"dégradée par la solitude"*, comme vous venez de dire. C'est une chose importante, je crois, monsieur Tomasz, *"une vie dégradée ?"* Qu'est-ce que ça veut dire ?

*

- C'est... c'est une vie qui n'a plus de sens, qui ne signifie plus rien : une vie vide, sans but, sans idéal, sans espoir, je dirais... Non, mon petit garçon. Rassure-toi ! Ni toi, ni ta mère et ton père n'avez perdu votre âme. Elle a simplement emprunté une mauvaise route. C'est ensemble, Jérôme, que vous allez pouvoir retrouver l'amour et la paix. Ils ont bien besoin de ta pureté et de ta lumière, tous les deux. Ah, je voudrais bien avoir la même chance…

- C'est drôle, hein, monsieur Tomasz, ce que vous venez de me dire, là, bien, mon ami Rémi, il m'a dit la même chose.

- Qui est-il, cet ami, pour te donner de pareils conseils ?

Jérôme enleva alors son sac à dos et en extirpa l'ourson de peluche.

*

- Monsieur Tomasz, Rémi, là, bien, c'est lui. Mais, tout à l'heure, il m'a dit qu'il ne répondrait plus à mes questions, parce qu'il fallait que je trouve *"ce que ma propre vérité et ma propre conscience me diront de faire"* Est-ce que c'est ce que vous venez de me dire, *"ma propre vérité et ma propre conscience ?"*

- Ah, Jérôme, quelle belle âme, tu possèdes ! J'imagine que Rémi a dû te le dire aussi, n'est-ce pas ?

- Oui. Je lui pose des questions. Puis, là, là, dans ma tête et dans mon cœur, j'entends ses réponses. C'est comme magique. C'est bien dur à expliquer. Mais Rémi, là, tout à l'heure, juste au moment où j'ai entré dans le parc, il en a profité pour me dire adieu. Ça fait que ...

- Sa mission est terminée, c'est bien ce que tu veux dire

- Oui. Je pense qu'il attendait que je vienne vous voir pour s'en aller. Monsieur Tomasz, est-ce que les amis, ça s'en va toujours vite de même ?

- Oui... souvent... Seules les circonstances changent, Jérôme.

*

Soudainement, en un éclair, sa pensée exécuta un retour en arrière imprévu: une rue... un violon cassé... des amis qui lui tournent le dos... Tous les ingrédients réunis pour une vie à finir...

- Euh, monsieur Tomasz... Est-ce que vous allez bien ? Vous ne parlez plus... Est-ce que je vous ai fait de la peine avec mes questions compliquées et déconcertantes ?

- Non, mon enfant. Bien au contraire. Ta rencontre m'a réchauffé le cœur. Merci, Jérôme. Tes parents sont bien privilégiés que tu puisses partager leur vie. Est-ce que tu es conscient de cela ?

- Oui, monsieur Tomasz... Je les aime tellement !

*

- À la bonne heure, Jérôme, la voilà, la solution. Ne cherche plus. Ce qu'il vous faut, c'est de prendre le temps d'ajuster vos âmes. C'est aussi simple que cela. Il faut que tu leur fasses comprendre combien tu les aimes. Dis-moi, où sont-ils actuellement, tes parents? Est-ce qu'ils savent que tu es venu ici, tout seul avec ton copain Rémi ?

- Euh... non... Je ne leur ai pas dit. Ils n'auraient pas voulu que je vienne vous voir. Mais, ils savent que je vous connais, par exemple. Rémi me l'a dit.

- Jérôme, est-ce que tu es en train de me dire que tu as fait une fugue ?

- C'est quoi, une fugue, monsieur Tomasz ?

- C'est quand un petit garçon comme toi ne dit pas à ses parents où il va.

- Moi, là, monsieur Tomasz, j'ai suivi ce que Rémi m'a dit: *"Vas-y ! Fonce ! La vie t'appartient désormais... Tu es tout près de la vérité..."*

*

- Viens avec moi, Jérôme. J'imagine que tu connais le numéro où je peux rejoindre ta maman. Nous allons lui téléphoner. Tout se passera bien, tu verras.

Il se leva péniblement et prit la direction du Centre d'exposition, en compagnie de l'enfant qui, tout naturellement, avait saisi sa main.

*

La sonnerie du téléphone se fit entendre. À bout de nerfs, Élaine sursauta de nouveau, avant de décrocher le récepteur.

- Allo! Oui! Monsieur Stankiewicz, dites-vous? Oui ! Parlez un plus fort, je vous prie. J'ai du mal à vous entendre. Au Carré Viger, dites-vous? Est-ce qu'il va bien ?

D'un signe de la main, elle leur indiqua que Jérôme était localisé.

- Vous allez nous attendre à l'entrée ? Oui, nous arrivons en vitesse ! Merci, monsieur, heu...

- Comment n'y ai-je pas pensé avant, Nicolas, dit-elle, en se frappant le front. Jérôme est au Carré Viger. Il est allé rencontrer ce vieillard dont il ne cesse jamais de parler. Une histoire de violon et d'âme, je... ne sais plus... Vite, allons-y, dit-elle, en agrippant son manteau.

*

Le Carré Viger était presque désert, au moment où, passablement inquiets et nerveux, ils s'engagèrent dans l'entrée, Ils n'eurent pas besoin de chercher bien longtemps. Jérôme venait vers eux en courant. Il ne leur laissa pas le temps de dire quoi que ce soit.

- Maman, papa, venez avec moi ! Venez ! Je veux vous présenter monsieur Tomasz ! C'est lui, maman, dont je t'ai parlé, qui a cassé son violon, puis qui cherche tout le temps son âme! Viens, papa ...

- Jérôme, tu... nous...

Il ne put terminer sa phrase. Résolument, en les prenant par la main, il les entraîna, en toute hâte, vers le vieil homme qui s'était tenu à l'écart, tout près d'un banc.

- Monsieur Tomasz, vous voyez, ce sont eux, mes parents. Ma mère, c'est Élaine, puis mon père, c'est Nicolas. Papa, maman, monsieur Tomasz, là, bien, c'est lui, mon ami, maintenant.

- Bonjour, madame, monsieur, dit l'homme, en les saluant doucement. Jérôme m'a dit grand bien de vous deux.

*

Surprise et touchée profondément à la fois, Élaine ne pouvait détacher son regard des yeux de ce clochard. Une grande tristesse et un profond désarroi s'y lisaient facilement. Nicolas, lui, observait la scène, ne sachant que dire, le cœur gonflé par l'émotion, mais plus encore par le soulagement d'avoir retrouvé son fils sain et sauf. Il avait pris Jérôme dans ses bras et le serrait contre lui.

- Je... vous... enfin, monsieur Tomasz, je crois, pour votre appel téléphonique. Sans vous...

*

- Si vous le permettez, j'aimerais vous inviter à vous asseoir avec moi, sur ce banc, un petit moment. Je ne sais si cela vous convient. Vous comprenez, mon apparence laisse à désirer, comparée à la vôtre. Mais la tenue extérieure n'a tellement pas d'importance pour moi, vous comprenez. J'ai quelque chose à vous dire, qui vous concerne tous les trois. Ce ne sera pas long. Je ne voudrais pas faire attendre monsieur l'agent de police qui vous accompagne inutilement. Après, je m'en irai, sans vous importuner davantage. L'essentiel, c'est ce que je vais vous confier.

- Bien, heu... Volontiers... dit alors Nicolas, en déposant son fils par terre.

*

- Vous avez beaucoup de chance d'avoir un fils comme Jérôme. Oui, c'est vrai, il est devenu mon ami, depuis qu'il m'a apporté des provisions, en compagnie de son grand-père, la semaine dernière. Jérôme, comme je te l'ai dit, les plus belles amitiés demeurent toujours dans notre souvenir, aussi longtemps qu'on le désire, même si, parfois, les circonstances malheureuses de la vie nous obligent à en perdre la trace. Moi, je suis comme ton ami Rémi. Je suis extrêmement fier de t'avoir rencontré. Désormais, je ne serai plus jamais seul, puisque tu seras là, dans ma tête et mes souvenirs. Donne- moi la main, Jérôme. Moi, mes mains, c'est ce qui me reste de plus précieux, ajouta-t-il, en esquissant un pâle sourire à l'adresse de l'enfant. Quant à vous deux, monsieur, madame, je m'excuse si j'ai pu, bien involontairement, m'introduire de cette façon dans votre vie.

*

- Prenez grand soin de l'âme de Jérôme. C'est si facile de la perdre, vous savez ! Elle est remplie de musique, de lumière et de pureté. Imaginez, une vie remplie de musique à partager. Quoi de mieux pour s'épanouir et atteindre son idéal ? Pensez-y. Vous devez bien cela à Jérôme, n'est-ce pas, mon enfant ?

Les jambes agitées par un va-et-vient continuel, Jérôme écoutait religieusement le vieil homme, tout en observant, tour à tour, les réactions de ses parents.

- Souviens-toi, Jérôme, c'est très important: *"C'est ensemble que vous allez retrouver l'amour et la paix."* C'est pour cela que ta lumière est si intense, comme celle de tes rêves d'ailleurs.

Abasourdis, décontenancés par les propos du vieillard, Élaine et Nicolas ne savaient que dire. La sagesse du clochard, aussi paradoxal que cela puisse paraître, venait de leur crier la vérité, en passant par l'âme de leur fils.

- Merci, Jérôme, merci, monsieur, madame. Ce fut un bien grand honneur pour moi de faire votre connaissance.

Sans ajouter autre chose, monsieur Tomasz Stankiewicz, jadis violoniste, mais qui affirmait avoir perdu son âme, en même temps que celle de son violon, leur tourna le dos, en empruntant l'allée centrale du parc. Déjà le jour avait baissé les paupières. Courbé, il marchait lentement, ses vieux souliers foulant les quelques rares feuilles qui dansaient une dernière farandole.

*

- Qu'est-ce que tu dirais, Jérôme, si on demandait à papa de venir nous rejoindre, ici, dans ta chambre? Serais-tu d'accord ?

- Oui, maman. Je suis d'accord. Rémi, lui, il appellerait cela : *"L'heure de vérité qui vient de sonner."*

*

Bien installé au creux de ses oreillers, Jérôme regardait ses parents assis sur son lit. Ce n'était guère leur façon d'agir coutumière. Il sentit alors que l'heure était vraiment aux choses sérieuses.

- Jérôme, tu m'as demandé, il y a quelques instants, si j'étais fâchée, suite à ton... disons ton aventure au Carré Viger. Tu nous as fait une frayeur terrible. Tu sais, tout aurait été possible, avec ta disparition. On aurait pu te perdre ...Comprends-tu cela ? Tu viens de me dire aussi que ça fait longtemps que tu comprends. Alors, ce soir, je crois que tu es assez raisonnable pour nous promettre de ne plus recommencer ce genre d'aventures. Nous avons eu tellement peur ... N'est-ce pas, Nicolas ?

- Oui, Jérôme, une bien grande peur de ne plus pouvoir te revoir. De ne plus pouvoir être ensemble.

*

- Moi, là, maman, puis toi, là papa, je vous aime gros comme le monde. Mais là, là, je voudrais vous dire des affaires. Oui, des affaires qui sont là, dans mon cœur, puis qui me font de la peine. C'est pour ça, que quand j'ai vu monsieur Tomasz à la télé, bien, je me suis dit que, peut-être, je l'avais perdue mon âme, moi aussi.

Ses yeux voyageaient rapidement de l'un à l'autre. Alors, il reprit :

- Tu te rappelles, maman, quand je t'ai montré mon dessin? Je t'ai demandé si je l'avais perdue. Là, tu m'as dit que, parce que j'étais un petit garçon intelligent, ce n'était pas possible qu'une telle chose puisse se produire. Mais, là, c'est bien drôle! Rémi, lui, il a répondu la même chose quand je lui ai posé ma question subtile. Il m'a expliqué ce que ça voulait dire, parce que ma question subtile, c'était parce que je voulais savoir si j'avais une âme, parce que je pensais que je l'avais perdue. Rémi, il n'a pas pu répondre tout de suite, parce qu'il était trop déconcerté.

Nicolas regardait son fils, complètement bouleversé par ce qu'il entendait, même si Élaine l'avait déjà mis au courant.

- Puis là, papa, quand j'ai rêvé au grand champ plein de fleurs jaunes, j'ai vu ton image. Une grande image, grande, grande, comme le mur, là. Puis, en arrière de l'image, il y avait une belle lumière blanche qui brillait. Puis, moi, là, je courais ... Je courais! Mais, pour aller voir la lumière, j'aurais été obligé de passer à travers ton image. Mais, là, je n'ai pas voulu. J'avais trop peur de te faire mal !

*

En entendant cette confidence, Nicolas regarda Élaine. Instinctivement, il lui prit la main.

- Quand j'ai été au Carré Viger, la première fois, avec grand-papa, je lui ai demandé si, moi aussi, là, j'avais perdu mon âme. Il m'a répondu la même chose que toi, maman : un petit garçon comme moi pouvait pas la perdre. Après, j'en ai parlé une autre fois à Rémi. Il m'a répondu, là dans ma tête, que toute l'histoire de mon âme, elle avait commencé dans ton ventre, maman, que j'aurais pu la perdre, mais qu'à cause de l'amour, je ne l'avais pas perdue. Et puis Rémi a ajouté que les vôtres aussi étaient en danger, mais que j'étais trop petit encore pour comprendre tout cela. Et de ne plus m'inquiéter, que vous étiez là et moi aussi avec ma belle lumière. Oui, c'est ce que Rémi m'a dit.

*

L'enfant observa attentivement ses parents, avant de terminer ses confidences.

- C'est Rémi qui m'a guidé et qui m'a dit quoi faire pour rencontrer monsieur Tomasz, pour qu'il me dise lui aussi que je n'avais pas perdu mon âme et que je vous aiderais à retrouver la vôtre. C'est après que Rémi m'a dit qu'il avait été bien fier d'avoir été mon ami. Il m'a dit adieu et m'a dit aussi qu'il ne voulait plus coucher avec moi dans mon lit, qu'il aimait mieux le fauteuil, là, parce qu'il n'avait plus besoin de répondre à mes questions et qu'il ne me parlerait plus dans ma tête et dans mon cœur... Jamais plus...

Le petit Jérôme s'arrêta alors de parler. Puis, au bout d'un moment, dans un élan d'une infinie tendresse, il se réfugia dans les bras de ses parents, à bout de ressources, en commençant à pleurer. Au milieu de ses sanglots, il trouva quand même la force d'articuler :

- Je vous demande pardon, si je vous ai fait de la peine !

*

- Alors, on y va, Tomasz ? Comme dirait Rémi: *"L'heure de vérité vient de sonner."* Le moment est venu de franchir ce grand pas. Souvenez-vous. Quand nous sommes allés vous rencontrer à l'Accueil Bonneau, après avoir hésité longuement, vous avez promis à Jérôme de faire un énorme effort pour retrouver votre vie et votre musique. Ce n'est pas le moment de flancher. Venez, je vais prendre vos bagages. Dépêchons- nous. La température de décembre est plutôt très froide.

La voix tremblante, il lui répondit alors :

- Oh, je possède si peu de choses, vous savez, monsieur Racine.

- Tomasz, mon ami, c'est vous qui dites cela, après tout ce que vous avez appris à Jérôme? Regardez vos mains. Elles sont encore pleines de toutes sortes de musiques qui ne demandent qu'à faire entendre leurs mélodies. Allons, entrons. Vous verrez. Les formalités ne seront guère compliquées. Grand-père Racine a tout arrangé. On vous attend. Je prends votre valise. Ah, j'allais oublier. Cette grande boîte, là, c'est le cadeau de Jérôme. Il m'a bien dit de vous faire remarquer que ce petit geste de sa part signifiait la grande fierté qu'il ressent d'être votre ami.

*

Ses cheveux poivre et sel fraîchement coupés faisaient ressortir encore plus l'inquiétude qui se lisait dans son regard bleu. Vêtu sobrement d'un pantalon de lainage et d'une confortable veste, Tomasz Stankiewicz avait une toute autre allure. En ce froid début de décembre, ce n'était plus le clochard du Carré Viger qui se tenait debout près de la voiture de Nicolas. Non. C'était un homme d'âge mûr qui s'apprêtait à retrouver son âme, en portant ses misères avec dignité.

*

Après son départ, la routine de la maison s'était mise en branle. Tomasz n'eût guère le temps de s'apitoyer sur son sort. Dès la fin des activités, il regagna sa chambre. Il demeura alors un bon moment assis sur son lit, sans bouger, de peur que tout s'arrête. Son sevrage commençait à lui tenailler l'esprit et le corps. Mais, au moment où il lui sembla que le besoin irrésistible de l'alcool allait prendre le dessus et annihiler sa volonté une autre fois, son regard se porta sur la longue boîte rectangulaire. Il se leva lentement. Avec précautions, il déposa la boîte sur la table. Puis il prit place, intrigué, mais surtout ému, en pensant à son jeune ami Jérôme. Une petite carte y était attachée, avec ces simples mots écrits en lettres détachées :

À mon ami Tomasz. Laisse ton âme jouer maintenant...

Ton ami Jérôme.

*

Le cœur au bord des larmes, les mains tremblantes, lentement, il dénoua le ruban et ouvrit la boîte. Quelle ne fut pas sa surprise d'y apercevoir un étui de violon tout neuf.

- Non ! Ce n'est pas possible ! Ce... ne peut être...

Il ouvrit l'étui. Un violon luisant laissait miroiter la lumière du plafonnier sur sa surface lustrée des couleurs ambrées d'un soleil couchant. Alors, avec d'infinies précautions, il le sortit de son écrin et le regarda un long moment, avant de se mettre à pleurer...

*

Songeur, Nicolas semblait plongé dans ses pensées, tout en observant les évolutions de son fils sur le terrain de soccer de l'école Sainte-Catherine.

-Ah, quelle belle saison que le printemps ! C'est dommage que le temps passe si vite, comme s'il était pressé de finir. On dirait presque que ses pages tournent en débandade, au gré des peines sombres, mais aussi des joies lumineuses. Maintenant, je puis dire merci, parce que nous connaissons ce rare bonheur d'apercevoir la joie qui fleurit dans le regard de notre fils Jérôme. Il est vrai que le psychologue que papa nous a conseillé a accompli de vraies merveilles. Mais la plus belle trouvaille, c'est de constater la vie qui bouillonne dans son intelligence. Je devrais plutôt dire, dans nos âmes retrouvées... Distrait, il n'avait pas aperçu Élaine qui venait vers lui. Il se tourna vers elle. Puis, dans un élan d'amour réciproque il l'embrassa tendrement, en lui entourant les épaules. Derrière la grille métallique, à cette heure précise, rien ne semblait plus important à leurs yeux que ce moment privilégié où ils savouraient la nouvelle sérénité qui commençait à envahir leur vie.

*

- Tu as bien joué, champion ! Je suis fier de toi. Tu manies le ballon avec une habileté qui s'améliore constamment. Monsieur Hugues est un excellent entraîneur, à ce que je vois. Bravo, bravo et bravo encore !

- Tu n'as rien oublié, j'espère, Jérôme. Tu sais que demain, c'est le grand jour ... Annabelle, Edgar et Antoine vont venir avec nous à Notre-Dame de la Rive. Et, en plus, Nicolas a promis d'aller à la pêche avec vous quatre, au bout du quai. Tu n'as pas oublié ta promesse, j'espère, ajouta-t-elle?

- Non, pour sûr. J'ai bien hâte de voir comment vous allez vous débrouiller pour amorcer vos lignes, dit-il, en regardant Jérôme.

- Nous allons faire comme toi, papa.

*

Tel que promis à Jérôme, ses trois amis se retrouvèrent réunis à Notre-Dame de la Rive. Toute la journée s'était déroulée rondement, faite de courses, de rondes, de galopades, de la maison au bout du quai et vice-versa.

Le soir venu, Élaine et Nicolas en étaient maintenant rendus à l'heure de l'évaluation.

- Ah, je t'assure, jamais la maison n'a vibré comme aujourd'hui, n'est-ce pas, Nicolas ? Je suis pratiquement éreintée! Mais, quel bonheur que de pouvoir le dire de cette façon !

- Oui, tu as amplement raison. Tu aurais dû voir la figure d'Annabelle quand elle a attrapé son poisson! Mais, ce qui a été le plus drôle, ce fut d'apercevoir la mine étonnée des trois garçons, en l'entendant rire et courir sur le quai. Par contre, c'est dommage. Je n'ai pas eu le temps de t'aider pour la plantation des fleurs.

- Je te pardonne, tu le sais bien. Mais, je ne sais trop pourquoi, je sens que mes fleurs seront beaucoup plus belles, cette année. C'est comme une intuition. Il faut dire aussi que Tomasz m'a été d'un grand secours.

*

- C'est une excellente idée que papa a eue de lui offrir ces quelques jours de repos avec nous et, surtout d'avoir accepté de venir le reconduire à la Casa. Cela le changera de la routine de la maison de thérapie. Ce n'est plus le même homme. Il a retrouvé son sourire. Et une grande sérénité commence à se lire dans ses yeux. Il faudra bien qu'il s'habitue à travailler avec nous. Car, dès que la directrice de la maison de thérapie me donnera son aval, j'ai l'intention de le prendre à notre service. Bien sûr, il aura encore besoin d'un suivi thérapeutique rigoureux. Mais, nous lui devons bien cela, n'est-ce pas ?

*

- Figure-toi que j'y avais pensé moi aussi. Ce n'est pas la place qui manque dans notre maison d'Outremont et ici, à la Casa del Mare, depuis que nous avons transformé l'atelier en pavillon.

- Il n'en revenait tout simplement pas, quand je lui ai appris qu'il séjournerait dans ce pavillon, comme tu dis.

- Je sais. Il m'en a parlé avec émotion. Cet homme est un être extrêmement sensible, Nicolas. Nous devons absolument continuer à l'aimer et l'appuyer sans réserve.

*

- Maman, papa, est-ce que je peux entrer ?

- Qu'est-ce qu'il y a, Jérôme ? Est-ce que...

- Écoutez ! Écoutez ! Tomasz, là, bien, je crois qu'il commence à retrouver son âme et sa musique !

*

Nicolas se leva et ouvrit toute grande la fenêtre de la chambre. Ils aperçurent alors la silhouette de Tomasz, debout sur le quai. Son violon bien appuyé sous son menton, il laissait s'envoler dans l'air parfumé de mai, la musique méditative de Thaïs, avec les lumières du crépuscule comme auditoire...

*

LIVRE QUATORZIÈME

Le dernier repas – roman – 2008

(La géométrie des heures)

*

À mon ami Jacques, en pays de Québec, ce cordial salut de Ouagadougou, en terre d'Afrique de l'Ouest.

Il me semble qu'une éternité s'est écoulée depuis ma dernière lettre. Et pourtant, en un si court laps de temps, de nombreux événements sont venus bouleverser ma vie. En aucune façon, je n'ai pu voir venir l'orage. En plein jour, nous savons pourtant déceler le moment précis où la nuit nous arrache les yeux et nous annonce que le jour est mort. Mais, fort heureusement, nous sommes quand même assurés que son point tournant reviendra en pleine lumière. À force de vie, nous avons appris cela.

Aujourd'hui, Jacques, il semble bien que l'aube n'a plus la même approche pour moi. En ce moment, je me sens comme outragé dans mon travail en terre d'Afrique, comme si la vie, par la force, me prenait tout mon temps et mon énergie, sans que je ne puisse rien faire. Je ne sais plus comment me tenir et, surtout, comment tomber du haut de mes jours. Oui, comment...

*

- J'ai l'impression que c'est rapidement prononcé un amen à la figure de quelqu'un, quand le destin décide de reléguer sa mémoire du côté des ombres. Il poussa alors un long soupir qui avait plutôt la couleur d'un gémissement :

- Que dois-je faire, mon Dieu ! Aidez-moi, je vous en prie !

*

Songeuse, Rolande Joly regardait distraitement son image se refléter dans le miroir ovale de son boudoir. Soudainement, elle ressentit l'impression qu'elle se déformait tout à coup et revenait à toute vitesse en arrière. Ses années s'emballaient sans raison, poussées par un souffle de souvenirs encore bien présents, malgré l'âge, malgré le temps. Comme si hier devenait aujourd'hui, il lui sembla alors que tout s'était déroulé la veille. Tout était devenu clair et limpide en sa mémoire.

*

Rolande Joly poussa un long soupir, comme pour mieux occulter cette marée soudaine, ce tournis de pages qu'elle préférait maintenant oublier et classer. Mais peine perdue. Les souvenirs continuaient à virevolter dans sa mémoire. Depuis quatre ans, elle s'était mise à l'étude sérieuse de la musique au collège Jésus-Marie de

Sillery. Déjà très engagée, elle demeurait en un constant dialogue avec son entourage faisant ainsi honneur à sa formation de jeune fille rangée. Mais, en un court laps de temps, cette confiance mutuelle entre ses proches et son entourage allait prendre un sérieux coup dans l'aile et modifier considérablement son envol.

*

Mais, quelle ne fut pas sa surprise d'apercevoir un jeune homme fringant rouler en sa direction. Elle ne mit guère de temps à le reconnaître. Jamais elle n'avait pu oublier le regard profond qu'il avait alors posé sur elle à cet instant précis.

*

André Desroches était un garçon étonnamment sûr de lui. Également âgé de seize ans, il venait à peine de décider de ne plus fréquenter l'école. Il voulait s'engager comme manœuvre sur les chantiers de construction. Décidé à foncer dans la vie, il prenait en même temps conscience que les années lui donneraient raison d'abandonner ses études, tout en lui ouvrant des portes et que sa trame personnelle, ses attentes et ses rêves y trouveraient, sans nul doute, leur aboutissement normal. Enfin, c'est ce qu'il pensait.

*

Ce soir-là, avant de s'endormir. André Desroches, les mains sous sa tête, se mit à réfléchir tout haut :

- Et si cette route que je vais emprunter commençait par la plus importante: celle de l'amour, se dit-il, l'esprit envahi soudainement par le visage rayonnant de Rolande Joly.

*

- D'après les commentaires de ma mère, tu es vraiment une pianiste virtuose. C'est bien ça, le terme, n'est-ce pas ? Par la suite, elle m'a appris ton nom. Et la description physique qu'elle m'a donnée correspondait en tous points à celle de la jeune fille que j'avais heurtée avec ma bicyclette. Alors, tu comprends un: peu plus maintenant ?

L'espace d'un instant, elle se tourna vers lui, en faisant mine de feindre l'indifférence. Mais elle eût quand même le temps d'admirer le magnifique sourire qui lui illuminait le visage et soulignait encore davantage l'éclat de ses yeux noirs.

*

Comme pour se faire pardonner son ton qu'elle jugeait un peu hautain, elle lui adressa un sourire qui se voulait réparateur.

- Ah, ça fait du bien de constater que tu sais comment sourire. D'ailleurs, il te va très bien, ton sourire, mademoiselle Joly, sans jeu de mots.

- En plus, monsieur Desroches, vous possédez un sens de l'humour un tantinet rapide, à ce que je vois.

*

Ce qu'elle avait ressenti en le voyant rouler près d'elle, c'était une sensation nouvelle, une émotion de tout son être. Elle avait vainement tenté de la dissimuler tant bien que mal. Mais elle le savait fort bien, ce sentiment tout nouveau s'était lentement enraciné en elle, au plus profond de son cœur, au moment précis où, après sa chute, leurs deux regards s'étaient croisés. Lorsqu'elle le vit disparaître, elle reprit sa route en direction de la rue La Chesnaie, tout en esquissant légèrement quelques pas en cadence, comme une petite fille à laquelle on aurait confié, tout à coup, un bien beau secret.

*

Elle ferma les yeux, en exhalant un soupir fort éloquent et qui en disait long sur son état d'âme. La première fois qu'André Desroches avait glissé ses mains dans les siennes, elle avait ressenti cette caresse longtemps désirée comme un choc, un moment unique, intense et pur, dans toute la beauté de son innocence. Et, sans coup férir, du même élan, elle avait accueilli les paroles de son compagnon comme un appel initial à l'amour.

*

- Se pourrait-il que la passion, l'attachement et la ferveur que l'on voue à celui qu'on aime viennent habiter si rapidement nos pensées et les imbiber au plus haut point ? Ma vie et mes sentiments ne sont plus les mêmes. Nos années de jeunesse se croisent sans que je ne puisse faire quoi que ce soit pour endiguer cette vague. Comme tout cela est étrange et troublant à la fois ! Serait-ce déjà un amour profond que j'éprouve pour ce jeune homme, dont le regard me trouble si profondément dès qu'il pose les yeux sur moi ?

*

Se pouvait-il que l'amour, le plus élevé des sentiments humains, émousse sa sensibilité au point de la faire éclater sans qu'elle ne puisse rien pour endiguer cette vague? Se pouvait-il que les chants de son cœur ne vibreraient que pour lui, en cet instant unique ? Elle sentait bien que le moment était arrivé où la Vie parlerait d'elle-même. Désormais, elle ne se sentait plus maître de la situation. Un autre genre d'orage se préparait qui lui triturerait les entrailles et où se consumeraient les émotions les plus vives, dans une passion commune.

*

- Maman, s'il te plaît, ce que je vais t'apprendre, ce n'est pas de tout repos. Cela me demande beaucoup de courage ! Alors, laisse-moi parler ! Elle s'arrêta de nouveau. Elle avait la certitude que la vie germait dans son corps. Et maintenant, elle considérait cette grossesse non désirée, comme une faute impardonnable, un acte d'étourderie amoureuse qui la suivrait toute sa vie comme une erreur inoubliable.

- Oui, c'est vrai, nous avons fait l'amour. Nous avons fait l'amour rapidement, innocemment, devrais-je plutôt dire, submergés tous les deux par une vague de fougue et de passion, comme on peut les ressentir quand on a seize ans. Je porte son enfant ... Je veux dire, notre enfant ! Que vais-je devenir maintenant ?

*

- Rolande, ce n'est pas épouvantable, ce geste que tu as ... que vous avez posé, ce garçon et toi. Tu viens tout simplement d'apprendre combien c'est puissant l'amour, quand il vient abruptement faire irruption dans notre vie. Demain, comme d'habitude, tu retourneras au collège. Comprends-moi bien, à présent. À partir de maintenant, il ne s'est rien passé d'extraordinaire dans ta vie, mis à part tes études et tes répétitions. Entre-temps, repose-toi et reprends courage. Je me charge de tout.

*

Le train roulait toujours. Rolande Joly, taciturne, la figure collée à la fenêtre, écoutait le chant triste de son cœur lui rappeler les confidences intimes d'André Desroches et ses élans primesautiers à la naissance de leurs amours brisées.

- Qu'est-ce que tout cela m'a apporté, se dit-elle, au bord des larmes. Un bref moment de bonheur intense, balayé sans vergogne par l'immense peine qui a suivi, comme un carcan de honte qu'elle devrait porter sa vie.

*

- Ce qui est urgent dans son cas, c'est qu'elle sauve son honneur et sa réputation de jeune fille de la honte. Il ne faut pas avoir peur des mots dans une telle situation. Alors, voilà. En ce qui nous concerne, Rolande partira pour Montréal, soi-disant pour parfaire ses études. En somme, une sorte de perfectionnement avant diplôme.

- Je demeure convaincue que cette décision est la bonne. Tout va rentrer dans l'ordre et l'honneur de Rolande sera sain et sauf. Ça, c'est ce qui importe le plus.

*

- André, ce qui nous tracasse, ta mère et moi, c'est le changement qui s'est opéré dans ton comportement, depuis un certain temps. On dirait que tu n'es plus toi-même... Quelque chose te tracasse et nous ne parvenons pas à mettre le doigt dessus. Bien sûr, nous comprenons que tu as le droit de vieillir et d'avoir des secrets bien à toi. Alors, dis-moi, qu'est-ce qui ne va pas, mon grand fils ?

*

C'est le temps ou jamais, André, songeait-il. Il faut que tu vides ton sac. Tu ne peux continuer à te morfondre ainsi. Alors, qu'attends tu pour lui demander conseil ? Il te faut agir et, surtout, assumer tes responsabilités...

*

- Papa, au cours de l'été, j'ai fait la rencontre d'une jeune fille. Elle s'appelle Rolande Joly et elle étudie la musique au collège Jésus-Marie. Papa, ce que je lui ai fait, à cette jeune fille, c'est... épouvantable ! Je crois que je n'arriverai jamais à me le pardonner. Je l'ai perdue, papa ... Et je l'aime tant !

*

- Faire l'amour, André, c'est la plus belle chose du monde. Il n'y a rien d'épouvantable dans ce geste, comme tu sembles le croire. Tout simplement, vous avez été les jouets de votre fougue, de votre passion et de votre jeunesse. Comme je le pressens, ce sont les conséquences de votre geste qui t'inquiètent. Est-ce que je me trompe ?

*

- Papa, je suis sûr que Rolande attend mon enfant. Ce soudain voyage à Montréal n'est qu'un faux prétexte pour mieux cacher ou camoufler son état. J'en suis convaincu ! J'aimerais tant la revoir, papa, pour lui demander pardon et pour lui avouer que je l'aime encore plus fort. Elle est seule, papa et c'est moi qui ai commis cette ... faute !

Sans prévenir et sans restriction aucune, André Desroches ne put s'empêcher de se jeter dans les bras de son père et de le serrer très fort. Jean-Marc Desroches sentit bien que la vie d'adulte de son fils s'amorçait d'une façon bien particulière, à l'enseigne d'un long et courageux périple à parcourir, à la recherche de son propre secret, de son propre mystère ...

*

- Eh bien, voilà, monsieur Joly. En gros, je vous ai résumé l'aventure de mon fils et de votre ·fille. Je suis convaincu que ces révélations doivent raviver encore plus votre peine. Je vous comprends. La mienne est aussi grande, croyez-moi ! Il s'agit de nos deux enfants. Je ne vous apprends rien en vous affirmant que, lorsque l'amour s'installe dans le cœur de deux jeunes gens pleins de vie comme les nôtres, il devient pratiquement impossible à déraciner. S'il nous arrive de vouloir le faire, assurément, nous sommes perdants d'avance.

*

- Un peu de soleil ne me fera pas de tort. J'en ai bien besoin pour m'éclairer la conscience et reprendre un peu plus mon équilibre. Ma longue discussion d'hier avec papa a confirmé mes craintes et mes doutes. Que devrais-je faire, dorénavant, pour retrouver Rolande et lui dire que je veux prendre ma grande part de responsabilités dans cette malencontreuse histoire.

*

Il se souvenait de tous les mots qu'il avait prononcés, comme s'ils étaient venus s'ancrer à jamais dans sa jeune mémoire.

"Quand son enfant va naître, il sera donné en adoption. Ça, c'est notre décision et elle est irrévocable."

Cette phrase prononcée par le père de Rolande martelait constamment son esprit, à coups redoublés. Il avait l'étrange impression qu'un sculpteur prenait un malin plaisir à enlever de grands copeaux de son âme, en la dénudant complètement.

*

Jean-Marc Desroches avait regardé son fils intensément.

- Je sais pertinemment qu'un chagrin aussi intense laisse des traces indélébiles, André. Cela me touche de près aussi. Chaque famille possède ses propres secrets, recouverts d'un voile de mystère. Le jour où j'ai compris la complexité de tous ces mécanismes de vie et les restrictions s'y rattachant, sans raison apparente à mes yeux, je me suis juré que je ferais tout ce qui est en mon pouvoir pour apporter mon aide et mon soutien à tous ceux et celles qu'une telle situation affecterait. Mais, j'étais loin de me douter que cela arriverait à mon propre enfant ...

353

Il s'était alors rapproché de son fils et lui avait entouré les épaules:

-La vie, mon grand fils, c'est autre chose qu'une suite de conventions à respecter. C'est beaucoup plus noble et plus méritoire. Et, quand l'amour vient en habiter les rêves et les aspirations, il n'y a plus de place pour l'hypocrisie et le soi-disant déshonneur. Un jour, j'en demeure convaincu, quelque part, après avoir foulé longuement le temps, tu le retrouveras cet enfant que tu aimes déjà, que nous aimons également et qui saura rejoindre ton âme à coup sûr. Rappelle-toi: l'amour ne peut souffrir l'absence trop longtemps.

*

- Je suis de passage à Montréal. J'aimerais bien rencontrer mademoiselle Joly si, toutefois, elle étudie dans votre école.

- Ce que je vous demande, monsieur Desroches, c'est simple. Qui vous a dit qu'elle se trouvait ici ?

- Personne, ma sœur ! C'est par pur hasard que je suis venu frapper à votre porte.

- Présentement, mademoiselle Joly n'est pas bien. Ses études l'accaparent beaucoup et elle est très fatiguée. Alors, considérez que c'est impossible pour vous de la rencontrer.

*

- Eh bien, je ne serai pas venu à Montréal pour rien. Maintenant, je sais où se trouve Rolande. Et ça, c'est ce qui m'importe. Dès mon retour à Québec, je vais lui écrire.

*

Assise derrière son imposant bureau, Sœur Marie-Gloire était occupée à lire une lettre qu'elle venait d'ouvrir et dont l'oblitération l'avait passablement intriguée. Elle était adressée à Rolande Joly.

*

"Sillery, 15 novembre 1931

Rolande,

Peut-être vais-je te causer une bien grande surprise, quand tu recevras ma lettre, surtout après un si long silence entre nous. Ne plus te revoir a constitué une longue route parsemée de chagrin pour moi. Mais, tout bien considéré, tout cela n'est rien. Ta propre peine a dû te sembler cent fois, mille fois plus pénible à supporter. Et quand l'absence se met de la partie, alors, la blessure s'agrandit et devient beaucoup plus douloureuse. Comment arriver, en de pareilles circonstances, à parler d'amour et vouloir le vivre pleinement, sans contrainte, sans se sentir constamment coupable ?

Oui, Rolande ! Je suis coupable d'amour pour toi ! Chaque jour, chaque minute de ma vie, je mesure la portée douloureuse du geste que nous avons posé, un certain jour d'orage de l'été dernier. Et pourtant, j'en demeure convaincu, nous n'avons commis aucun crime, à ce que je sache. Nous avons fait l'amour, comme deux êtres normaux, emportés, sans contrôle possible, par la fougue et la passion. Mais notre geste a généré de sérieuses conséquences ...

Je sais que... tu attends notre enfant. Dès que j'ai appris ton départ rapide pour Montréal, au plus profond de moi-même, je l'ai compris. Je devine que tu as dû énormément souffrir de cette situation, ainsi que tes parents. Leur vie a sûrement été passablement perturbée ces derniers mois. Je n'ai pas eu le courage d'aller les rencontrer, ce que mon père a fait, cependant. La semaine dernière, je me suis rendu à ton école, à Outremont. J'ai demandé à te rencontrer. Cela s'est avéré impossible. Car une interdiction formelle de te revoir, autant de la part de tes parents que des autorités de ton école, me pèse désormais bien lourdement sur le cœur. Je voudrais tant pouvoir te parler, Rolande, et pouvoir te demander pardon pour ce que je t'ai fait. Et puis, cet enfant qui va naître, c'est le nôtre ! Il ne faut pas qu'il soit donné en adoption.

Même si nous sommes jeunes encore, même si la vie s'est déjà chargée de nous séparer, nous devons absolument nous retrouver, nous aimer assez fort pour affronter courageusement les qu'en-dira-t-on et prendre nos responsabilités.

Je t'en prie, lis cette lettre avec attention. Elle est tellement pleine d'amour et de tendresse à ton endroit ! Je te le répète, je sais que tu souffres moralement. Mais moi aussi, je suis déchiré par la peine. Chaque instant de ma vie, je mesure l'immense fossé qui nous sépare. Mais, c'est bien étrange, quand même. En même temps, plus il me semble que le fossé s'élargit, plus mon cœur se rapproche de toi. Ma pensée rejoint constamment la tienne. Je suis rempli de toi. C'est grâce à tout cela que je ne perdrai jamais courage, que mes attentes et mes aspirations vont converger vers toi, avec l'intime conviction qu'un bon jour, nous nous reverrons et nous serons heureux à nouveau.

Je t'en supplie, Rolande, réponds-moi. Écris-moi que notre amour n'était pas seulement un feu de paille, mais une réalité bien concrète. J'ai besoin de toi ! Je veux te revoir, ne serait-ce que pour te redire que je ne pourrai jamais penser ma vie sans que tu la partages, sans ton espace, sans ta musique.

Ne m'oublie pas, Rolande,

Je t'aime tant !

André, à Sillery."

*

Le temps commençait à diluer sa peine, à l'enrober de baume. Non pas que sa pensée se fût éloignée de Rolande Joly. Au fond de lui-même, chaque fibre tressaillait au moindre rappel de son nom.

Pensif, il mit la main dans la poche de son pantalon. Puis, tout doucement, comme on manipule un beau souvenir, il ouvrit les doigts et se mit à regarder la mini sculpture en bois de pin qui reposait au creux de sa paume: deux cœurs enlacés, un jour d'orage. Et la peine pour tout partage.

*

- J'en sais quelque chose, papa. Quand on dépasse les limites que la vie nous a fixées, le prix à payer est parfois exorbitant et dépasse nos capacités de l'assumer. En ce qui me concerne, il a épousé le visage d'une longue attente qui mine mes forces intérieures. À la suite de mon voyage à Montréal, j'ai écrit de nombreuses lettres à Rolande. Mais elle n'a jamais daigné y répondre. J'ai beau essayer de me convaincre qu'elle m'a oublié. Mais je ne peux me résoudre à penser qu'elle m'a effacé de sa vie. Ce n'est pas possible, papa ! À chaque battement de son cœur, l'enfant qu'elle porte le lui rappelle.

*

- Comme tu vois, mon garçon, les chagrins et les peines, ça fait partie intégrante de toute vie. Il en va de même pour le bonheur. Après les nuages, le soleil nous apparaît toujours beaucoup plus ardent.

*

- Mesdames, messieurs, en deuxième partie de notre programme musical, nous aurons l'insigne honneur d'entendre mademoiselle Rolande Joly nous interpréter les trois mouvements de la grande sonate pour piano, dite *"Appassionnata"* de Ludwig Van Beethoven. Mademoiselle Joly nous revient, après un an de spécialisation en interprétation à Montréal. C'est avec un immense plaisir que nous vous la présentons. Mesdames, messieurs, veuillez accueillir Rolande Joly, pianiste.

*

Les yeux clos, André Desroches laissait les notes imprégner son âme. Elles lui indiquaient clairement la route du recommencement, la seule route qu'il lui serait dorénavant possible d'emprunter. Lorsqu'elle plaqua avec force les derniers accords du troisième mouvement de la sonate, il se leva spontanément et laissa échapper un retentissant bravo. Debout, une main sur le rebord du piano, Rolande Joly saluait la foule en souriant. Mais, lorsqu'elle entendit ce cri du cœur surgi de la salle et où perçait un certain mystère qu'elle seule pouvait déceler, elle ne pût s'empêcher de jeter un regard dans cette direction. À ce moment précis, André Desroches comprit que, dorénavant, il lui fallait carrément se mettre en route, à la recherche d'un infini à retrouver, dont la portée lui échappait encore, mais dont la densité dévoilait son mystère petit à petit.

*

"Bravo, mademoiselle"

Elle ne pouvait s'empêcher de penser à ce cri chargé d'émotion, surgi du fond de la salle obscure, en cherchant à la rejoindre. En l'entendant, son cœur s'était mis à battre si fort ! Non, à coup sûr, cette voix, c'était bien celle d'André Desroches ! Oui, sa voix qu'elle n'avait jamais pu effacer de sa mémoire et de son amour. Ce bravo avait passé à travers elle comme un rayon de soleil qui chasse tout doute.

-Ah, cher André, pourquoi n'as-tu pas répondu à mes lettres ? Il faudra bien qu'un jour, tu me dises pourquoi ! Et, ce jour-là, est-ce que nous arriverons encore à nous rejoindre ?

*

- André, je suis d'accord avec toi. Il y a des rencontres auxquelles on ne peut absolument pas se soustraire. Ah, c'est vraiment étrange ce que la musique peut exercer comme influence sur nous! Bien sûr que tu peux t'absenter. Et avec ma bénédiction, en plus! On ne peut faire attendre une grande artiste. Ce serait ·faire preuve d'impolitesse.

*

"Courage, André ! Tu as attendu ce moment avec tant d'espérance au fond de toi-même ! Ce n'est pas le moment de flancher. Laisse tes vieux fantômes s'évanouir dans l'oubli et dis-lui ta vérité !"

Résolument, il s'avança en sa direction. Lorsqu'elle l'aperçut, elle s'arrêta brusquement, en tenant fermement ses livres contre elle.

- Euh... bonjour Rolande. Non, je t'en prie ! Ne dis rien tout de suite! J'ai attendu ce moment tellement longtemps! Pouvoir enfin te revoir et te parler ! Et là, maintenant qu'il est arrivé, que je suis là, devant toi, les mots m'échappent... Je ne sais plus trop quoi dire pour t'exprimer tout ce que je ressens: un mélange de grande peine et de joie profonde. Mais, surtout, ce qui est clair dans mon cœur et dans ma tête, c'est ma volonté bien arrêtée de te demander pardon pour tout le mal que je t'ai fait ! Durant ton absence, qui m'a semblé durer une éternité, j'ai vainement tenté d'imaginer combien tu as dû souffrir d'isolement et trembler de peine dans ta solitude. J'en ai même perdu le sommeil et l'appétit. Derrière mon âme, Rolande, je devinais la tienne qui pleurait. Et moi, je pleurais avec elle, comme si nos larmes réunies avaient eu le pouvoir de dissiper le brouillard opaque qui nous séparait. Est-ce qu'un jour, tu pourras me pardonner ma conduite ? Dis-moi, est-ce que la vie peut nous réunir de nouveau, après cette terrible bourrasque ?

*

- En entendant ta voix crier ce bravo, André, j'ai toujours cru que c'est moi qui te parlais. Sur ce point, maintenant, en revoyant ton visage et ton impénétrable regard, je ressens de nouveau cette impression que je me regarde dans un miroir. Non, André, je ne t'ai pas oublié ! Comment aurais pu lutter contre moi-même? Même si mes lettres sont demeurées sans réponse, même si, en vain, j'ai souvent tendu mon esprit vers toi, je n'ai pu fermer mon âme à ton souvenir. Tout cela fait maintenant partie des pages tournées de notre vie, qu'il nous faut oublier au plus vite !

- Ce fut une route de passion que nous· avons bien involontairement empruntée, une passion à vivre isolés, seuls, où nous n'avons pas eu le choix de nous cacher dans nos secrets et nos mystères. À présent, c'est une route de pardon qui s'ouvre devant nous, devant nos vies. C'est cette route qu'il nous faut absolument emprunter, André. Elle nous appelle. Il faut la suivre d'un pas ferme. De nouvelles frontières s'offrent à nous. Jamais plus, tu comprends, nous ne devrons plier devant nos faiblesses, en prétextant que nos charges sont trop lourdes. Jamais...

*

Bien installé dans son fauteuil à bascule, Arthur Joly écoutait Jean-Marc Desroches lui débiter l'objet de sa visite.

- Vous devez vous rappeler notre bref entretien, lors de ma première visite, il y a un peu plus d'un an maintenant. À ce moment-là, il avait été question, entre nous, de nos deux enfants : votre fille Rolande et mon fils André. J'ai gardé l'espoir que, possiblement, le temps se chargerait d'arranger les choses. Je crois que ce temps est justement venu. Nous devons nous rendre à l'évidence qui se présente à nos deux familles : votre fille et mon fils s'aiment encore.

*

- Ce constat, monsieur Joly, nous ne pouvons plus y échapper. Et de plus, je crois fermement que leur amour est devenu encore plus fort, plus raisonnable, plus mature. Il s'est ennobli par l'épreuve qu'ils viennent de subir, bien malgré eux et qui les a drôlement secoués. Je crois que nous n'avons plus le choix. S'il nous arrivait de vouloir encore placer des interdits sur leur route, ils vont continuer à se revoir, à vivre dans la peur et la hantise d'être découverts, tout en ayant l'impression que nous ne voulons, en aucune façon qu'ils aient droit, eux aussi, à. leur part de bonheur. Monsieur Joly, si vous aimez votre fille autant que moi j'aime mon fils, ce dont je ne doute guère, vous devez me comprendre.

*

- Figurez-vous, monsieur Desroches, que ça fait un bon bout de temps que nous réfléchissons à tout cela, mon épouse et moi. Je ne doute pas que vous aimiez profondément votre fils. Lui aussi, il a dû regretter infiniment son geste et je présume qu'il a dû vous demander pardon. Un bon fils se doit d'agir de la sorte. J'ai eu l'occasion de l'apercevoir à la sortie de la messe. Il m'avait alors semblé accablé d'une immense peine.

- Quoi qu'il en soit, vous avez raison. Nous voulons tous que nos enfants soient heureux. Vous comprendrez aisément que, dans une pareille situation, nous n'avons guère eu le choix. Il nous fallait absolument sauver son honneur et sa réputation. Mais, je dois vous avouer qu'à la fin de son concert, quand nous avons entendu le *"bravo"* de votre fils retentir, comme un cri déchirant dans l'obscurité de la salle, Angélina et moi nous avons compris que rien, ni le temps, ni la peine, ni la souffrance, n'arriverait à éteindre l'amour dans le cœur de ces deux enfants... Rien, Je vous le répète, monsieur Desroches. Dorénavant, c'est en pleine lumière que tout devra se dérouler. Alors, officiellement, vous avez raison. Nous ne pouvons plus nous opposer à leurs rencontres. En compagnie de votre· fils, ma femme et moi avons convenu de vous inviter pour venir partager un repas à notre demeure De cette façon, nous mettrons un point d'honneur à contribuer à leur bonheur, à condition, bien sûr, qu'ils soient vraiment faits l'un pour l'autre.

*

361

Lorsque sœur Saint-Augustin poussa la porte de l'infirmerie, sœur Marie-Gloire, en toussant lourdement, ouvrit les yeux et lui fit signe de s'approcher d'elle. La voix cassée et rauque, Sœur Marie-Gloire la remercia. Puis, elle ajouta rapidement, comme si le temps lui était désormais compté :

- Ma sœur, j'aimerais que vous puissiez me rendre un grand service. Par contre, il faut que cela demeure un secret entre nous deux. Ouvrez la porte de cette armoire, là, en face. Dans la poche intérieure de ma tunique, vous trouverez une petite clef. Elle ouvre le tiroir central de mon bureau. À l'intérieur, vous trouverez une boîte cartonnée enroulée d'un cordonnet noué. Ne l'ouvrez pas. Ce que je vous demande, c'est de l'emballer et l'envoyer à l'adresse suivante :

Mademoiselle Rolande Joly,

138, rue La Chesnaie,

Sillery,

Province de Québec, Canada

*

- Est-ce possible de réaliser cela pour moi? Cette boîte ne m'appartient pas et contient tellement de beaux rêves que je ne pourrais jamais me pardonner de les avoir délibérément oubliés au fond d'un tiroir. L'amour, ma sœur, c'est né pour voler librement. Qui sommes-nous pour vouloir entraver son vol, dites-moi ?

*

Lorsque Rolande Joly fit son apparition dans la lumière de l'entrée de l'église Saint-Michel, au bras de son père, sa beauté lui apparut alors plus éclatante et sans faille, cette beauté qui l'avait tant frappé, lors de leur toute première rencontre, un certain soir d'été 1931. Seulement l'amour et le bonheur pouvaient permettre tant de musique et de vie. Heureux et comblé, André Desroches lui adressa son plus lumineux

362

sourire. Puis, en lui tendant les bras, il s'avança vers elle, en l'invitant à venir partager définitivement sa vie et ses rêves, *"pour le meilleur et pour le pire"*.

*

Note de l'auteur :

La suite de ce roman : *Le dernier repas* va se continuer, en passant par Québec, Montréal, pour, finalement, trouver son aboutissement en Afrique de l'Ouest, plus précisément à Ouagadougou, au Burkina Faso. De nombreuses péripéties, toutes aussi enrichissantes les unes que les autres, vont venir parsemer les pas, les montées, les victoires des protagonistes, dans la complexité de la géométrie de leurs heures à vivre.

*

LIVRE QUINZIÈME

Comme une aube offerte aux étoiles – poésie – 2016

*

Un lumineux matin d'aurore, un lieu, une métamorphose de la nature, au printemps 2015. Des mots habitables dans mes bagages, un lieu-dit d'expression attendue, une fusion de vie entre la conscience et le monde, pour tenter, une fois de plus, de comprendre le sens de mon existence.

Voilà pourquoi je reprends ma plume.

*

Comme c'est beau de croire, comme c'est exaltant de penser que l'être humain est toujours en recherche... Il naît et déjà il meurt une première fois. Alors, il pleure, il crie pour entrer dans l'autre vie qui commence à finir et qu'il lui faut vivre encore. Je crois qu'il est toujours en recherche, en quête de son propre mystère, de sa propre constellation, de sa propre lumière...

*

C'est un souffle troublant qui passe, un demi-frisson vibrant comme une inquiétude folle, mais tout à la fois, un espoir retrouvé. Tenir sa jeunesse à pleines mains, entendre ses propres voix sans frémir, apprendre à se défricher, à se conquérir, dans ce nouveau mélange de grandeur, quel défi !

*

Vingt ans... C'est l'âge où tous les espoirs sont permis, même si l'âme est remplie de mélancolie et de lassitude.

*

Ah, l'amour ! Nous frémissons à l'appel de son nom, une mission ardue, me direz-vous, une triste mélopée, une mélodie où se dessine le chemin intérieur de l'âme.

*

Rencontrer sa jeunesse, la boire jusqu'au bout, Ce n'est guère facile. Parfois, elle se fait discrète, Sans mystère, confiante et large, don de soi qui accapare. C'est pour cela qu'elle est respectable en ses silences imposés, puisqu'elle nous les offre comme un luxe de vie rare, un métal précieux à polir, au milieu de nos ivresses.

*

La jeunesse, c'est une bien belle page de vie, tenue serrée entre les mains forgées de bagatelle, d'espoirs à peine bus, qu'un rien pourrait piétiner à jamais. La jeunesse, c'est une aube offerte aux étoiles. C'est une offrande en accords de musique et dont les rythmes battent en contretemps, en marchant au rythme du monde.

*

La famille, c'est une société intime en soi, c'est personnel en quelque sorte, c'est une logique de pensée qui se situe en actions, en idées, en individus, bâtie en cellules de base comme un noyau se fusionne au sein de l'atome…

*

Après tant de questions posées, je demeure convaincu que dans ce milieu hétéroclite du troisième millénaire, la famille, pourtant, ne pourra se laisser dépasser. Elle va se transformer, telle une chenille en pleine mutation qui s'apprête à devenir un magnifique papillon, mais dont les couleurs nous sont encore mystère…

*

– Vous avez raison… C'est tellement précieux un souvenir et ça s'envole rapidement. C'est pour cela qu'il faut le saisir à la volée. Cette matinée est fort prometteuse. Qu'est-ce que vous en dites ? Et puis, la mer est si envoûtante. Que désirer de plus ? Oui, cueillir l'été comme on cueille un fruit mûr ou une fleur fragile. Qui sait ? Peut-être découvrirons-nous ce qu'il faut comprendre de notre vie, de notre jeunesse et de notre amour.

*

J'en appelle à l'amour, comme un bien bel héritage à transmettre. Dans l'horizon emporté, où en sommes-nous dans l'envoûtement de nos rêves ?

*

À l'aube d'un premier jour, aux reflets somptueux de notre poème, débarrassé de ses silences tueurs, regarde… Le jour se lève et, en ce moment arrêté de l'amour, tout est unique, comme notre jeunesse…

*

En milliers de notes, nous l'avons chantée bien souvent, l'amitié, en harmonie et en musique. Nos voix unies jaillissaient de nos larges horizons, amalgamées en un seul chœur, accolées au temps, ce grand bâtisseur de vie, son témoin incontournable et sa conscience, enrobées dans des musiques et *"dans des amitiés foudroyantes, qui fondent les âmes d'un seul éclair, "*, comme l'a écrit fort à propos monsieur de Lamartine.

Je vous l'affirme, c'est un filon de vie incroyable, l'amitié. Comme la musique, elle met l'âme en harmonie avec tout ce qui existe. Et sa fidélité est constante, puisque c'est sa raison d'être. Éphémère peut-être, comme un vol d'oiseau libre, à la recherche d'une floraison d'étoiles, d'un jaillissement de lumière, au matin d'un beau jour.

*

Peut-on parler d'amour encore comme des jours bus à nos âmes, aux absences ramassées prêtes à rentrer au pays, entre deux souffles qui nous ceignent et nous conduisent l'un vers l'autre...

*

Aimer aujourd'hui, à l'heure de la joie et de la vérité, c'est se présenter à travers l'autre, s'aimer soi-même et reconnaître sa propre humanité incarnée, fondamentale et accessible... Un amour au contact des autres, un nouveau quotidien, aux joies remplies d'heures et de jours, un amour de souffrances partagées, un amour d'aspirations profondes, un amour appris, un amour recueilli, mais encore en prière...

*

Il y a des soleils qui réchauffent tellement fort, quand on prend la peine d'y croire, des soleils qui ne se couchent jamais, tant notre bonheur les rassure...

*

Nous le connaissons si peu, le bonheur... Tout nous semble mystère quand on se rapproche de lui... Mais nous osons le croire. Malgré cette portée intime de cœur, il n'exige rien en retour... Un beau matin, comme une évidence toute simple, il se présente à la porte de nos âmes, marqué du sceau de sa tendresse... Et là, dans un élan créateur, il libère son amour sur nos routes...

*

Certains jours, en un manège fou d'étoiles, notre conscience n'a plus rien à nous dire, comme si notre liberté était en prison.

Ma liberté, elle, vagabonde en portant ses promesses. Elle ne veut plus qu'on la freine, car elle libère ses paroles en laissant éclater ses espérances...

*

Alors, je l'ai retrouvée, cette valeur sûre. Je me suis appuyé sur elle, comme sur un bâton de pèlerin en quête de vie... *" Prends le large, largue les amarres, aime de nouveau, car le plus difficile, c'est encore de vivre... "*

*

Et là, dans un espace recueilli, j'avais entendu le vent murmurer doucement à l'oreille des primevères :

" Écoutez le bruissement des feuilles dans les arbres en prière et les froissements de la soie sur les bouleaux, s'enroulant aux musiques éthérées de la nuit troublante. Elles s'envolent en pâmoison poétique, ornées d'infini aux reflets indigo... "

*

Moi, je verrais tout cela en me demandant ce qui m'arrive, en questionnant la Vie sur ce don qu'elle me présente, comme ça, sans exiger de réponses... Alors, je verrais que, dans vos yeux, brille l'instant de l'Amour... Et je saurais enfin que vous avez découvert le secret de la blancheur immaculée des marguerites...

*

Solitude, se refuser à l'autre, accepter de dormir à ses côtés et nier la peine que l'on prend pour être aimé... La solitude, ce refus de soi, accepté, oblitéré, c'est un voile posé sur notre âme et qui verrouille l'amour... C'est une ombre qui mugit entre deux battements de cœur, Entre la perte d'un regard dans un indéfinissable espace, Où des fleurs avides de soleil Tentent de comprendre ce qui leur arrive...

*

Qu'elle est attirante la lumière quand ses crépuscules rejoignent l'horizon, en de lointaines transparences, en attendant que l'on revienne toucher l'axe du temps, aux portes de la conscience, aux confins de nos libertés à retrouver ou de nos vies à refaire...

*

Vieillir, être tout simplement, en pleine liberté, du temps qu'il nous reste à vivre, à penser, à dialoguer…Un bien beau temps de vivre, un temps sain, noble, comme la sagesse elle-même, celle qui nous blanchit la tête.

*

Il est venu dans nos vies, l'amour, comme une légère brise, une consécration des jours à vivre et à comprendre, au milieu des pièges du présent, conjugués au futur, mais parfois nostalgiques du passé…

*

Maintenant, nous connaissons notre vieillissement, avec ses ombres et ses lumières, avec sa merveilleuse et blanche saison de vie, son automne aux chants de splendeur, d'odeurs de fruits mûrs et de demi-tons accomplis, comme on les dessinait, jadis, dans nos cahiers d'écolier…

*

Encore plus somptueux qu'un pur amour, encore plus éblouissant qu'une vague de beau temps, encore plus nourricier que ma soif de toi, encore plus délirant que ma patience fragile, encore plus séduisant que mes promesses fidèles…

Ton nom…

Tant que minuit n'aura pas sonné, tant que l'Amour m'aura à cœur et à corps, ton nom retentira en moi comme une immense lueur d'espérance…

*

Un temps pour vivre et un temps pour mourir, un livre qui se ferme, une réalité inexplicable qui s'installe, une absence remarquée, mystérieuse, inexorable, dont la réalité demeure incompréhensible…

371

*

Ce jour-là, recueilli, presque en prière, le temps s'était arrêté, l'espace d'un instant... En me regardant intensément, de sa voix sereine et douce, il m'avait avoué humblement, en pesant bien chacun de ses mots :

" Tu souffres, mon ami... Mais, comprends-moi bien, C'est un beau et grand voyage, la mort... Elle est d'abord justice, je dirais même un voyage infini au cœur de la Vie. C'est un grand départ, laissant derrière elle les larmes versées, les peines dévorantes, les déchirures physiques, pour y installer la paix, la consolation et le réconfort de l'âme. Car la Mort, c'est la joie ultime de l'autre VIVRE... "

*

Mais il y a des soleils qui réchauffent tellement fort quand on prend la peine d'y croire, des soleils qui ne se couchent jamais et qui, un jour, nous éclaireront en autant de lumières douces, de lumières aimantes, brillantes comme des aurores...

*

Un beau matin, comme une évidence toute simple, le bonheur se présentera à la porte de nos vies, marqué du sceau de sa tendresse, avec la paix par la main, pour que nous puissions prendre notre envol, enfin libres...

*

LIVRE SEIZIÈME

Que sont mes amis devenus –
Correspondances et hommages – 2016

*

Pour parvenir à distinguer le vrai du vraisemblable ou de la fiction, il n'y a qu'un pas à franchir : celui de la vérité qui s'en dégage. Alors, le temps s'arrête… Le temps jongle et se balade, nous engloutit, prend ses distances, nourrit nos actions, pleinement et sans mesure. Bref, il s'installe, au passé, au présent, au futur. Puis, il laisse notre conscience parler à notre inconscient. Chargé de fantaisies, de mots, libre, imaginaire et sensible, il se dit et se raconte.

*

Oui, le temps s'arrête… À travers les fragiles pages de lettres reçues, envoyées, d'hommages rendus ou donnés, le temps devient un instant inoffensif, enrobé de sagesse, un frémissement de plus, un chant dans le murmure du vent, un chagrin qui passe et ne demande qu'à laisser sa lumière jaillir en pleine vie.

*

Dans toute vie, entre la terre et l'azur, le temps n'est plus à la dormance. Tu es comme un oiseau aux ailes fourbues. Tu as oublié que pour apporter quelque chose aux autres, il te fallait d'abord être toi-même. Ta plume, je le sais, est fébrile. Alors, qu'attends-tu pour les écrire, ces pensées qui logent dans ton âme, pour les transmettre à tous ceux et celles qui les boiront, afin qu'elles intègrent leur substance et leur vie ?

*

Je t'écris donc, par amitié, pour pouvoir goûter à un simple bonheur, qui frémit en ses promesses. Je t'écris pour me dire, pour te raconter mille merveilles ou mille chagrins, avec mes mots intérieurs. J'aime tant apprécier la chaleur de tes gestes purs, quand tu ouvres tes bras et ton cœur pour m'accueillir et me dire que tu m'aimes.

*

Au piano d'accompagnement, j'entends la vie qui chante, tellement belle, avec une immense tendresse dans le regard. Elle retient la lumière prisonnière au fond de ses prunelles, elle inonde d'espérance neuve nos désirs ardents et tenaces de toujours vouloir vivre davantage en profondeur.

*

Sur les chemins de silence, nos ailes se déploient et, lentement, nous nous éveillons vers d'autres élans prometteurs, vers des aspirations légitimes, vers d'autres chimères, peut-être, qui sait ?

*

La vie, la vie changeante comme le ciel chargé de nuages, la vie claire, orageuse, généreuse, sauvage, cruelle comme un ouragan, la vie à aimer, la vie domptée, la vie éclairée dans la tempête, la vie majestueuse, partagée entre l'être humain et l'univers…

*

Oui, c'est vrai. Il y a des crépuscules plus beaux que des aurores. Il y a des gens qui transmettent la lumière. Et il y a des gens qui obscurcissent tout.

*

J'écris, en autant d'espaces éphémères. Je voudrais tant que tout se transforme, en fils de pensée, de lettres, de livres… De beaux livres, posés sur un piano, tout près de la musique, une pensée vagabonde, surgie par bonheur d'on ne sait où, une poésie de terre et d'eau, de

376

vagues salines, d'orgie de lumière, une pensée qui élève le regard, à l'heure des pas entendus, reconnus, et qui font appel aux étoiles...

*

Je suis au cœur de vos silences, comme si, parfois, au soleil de midi ou de minuit, votre souvenir oublié se mettait à saigner, en laissant tomber des gouttes de sang sur hier, aujourd'hui et sur demain... En votre compagnie, voyez-vous, avec vos mots si pleins de tendresse, j'ai toujours cherché le printemps, pour que renaisse la vie...

*

Avec beaucoup de nostalgie, il m'arrive souvent de me remémorer cet épisode ensoleillé de ma tendre enfance : la réception de ma première lettre. Des êtres merveilleux comme ma marraine Gisèle, nous en rencontrons beaucoup, sur les routes lumineuses de notre vie. Ils y parsèment le bonheur, la consolation, l'amitié, l'amour et la foi en l'humanité, comme si ce geste d'affection et de tendresse pure leur était tout à fait naturel. Une carte de Noël, quelques pensées et un bref instant de vie lui avaient suffi, pour inscrire ces données indélébiles en mon jeune cœur de six ans. À ce titre, elle revêt à mes yeux le beau nom de messagère de bonheur !

Comme la lumière brillait intensément dans ma tête, lorsque, le soir venu, je m'endormis, heureux en rêvant aux étoiles !

*

"HIER, il y a trente-cinq ans, après de bien sérieuses attentes, j'ouvrais toutes grandes les portes de mon esprit et de mes connaissances à la prometteuse jeunesse de ma région et de mon pays proche : la Gaspésie, une jeunesse out en émergence, en innovation et en recherche de lumière. J'entrais de plein pied dans la fébrilité de mes vingt ans. J'étais épris de liberté et d'idéal et marqué au front du sceau indélébile d'un beau et grand pays à construire. Alors, que

désirer de plus pour mordre à pleines dents dans la vie et cette carrière toute neuve ?

*

Ah, comme j'ai aimé la chanter, la décrire et la guider, la jeunesse gaspésienne, au cours de toutes ces années où on m'a accordé cet immense privilège de tenter, bien humblement, faut-il le dire, de meubler l'intelligence des jeunes et d'enrichir leur idéal à atteindre, tout en respectant leur apprentissage de la liberté, en l'entourant d'amitié, de vie, d'amour et de tendresse. "

*

"Demain, tu te lèveras tôt pour entrer dans la blancheur de l'aube et le bleuté pâle de l'azur naissant. Tu regarderas la mer étale devant toi. Et là, pour toi, le poète, tu le sentiras venir vers toi ce moment propice du rendez-vous de la vie qui éclate et qui fuse... Aujourd'hui, demain ou ailleurs, il faut que tout ce qui vit, tout ce qui pleure, tout ce qui chante, pénètre en toi. Sur tes routes intérieures, tout cela existe, tu le sais bien ! Alors, peu importe les tempêtes ou les coups de vent subits, je te le répète encore, le bonheur de vivre est là, accessible, derrière ce gros nuage qui se dissipe lentement. Reprends la route, même si elle semble étrange. C'est celle du silence qui s'installe en toi. En l'empruntant, crois-moi, tu rejoindras le soleil..."

*

Bien sûr, j'ai hésité avant de t'écrire cette lettre. Chaque mot que j'écris me touche, me blesse ou bien me comble. En effet, je m'arrête un peu pour te parler de moi, en te faisant don de ces quelques instants précieux de ma vie. Cette lettre est imbibée de ma présence, que je voudrais remplie de bonté, de vérité et de délicatesse. Ce faisant, je brise mon silence, celui qui me fait peur, qui me cloisonne et qui, souvent, a voulu me détruire.

*

Cette lettre m'ébranle et me rassure tout à la fois. On a beau écrire des livres, comploter avec la poésie, chanter envers et contre tout que la vie est belle, pleine d'espérance et de surprise, il n'en demeure pas moins que, parfois, le silence et la solitude des êtres deviennent oppressants. À ce moment précis, grâce à la complicité du temps qui passe, de la vie qui nous appelle toujours à foncer vers l'avant, voilà que le goût d'écrire refait surface : un ami en allé, un fils imaginaire, un lecteur ou une lectrice se présentent à la porte de notre âme, pour nous faire prendre conscience qu'ils sont là, qu'ils ont toujours été là, au temps venu pour moi de meubler mes silences.

*

Je t'écris, mon fils, comme on se recueille pour se mettre en prière. Puisque ce moment se prête bien aux confidences, je le fais parce que ta présence en moi est bien réelle. La lumière d'aujourd'hui m'environne et je la savoure, au point de m'en saouler. Ton souvenir m'effleure doucement de ses subtils chatoiements d'amitié et de bonheur, tellement frémissants de fructueuses promesses.

*

"Rester jeune, c'est vouloir vivre l'essence de ses rêves intimes, à la clarté et à la lumière de l'espérance en demain." Cette lettre, elle te ressemble. Comme un poème, elle est libre, sans entraves, comme doit être ta vie, lorsqu'elle te dira qu'il est très important de composer avec les autres, de rire avec les autres, de pleurer aussi avec les autres. La liberté est à ce prix. Et je sais quelle importance tu accordes à ce mot superbe de sept lettres, où loge toute l'amplitude des rêves à découvrir, des rencontres à vivre, des perceptions de l'autre, qui sera peut-être, un jour, cette partie de toi qui t'accompagnera dans ton envol vers la Vie...

*

En retrouvant le carnet d'écriture où j'avais griffonné des mots de vie, des mots de prière, aux frontières de l'indicible, en longues traînées de silence, je me suis regardé bien en face. Et là, j'ai aperçu ces mots : ils pleuraient, riaient, célébraient la vie, enchaînés les uns aux autres et tous chargés de présence. En somme, un beau pèlerinage, des pages à méditer comme une prière...

*

"Chère Vie, toi, ma compagne inséparable, tu m'as accepté dans ta tendresse et, pour moi, ce présent offert est plus précieux que l'or le plus pur. Je me suis installé confortablement dans ton amitié, sans restriction aucune. Et toi, jamais tu ne m'as tourné le dos, jamais tu n'as refermé tes portes sur moi...

*

Il en est des histoires d'amour comme autant de secrets de vie longuement voilés. Des secrets de vies écorchées, griffées par des mains de géant, aux doigts tordus d'avoir trop serré ou d'avoir trop aimé, qui sait ? De bien belles solitudes étreintes, où l'amour n'a plus de visage...

*

C'est vrai, c'est terrible une douleur, une déchirure. Ce n'est pas incisif comme une coupure. Non ! Une déchirure, ça écorche et ça brûle, ça saigne et ça laisse de bien belles cicatrices. Alors, imaginez une vie écorchée, déchirée et qui n'en peut plus d'écouter ses complaintes, tristes comme des musiques d'automne, perdues au fond de rêves brisés...

*

"Pourquoi cette attente de la lumière, à l'heure où tout se tait ? Mon mécanisme est détraqué. Quel est donc ce pouvoir imaginaire que je donne à l'ombre qui m'entoure ? Ah, je sais bien que cela me tue ! J'ai

beau fermer les yeux, regarder intensément mes propres obscurités, mes propres défaites, mes propres douleurs, je crois que je ne parviendrai jamais à imaginer l'ampleur que pourrait revêtir au creux de mon âme le cristal vivifiant de la vie retrouvée. "

*

Qu'en est-il de naître, d'aimer et de mourir ? Souvent, la vie est à peine entamée, les fruits mûrs n'ont pas encore été croqués. Épris de pureté à n'en plus finir, il nous faut finir notre chant, sans avoir pu le déposer encore, en toute quiétude, dans la chaleur d'une présence. Et pourtant, ce florilège pourrait résonner comme un hymne de louange, une musique inassouvie, souriante dans les matins clairs.

*

Il y a des musiques qui naissent comme des chants d'âme, remplies d'émotions pures. Et puis, soudainement, unies à la voix des êtres et des choses, un bon jour, elles décident de se taire... Il y a des musiques qui vibrent en s'accordant aux heures. Elles se laissent caresser par l'amitié, la vraie, la fidèle. Et leurs notes glissent, porteuses d'espérance en de biens beaux lendemains. Mais, surtout, il y a des âmes qui concertent leurs harmonies en de merveilleuses renaissances, en des rêves attendus, remplis de dualités complices...

*

Il en est de nos âges comme de nos souvenirs. Il suffit simplement de nous les remettre en mémoire, pour que la vie fuse et se mette à vibrer, comme un printemps pressé de s'éclater, tellement il n'en peut plus d'attendre... Mais les jours passent. Le temps file en trombe. Un hiver bien au chaud, remué en nos mémoires, où tout reste à dire et à faire. Et puis, vient s'y ajouter un printemps pas si précoce encore. Et l'été poindra à son tour... Tout ira pour le mieux, en préparant la venue de l'automne, qui sera somptueux comme d'habitude, avec ses habits de lumière...

Il y a tellement longtemps, ce me semble que je n'ai pas écrit une lettre manuscrite, moi, le papillon de nuit aux ailes brûlées. Je suis corrodé par de fantomatiques espérances. Ma liberté ne peut plus voler au-delà des barrières que je me suis imposé par ma faute, par ma très grande faute. Je suis cyber-dépendant. La fragile frontière entre le temps réel et le temps imaginaire disparaît. Tout dialogue intérieur s'annule, transformé, par une étrange osmose, en un amalgame interactif virtuel incontrôlable, générateur de souffrances.

*

Oh, bien sûr, écrire, c'est commettre un acte d'amour. C'est laisser couler librement les passions qui surgissent de notre cœur, comme autant de sources de vie. C'est entendre la musique des jours, l'écouter comme on se régale, comme une célébration qui vient jouxter en nous-mêmes les plus beaux souvenirs du temps qui passe, en de purs moments de grâce, à cueillir avec les mains de l'âme.

*

Ce matin, mon cœur bat très fort. Ses battements sont incessants, martelés, gourds. Sur le difficile chemin qui m'invite au silence, je l'entends balbutier, comme aux premiers instants de ma vie. Il bat le temps mort en " *blues* " perdus dans une mélodie chagrine, en contretemps de la vie. C'est un faux temps, un simulacre « pas de deux », comme un temps mort, une pause indésirable, un soupir intégré, entre la douleur et le doute.

*

Je suis seul sur la route avec un bâton de pèlerin cassé. Je suis un homme hébété et mes paupières se brisent. Elles croulent sous le poids de leurs émotions. Mon rendez-vous de vie est manqué et les augures du temps me blessent constamment les ailes, en me clouant au sol. Tout me pèse si lourdement au creux de la vie. Tout est captif dans ma mémoire entrelacée. Je sens bien qu'au grand jeu de mes silences ardents, je serai probablement un éternel perdant.

*

... Au début de chaque ruisseau, il y a une source. Dans la liturgie profonde des racines, il y a promesse d'une fleur. Et, comme contrepoids à tout bruit, à toute musique, il existe un silence qui écoute, qui a déjà un parfum d'espoir, mais pas encore le goût de l'espérance. Par-dessus tout, il y a un ami quelque part qui n'a pas encore réalisé tous les rêves ébauchés de sa vie et qui cherche, comme moi.

*

C'est magnifique un vaisseau de haut bord, porté sur une mer inconnue et qui attend de son étoile sa destinée, au carrefour de son âge recueilli. J'aime bien cette phrase de Chateaubriand : *"Lorsqu'on regarde sa vie passée, on croit voir sur une mer déserte, la trace d'un vaisseau qui a disparu."*

*

... Dans notre vie, tu sais, ce sont souvent les travaux et les jours, en amitié comme en amour, qui priment. Nous sommes balayés par ses vagues déferlantes. Mais en amitié, il n'est pas rare d'y apercevoir des chefs-d'œuvre...

*

Je suis encore à galoper, à ma chevauchée à la recherche du silence. Je porte mes pieds sur les remous de la terre. Devant moi, se profilent des horizons lointains, encore purs de toutes traces, pleines d'espoir et d'inconnu encore. J'en suis là de mon pèlerinage de foi, pour tous ceux et celles qui ne cessent de faire battre mon cœur. Et pourtant, je n'en suis encore qu'à rêver, seul maître à bord de mon pays intérieur, libre

383

de tout sentiment, de tout plaisir, toujours inquiet de liberté. Et, constamment, je défie les frontières.

*

Dans ce pays intérieur mien, plus rien ne me fait peur. Car il est grand, mon pays. C'est pourquoi j'y ai bâti ma vie, toute ma vie. Il a paroles et gestes, mais il est encore si jeune et tellement rempli de promesses... Mes fenêtres sont ouvertes sur l'aube. Je sais que le bonheur veut entrer. Je sens son parfum. Il respire la passion et l'heure sonne où il devra tenir ses promesses.

Tu sais, mon ami, comme je l'attends avec fébrilité ce crépuscule où mon pays deviendra réel, en empruntant mes sentiers pour me dire ses secrets.

*

Mais, je ne suis pas dupe. Je sais que la vie déversera ses chagrins sur moi, un jour. Oui, il viendra ce jour où le bonheur disparaîtra dans les brumes des illusions perdues, il viendra, oui, ce jour, où j'entendrai frapper trois coups aux portes de mon silence. Je le reconnaîtrai, puisqu'il aura des rides. Il sera engourdi et presque éternel, comme les givres de l'hiver.

Oui, je sais aussi qu'il viendra, ce jour où les portes de la liberté s'ouvriront pour me dire leur chanson, pour mettre du baume sur mes lourds chagrins. Elles chanteront leur amour de la vie, dénué de tout artifice. Alors, en étincelles de lumière, la vie fusera de nouveau, dans toute la magnificence de sa vérité...

*

"Non, je ne t'ai pas oublié. Je ne puis le faire. Quand j'accorde mes amitiés sur la musique des gens que je rencontre, je ne puis m'arrêter de danser ensuite, tellement ce qui m'arrive alors devient fantastique.

L'amitié c'est comme ça. Elle ne connaît pas de commune mesure ni de poids, ni de compromis. Elle est, tout simplement... "

*

"Par contre, c'est drôlement consolant de pouvoir sentir la présence d'un être, qui possède dans sa tête la capacité d'aimer. De tels êtres sont si rares. Toi, tu es à l'image d'un grand tournesol qui donnerait le tournis, parce que ses rayons auraient réussi à atteindre la lumière et la garder en otage..."

*

" ... Je ne dis plus mes départs. Je n'en ai plus envie. Je voudrais plutôt vivre l'amour, même si je suis toujours à sa recherche après tant d'années. Je ne peux même plus chanter au diapason du soleil qui passe à travers de merveilleux nuages... "

*

Qu'elle est belle, alors, qu'elle est lumineuse, l'espérance, quand elle refleurit, un jour de paix retrouvée…

*

" Notre joie, aujourd'hui, c'est un bel anniversaire, le jour où le soleil s'est levé, en laissant jaillir une légère d'étincelles à faire chanter les fleurs. Un pas, un geste d'amour un regard tendre et voilà une nouvelle vie qui commence. Oui notre joie aujourd'hui fait vibrer notre pensée et laisse la lumière tomber du ciel, car c'est un jour toujours unique, un bel anniversaire...

C'est un livre nouveau maintenant, qui tend ses pages blanches à écrire encore, comme des années qui passent en trombe et qui prennent si rapidement figure de souvenirs."

*

"Quelle belle aurore lève ses voiles ! Dorénavant, je ne pourrais plus te regarder, qu'en respectant intégralement les aspirations de ton âme, en une communion intense, une célébration qui perdure, sans paroles, en nous suggérant de respirer à plein cœur la fraîcheur des instants de silence que la vie nous réserve, en nous répétant constamment de boire à sa jeunesse... "

*

" Mon cher amour, ma tendresse envolée au-delà des nuages, pour atteindre ta pensée, j'ai accordé ma vie à te dire que je t'aime... Mais ce soir, la veilleuse est éteinte et je la regarde larguer ses amarres... Comme l'aurore tarde à se lever et comme ses voiles masquent mon bonheur. Je voudrais tant voir le soleil poindre pour qu'enfin l'horizon puisse être atteint !"

*

Je le reconnais volontiers, il y en a eu des grands moments de bonheur dans ma vie. D'aucuns furent courts, mais si intenses. C'est ainsi que le bonheur est bâti. Après nous avoir comblé de ses largesses, il devient parcimonieux et plus rare. Il nous appartient alors de le saisir à la volée, même si, parfois, il nous semble de plus en plus difficile à discerner.

*

Aujourd'hui, quand je regarde mes mains, où le temps a inscrit ses rides et ses outrages, je me rends bien compte que tout y a filé, tel un sable mouvant à travers mes doigts tendus, comme des pétales de marguerite. Je n'ai pu les retenir, ces moments aux voix mystérieuses. Ils n'ont pu se transformer en substance propre à alimenter mes heures de soleil et de liberté. J'ai dû alors apprendre à me les rappeler et à les fabriquer de toutes pièces, sans avoir pu, au préalable, en mesurer la portée de mes gestes et de mes paroles.

*

Les souvenirs ressemblent à des photos jaunies par l'usure du temps. Ils dorment, bien lovés aux tréfonds de nous, attendant patiemment qu'un beau jour, on revienne les regarder, pour y entrevoir la magie éphémère reliée à un moment de grâce, de volupté ou de tendresse.

Mais, ces parcelles de temps sont tellement fugitives, que l'on peut à peine s'en rassasier. Le vide se crée alors et il ne reste plus rien, hormis une vague trace, dans l'infini des heures.

*

LIVRE DIX-SEPTIÈME

Chemins de mémoire – poésie – 2017

*

En écrivant ce long poème, j'ai fait souvent appel à ma petite étoile, pour qu'elle me guide sur mes chemins de mémoire et dans les dédales profonds de mon cœur, tatoué de bien belle manière. C'est un legs unique, pour vous, unique à ce que je suis, à ce qui m'est propre et à ce que j'ai réalisé avec amour et travail, depuis mon enfance. Chemins de traverse ou chemins de mémoire, peu importe. C'est la vie qui s'est chargée de sculpter ma volonté et mon désir de me réaliser pleinement. Je vous les offre, en toute quiétude.

*

Finirai-je, un jour, par me connaître par cœur, aux portes de ce siècle nouveau, de plus en plus exigeant, de plus en plus performant, et qui n'en finit plus de vouloir nous larguer, jusqu'à ce que l'on arrive à disparaître… Liberté, ô liberté, que de noms l'on te donne, toi qui ne cesses jamais de vouloir t'écrire, comme si chaque instant de ta vie constituait ton dernier souffle permis ! Comme nous nous ressemblons, toi et moi !

*

Alors, la poésie naît, la poésie déploie ses ailes… Elle vole autour, entre en nous, du dedans comme du dehors, en s'infiltrant doucement, dans chaque fissure de notre vie, en étalant sa beauté pourpre, avec un faste sans retenue, avec des mots complices, revêtus de la splendeur du jour et de la bure sombre de la nuit… C'est ainsi qu'elle s'écrit, la poésie… En long et en large, tout autour de nous… Elle se laisse caresser, frôler, tout en demeurant avare de ses étreintes…

*

Pour tout cela, il me faudra prendre le temps du temps, croire que mes jours peuvent s'écrire encore, comme une liturgie enfouie, qui se retrouve et qui s'épanche en de longs chants de souvenances…

*

L'amour ne peut essuyer de refus. Chacune de ses lignes s'enrobe d'absolu. Puis, Tout doucement, Quand il vient vers nous, Il joue alors tous les rôles :

"Pourras-tu me lire avec recueillement, écouter mes silences, en leurs vertiges absolus, revêtus d'étranges incandescences, qui ne demandent qu'un souffle de toi pour s'enflammer de nouveau…"

*

Non, à tout prix, il ne faut pas détruire nos poèmes. Il ne faut pas voiler leur regard, leurs fidèles rendez-vous, leurs émotions pures… Non, il faut les laisser vivre, comme autant de lieux vrais, vérités défendues, aux quatre coins du globe… Des vérités étirées, vers des horizons renouvelés, comme si, pour la première fois, on leur demandait de quitter la douce quiétude de leurs pages blanches.

*

Les poèmes l'admettent sans vergogne, ils sont ce qu'ils sont. Ils en arrivent à étreindre nos âmes, puisqu'ils nous libèrent de nos distances, de nos pensées, en nous fusionnant, tous, tant que nous sommes.

*

Mon poème-cri, mon long poème mien, tatoué de couleurs vives, je l'ai enfermé dans un cahier d'écolier, bien fermé à clé, pour qu'il ne connaisse pas d'effraction. J'ai hésité longuement… Devrais-je l'écrire encore et davantage ou le tatouer sur ma vie ?

Poème, ô mon poème, toi que je porte en moi comme un voyage de vie, quand finirai-je par devenir un homme sans démesure ?

*

"Mots-jour-après-jour, à longueur de semaine, à des années-lumière de nos pas, mots-inoubliables en votre sabbatique recherche, dites-moi, que vais- bien faire de vous ?"

"Mon cher ami poète, tout s'écoule, enfin, tout s'achève chez toi, en un cycle prolongé, où les années ne comptent plus et s'étiolent inexorablement... Tu as grandement besoin de nous. Alors, nous allons nous renouveler, expressément pour toi..."

*

L'immensité étale de la mer devant mes yeux ébahis, mon coquet village en contrebas, les maisons de bord de mer et le vaste horizon, tout cela allongeait mon regard, au-delà l'infini des heures. Et puis la plaine s'étirait langoureusement dans l'harmonie de ses vallonnements, où se berçaient les blés, au gré du vent d'été. Là, c'était mon domaine, mon enfance, ma vie...

*

"C'est comme ça, la vie, mon garçon ! Il ne faut jamais laisser le chagrin prendre le dessus sur toi. Car, tu sais, sur la mer, il faut toujours garder notre embarcation le nez bien pointé vers la houle. Autrement, il y aurait grand danger qu'elle tourne de travers et chavire, à cause des vagues latérales... L'important, dans ce cas, c'est de bien savoir manœuvrer ses rames et donner le coup décisif à temps, pour ramener la chaloupe face à la vague..."

*

Alors, au milieu de ce scintillement de lumières estivales, mon regard se porta au-delà de la mer calme, cette vastitude ondulante, omniprésente dans mon univers d'enfant encore... Je buvais goulûment à ses lumières, à même la coupe du soleil... Et tous ces inoubliables moments de chaleur, de magie, de clarté et de rêve,

392

peuplaient mes yeux et mon âme, en les imprégnant de leurs sceaux éternels...

*

Il en est ainsi de l'être humain. Jusqu'où peut-il pénétrer pour découvrir l'ampleur de son mystère ? Que peut-il attendre de la vie, en vagabondant ainsi, dans l'intimité secrète du long cheminement de son âme ?

*

Il est parfois bien difficile de se souvenir. Souvent, notre conscience voyage en des eaux inconnues. L'esprit humain, en s'ouvrant à la vie, s'y trouve, s'y retrouve, s'y dérobe, dans un chassé-croisé perpétuel, de l'aube de vie, jusqu'au crépuscule de la mort... Alors, se promener ainsi dans le secret du temps, vouloir y repérer sa propre vision du monde et de soi-même, discerner, de façon formelle, ce besoin viscéral de croire en quelqu'un ou en quelque chose, c'est accepter de voyager en pays inconnu, aussi étrange que cela puisse paraître...

*

Ainsi en va-t-il de l'amplitude de l'être humain. Il nous faut apprendre à l'accueillir, avec une grande humilité, Car il n'hésite guère à s'éclater de vérité, au cœur de ses transparences... Que voilà donc un moment choisi et intense à vivre !

*

Dans tout le déroulement continu de mes rendez-vous annuels avec la jeunesse, il y a de si magnifiques moments, qui surgissent, remplis de lumière... J'aurais tant voulu les capter dans mes mains ! Malgré tout, ils m'ont permis de connaître davantage que dans ses misères, comme dans ses grandeurs, si j'ai pu retenir positivement une grande leçon, de mes rejets et de mes courbatures d'esprit, c'est que j'ai souvent imbibé mon intelligence de leur dimension passée, présente ou future. Je me suis alors juré que, si un jour, on me confiait la tâche d'éduquer et d'instruire les enfants, jamais, je ne pourrais ignorer l'ampleur du mystère caché de leur âme.

*

Quand nous racontons les événements, vécus et divers, qui ont parsemé notre parcours, c'est relativement facile, quoique ce soit parfois compliqué de se souvenir. Même si cette incursion de vie exerce ses circonvolutions, au pays connu de notre mémoire, à tout le moins, nous faut-il nous y arrêter un tantinet, Le temps de s'installer aux premières loges, quand notre esprit veut bien s'ouvrir à la vie. Alors, dans un chassé-croisé perpétuel, nous nous y trouvons, nous nous y perdons, Nous nous y retrouvons et, parfois, volontairement ou pas, nous nous y dérobons, pour nourrir notre inconscience.

*

J'ai toujours été fasciné par une page blanche, où rien n'est écrit. C'est un phénomène que les auteurs et les écrivains connaissent bien. Cela est curieux et mystérieux, tout à la fois. Car on hésite à y apposer un mot, ou un bout de phrase, de peur d'en souiller la surface immaculée. Il en va ainsi de notre vie. Que de pages écrites, raturées par bout, ou tachées, on aimerait effacer ou, tout simplement, en ignorer l'existence.

*

L'être humain est ainsi fait. Il possède tous les atouts, pour devenir le plus bel objet d'art du monde. Mais, si un mauvais coup de ciseau est donné et occasionne une cassure, l'œuvre d'art risque d'être défigurée et ne plus pouvoir réjouir la vie des autres.

*

Oui, je crois, aujourd'hui… Je crois que l'être humain est toujours en recherche. Il naît et déjà il meurt une première fois. Alors, il pleure, il crie, pour entrer dans l'autre vie, qui commence à finir et qu'il lui faut vivre encore…

*

"Écoute ton espérance, mon ami… Elle vit en ton pays, le beau, le grand pays de ton cœur de poète. N'accorde plus d'importance à tes ombres. Quelquefois, ta façon d'agir me déconcerte. Sans raison, tu te laisses mourir, parce que tu refuses la place que tu dois donner au rêve. Écoute bien. Aussi longtemps que l'espérance vivra et que sa force lumineuse éclairera ta route, tu le connaîtras, ce moment, où, en sa compagnie silencieuse, tu pourras te mouvoir, au creux de tes nuits, habillé de sérénité tendre. Et si tu sais bien t'y prendre, elle deviendra l'amour, pour mieux redevenir silence ensuite, une solitude silencieuse, en face de l'amour et l'amour face au silence…"

*

Fort heureusement, j'ai toujours pensé que le bonheur, en somme, dépend de nos habitudes de vie et de nos différentes attitudes. Et pour en assimiler ses données, il nous faut d'abord le vivre, au moment précis où il se présente à nous. C'est à ce titre que nous devons l'apprivoiser, à défaut de pouvoir l'expérimenter, dans l'instant présent où il sourit à notre vie.

*

Au-delà de mes souvenirs, que puis-je, pour tous ces enfants et amis éloignés, en allés dans les dédales de ma mémoire ? Et pourtant, ils m'ont quitté au bout de l'année pour continuer leur voyage, seuls au milieu de la foule.

Debout, sur ma falaise, comme en un rêve éveillé, je les ai regardés s'embarquer, comme des enfants qui partent en mer. Aujourd'hui, je me demande encore si leur voyage au bout du vent, en plein soleil, ou en grande tourmente, a connu des ressacs lourds, ou des nuages annonciateurs de tempête. Peut-être que la mer a tonné, en effet, que le vent s'est lamenté aux cordages, que leur vaisseau a laissé entendre des plaintes et qu'ils sont finalement restés quand même des enfants porteurs de lumière.

*

CONCLUSION

Au moment où je termine ce bouquin, force m'est de constater que c'est parfois compliqué de se souvenir. En fait, se balader ainsi dans le secret du temps, c'est surtout vouloir divulguer ce qui vient des saisons, des êtres et des choses. Nous tentons d'y repérer notre propre vision du monde, notre propre besoin de croire en quelqu'un ou en quelque chose, en pénétrant parfois dans des pays inconnus.

Là, on découvre qu'en ces profondeurs, l'âme humaine se cache. Et si l'on veut y entrer, il faut parfois accomplir cette tâche sur la pointe des pieds, en tentant de jauger le temps qu'il fait au pays de nos amitiés et de nos tendresses.

S'arrête alors le temps. Il jongle, se promène, prend ses distances, pleinement et sans mesure, au passé, au présent, au futur. Ainsi, chargé de mots et de fantaisie, tout à fait libre, il se dit et se raconte, à même ses sources de vie. Oui, il s'arrête. Et ses mains se joignent, en préparant les rêves et en permettant à la lumière des étoiles de s'incruster dans nos regards avides…

*

À l'heure où j'écris ces lignes, le temps est magnifique et le soleil se fait son complice. Tout est inondé de lumière, au milieu de ma colline de l'Anse-aux-Cousins, en terre de Gaspésie.

*

Maurice Joncas,

22 septembre 2018

*

Dépôt légal : Bibliothèque Nationale du Québec
Bibliothèque Nationale du Canada –
Janvier 2019

www.ingramcontent.com/pod-product-compliance
Lightning Source LLC
Chambersburg PA
CBHW051519250626
47156CB00001B/150